À PROPOS DE L'AUTRICE

Alison Roberts a vécu quelques années dans le Sud de la France, mais elle est aujourd'hui de retour chez elle, en Nouvelle-Zélande. D'abord enseignante à l'école primaire, puis auxiliaire médicale, elle excelle dans l'écriture de romances médicales particulièrement émouvantes. Autrice de plus de cent livres, Alison croque la vie à pleines dents : elle aime voyager, danser et passer de bons moments en compagnie de ses amis et de sa fille...

Incroyable rencontre à l'hôpital

*

Le secret du Dr McKendry

Collection : SAGAS

Titre original :
A PUP TO RESCUE THEIR HEARTS

Ce roman a déjà été publié en 2021

HARPERCOLLINS FRANCE
83-85, boulevard Vincent-Auriol, 75646 PARIS CEDEX 13
Service Clients — https://www.harlequin.fr/contenu/contactez-nous
ISBN 978-2-2805-2285-4 — ISSN 2426-993X

Édité par HarperCollins France.
Composition et mise en pages Nord Compo.
Imprimé en août 2025 par ScandBook UAB en Lituanie
en utilisant 100% d'électricité renouvelable.
Dépôt légal : septembre 2025.

FSC
www.fsc.org
MIXTE
Papier | Pour une gestion forestière responsable
FSC® C021394

Pour limiter l'empreinte environnementale de ses livres, HarperCollins France s'engage à n'utiliser que du papier fabriqué à partir de bois provenant de forêts gérées durablement et de manière responsable.

ALISON ROBERTS

Incroyable rencontre à l'hôpital

INTÉGRALE
LES JUMEAUX SECRETS

Traduction française de
ADELINE MAGNE

SAGAS
HARLEQUIN

1

Le Dr Josh Stanmore allait se chercher un café en salle de pause lorsqu'il aperçut, venant en sens inverse, la nouvelle infirmière. Comment s'appelait-elle, déjà ? Stephanie... Oui, Stephanie Hawksbury. Cela faisait deux jours qu'elle avait intégré le service de pédiatrie qu'il dirigeait au sein de l'hôpital général de Gloucester, mais il n'avait toujours pas eu le temps de se présenter à elle en bonne et due forme. L'occasion était toute trouvée, à présent qu'ils se croisaient au hasard d'un couloir. Ce n'était pas la première fois qu'il la remarquait, bien sûr. Avec ses splendides cheveux auburn si bouclés, il aurait fallu être aveugle pour ne pas la voir, même au milieu d'une foule. Leur dernière recrue était, sans l'ombre d'un doute, absolument craquante. Mais ce n'était bien évidemment pas la raison pour laquelle Josh désirait la rencontrer. Non, ses motifs étaient strictement professionnels. Comment aurait-il pu imaginer que cette rencontre fortuite allait sauver une vie ?

À quoi tiennent les choses... Planté là à la regarder approcher, il prit conscience qu'il risquait de l'intimider et détourna les yeux. Ce faisant, son regard tomba, à travers la baie vitrée qui courait jusqu'au bout du couloir, sur la salle de jeux. À cette heure de la journée, les visites de l'après-midi étaient terminées et la salle aurait dû être déserte. Or non : de petites jambes nues émergeaient d'un gros pouf rose. Intrigué, Josh s'approcha de la vitre pour mieux voir. Une toute petite main gisait, la paume retournée et les doigts recroquevillés, comme celle d'un enfant endormi. Endormi ou inconscient ?

Avec un juron étouffé, il se précipita dans la salle dont la décoration, pleine de gaieté, offrait un sinistre contraste avec le drame qui s'y déroulait. La fillette avait bel et bien perdu connaissance. Au premier coup d'œil, Josh sut qu'elle ne faisait pas partie des patients du service. Elle ne portait ni bracelet d'identification, ni pyjama, ni pantoufles. En revanche, elle avait des chaussures roses à paillettes et une robe bleue, presque aussi bleue que ses lèvres.

Bon sang...

En deux enjambées, il fut à ses côtés et s'accroupit, palpant le cou à la recherche d'un pouls. Puis il vérifia qu'elle respirait : non, pas de respiration. Depuis quand était-elle dans cet état ? Par bonheur, le pouls était encore détectable. Il n'était donc pas trop tard. Par contre, il n'avait pas le temps d'aller chercher un défibrillateur, un masque de ventilation ou quelque autre type de matériel que ce fût. Sans hésiter une seconde, il pinça le nez de la fillette et couvrit sa bouche de la sienne pour lui insuffler de l'air, mais la petite poitrine ne se souleva pas. Il n'insista pas davantage et souleva la fillette dans ses bras, avant de lui pencher la tête en avant. Dans l'espoir de libérer ses voies aériennes, il lui asséna du plat de la main plusieurs tapes dans le dos.

Pourvu qu'il ne soit pas trop tard...

Alors que Stephanie, « Stevie », Hawksbury, les bras chargés de jouets, approchait de la salle de jeux, elle reconnut son nouveau chef, posté près de la porte. Son cœur se mit à battre plus vite à la perspective de le croiser enfin. En poste depuis seulement deux jours, elle n'avait pas encore eu l'occasion de faire connaissance avec le Dr Stanmore. Elle crut un instant qu'il l'attendait mais, soudain, il se précipita dans la salle de jeux. Par la baie vitrée, elle le vit agenouillé par terre, occupé à jouer avec un enfant. Sauf que... non, il ne jouait pas. Il lui tapait dans le dos. Une fraction de seconde, et elle comprit vraiment ce qui se passait.

La brassée de jouets qu'elle ramenait tomba au sol avec fracas, et elle poussa la porte à la hâte.

— Que dois-je faire, docteur ?

Il se releva, l'enfant dans les bras.

— On l'emmène en salle de soins. *Vite.*

Elle lui tint la porte et le devança en courant de manière à lui ouvrir une pièce bien équipée servant à toutes sortes de procédures médicales, de la pose d'une intraveineuse à une réanimation respiratoire. Le Dr Stanmore allongea la fillette sur la table d'examen au centre de la salle tandis que Stevie approchait le chariot d'urgence.

S'il avait tapé dans le dos de cette gamine, c'était sans doute parce qu'elle étouffait. D'ailleurs, elle était blanche comme un linge, et ses lèvres bleues se détachaient de la pâleur de son visage en un contraste saisissant. Ils auraient aussi besoin d'un défibrillateur, bien sûr : si cette petite ne respirait plus du tout, un arrêt cardiaque était à craindre. Stevie jeta un coup d'œil vers un gros bouton rouge, près de la porte. En cas d'urgence absolue, il leur suffirait d'actionner cette alarme pour faire intervenir une équipe dédiée. Josh avait certainement suivi son regard, mais il était hors de question pour lui de s'interrompre ne fût-ce qu'une seconde, puisqu'il disposait de tout l'équipement nécessaire sur place et, surtout, parce qu'il ne restait que quelques petites minutes avant la survenue de lésions cérébrales irréversibles. À l'intensité du regard qu'il lui lança, Stevie devina qu'il comptait sur elle pour fournir à elle seule toute l'assistance dont il aurait besoin. D'ailleurs, c'était justement ce qu'elle allait faire, nom de nom. Il était hors de question qu'elle laisse un gosse mourir devant elle comme cela.

— Commencez les compressions thoraciques. Je vais tenter de visualiser les voies respiratoires pour localiser le corps étranger. Si ça ne marche pas, il faudra envisager une chirurgie.

Une main sur le sternum de la fillette, Stevie obtempéra. En pareil cas, le protocole exigeait de procéder à un massage cardiaque même si le cœur de l'enfant n'avait pas cessé de battre, parce que les compressions permettaient de dégager les voies respiratoires autant que des claques dans le dos. Tout en effectuant les manœuvres de réanimation, Stevie vit du coin de l'œil Josh choisir une lame courbe à insérer dans le manche du laryngoscope. Cela fait, il vérifia l'éclairage de l'appareil et, d'un coup d'œil, passa le contenu du chariot en revue.

— Où sont les pinces Magill ?

— Dans le deuxième tiroir du bas à gauche.

— C'est bon, je les ai.

— Je réalise une autre insufflation ?

— Oui, allez-y.

Debout à l'extrémité de la table d'examen, il tira le chariot en inox vers lui. Tandis que Stevie positionnait le masque sur la bouche et le nez de l'enfant, et qu'elle pressait le sac pour tenter d'envoyer de l'air dans ses poumons, Josh ouvrit et déplia un kit stérile. Le paquet contenait le nécessaire pour réaliser une cricothyroïdotomie : une canule intraveineuse, une seringue de 5 millilitres, des tubes à oxygène et un robinet à trois voies, sans compter des scalpels et des cathéters s'il fallait procéder à une intervention plus invasive. Le reflet luisant d'un scalpel serra le cœur de Stevie. Pour ne rien arranger, le ballonnet à oxygène résistait sous ses doigts, signe que les poumons ne se remplissaient pas.

— Toujours bloqué ?

— Oui.

— OK, dit-il d'un ton parfaitement calme. Voyons quel est le problème.

Il glissa une serviette repliée sous les épaules de la fillette, de manière à lui surélever la tête selon la position modifiée de Jackson. Puis, de la main gauche, il fit doucement glisser la lame du laryngoscope dans le côté droit de la bouche de la petite patiente. Stevie devina qu'il essayait de déplacer la langue vers la gauche afin de visualiser les voies aériennes. Les gestes du Dr Stanmore étaient à la fois précautionneux et assurés et, même si elle retenait son souffle, Stevie prit conscience qu'elle avait pleine et entière confiance en lui. Sans nul doute, il savait exactement ce qu'il faisait et ne semblait pas le moins du monde inquiété par le fait que la moindre erreur puisse coûter la vie de la fillette, ou que chaque seconde leur était comptée. D'ailleurs, il avait repéré quelque chose... Stevie le sentait tout entier tendu par l'intensité de sa concentration. Dans la main droite, le Dr Stanmore saisit une pince Magill, sorte de longs ciseaux coudés conçus pour aller chercher un corps étranger coincé dans les voies respiratoires ou pour guider une intubation. La manœuvre était délicate, et Stevie retint son souffle. La tête inclinée afin de mieux voir ce qu'il faisait, il fronçait les sourcils en se mordillant le coin de la bouche. Elle l'entendit soudain relâcher son souffle, comme s'il était en passe de remporter la partie. Puis il eut un murmure de dépit.

— Bon sang, comme ça glisse, ce truc...

Elle sentit un nœud se former dans sa gorge. Si cette manœuvre échouait, ils devraient insérer un tube dans le cou de la fillette pour gagner un peu de temps et, si cette solution ne marchait toujours pas, il leur faudrait carrément pratiquer une ouverture dans la trachée pour faire entrer de l'air dans les poumons. Et pendant ce temps, les secondes s'égrenaient inexorablement. Avait-elle eu tort de ne pas appuyer sur le bouton d'alarme ? Josh, comme s'il avait deviné ses pensées, lui lança un bref coup d'œil.

— Cette fois-ci, c'est la bonne. Vous pouvez me faire confiance.

C'était le cas. Stevie ne connaissait pas du tout ce médecin, puisqu'elle ne l'avait encore jamais rencontré depuis qu'elle était arrivée dans le service, quelques jours plus tôt. Pourtant, elle lui faisait entièrement confiance, alors qu'il en allait de la vie d'un enfant. Avec un redoublement de précautions, le Dr Stanmore introduisit à nouveau la pince Magill dans la gorge de la fillette. Une tension insoutenable s'installa tandis qu'il se figeait pour s'assurer qu'il avait une bonne prise sur l'objet en question. Une seconde s'écoula, puis une autre, et une autre encore. Le souffle coupé, Stevie entendait le sang marteler ses oreilles. Enfin, lentement, Josh retira la pince. Il tenait quelque chose ! Le soulagement la fit chanceler. Au même instant, la fillette hoqueta pour prendre une inspiration, la première depuis trop longtemps. Ou alors c'était elle, Stevie, qui avait émis ce bruit, car Josh leva à nouveau les yeux vers elle. Ils échangèrent un bref regard. Lui aussi était soulagé, et son visage exprimait une telle sincérité, une telle humanité que Stevie sut, sans l'ombre d'un doute, que ce médecin était digne d'un respect absolu. Non, son intuition ne l'avait pas trompée : elle pouvait se fier à cet homme. Et elle l'aimait bien. Beaucoup, même.

— Il faut la mettre sous oxygène, dit-il. Mais avant cela, je vais quand même vérifier que les voies respiratoires sont parfaitement dégagées.

Tout en préparant le système de ventilation, Stevie jeta un coup d'œil sur le linge stérile sur le chariot.

— C'était quoi ? Oh... un grain de raisin ?

Josh avait rallumé le laryngoscope pour examiner les cavités respiratoires de la fillette.

— Oui. Les gens ne sont pas assez conscients du fait qu'il faut découper un grain de raisin avant de le donner à un tout-petit. Dernièrement, j'ai entendu dire qu'il s'agit de la troisième cause de décès par étouffement due à des aliments. C'est bon, je ne vois rien d'autre.

Il retira la lame du laryngoscope et ôta le stéthoscope de son cou.

— Vous savez qui est cette petite ? demanda-t-il en fronçant les sourcils.

Stevie secoua la tête.

— Je crois que c'est la sœur d'un patient. Elle a dû venir pendant les heures de visite.

Elle positionna le masque sur le nez et la bouche de la fillette, et Josh lui frôla la main tandis qu'il promenait le disque du stéthoscope sur la poitrine de l'enfant. Au même instant, Stevie perçut des mouvements sous le masque.

— Je crois qu'elle se réveille.

— Bien...

La voix du Dr Stanmore trahissait encore un soupçon de prudence, et Stevie comprenait parfaitement ses réserves. Certes, cette petite respirait de manière autonome, mais, lorsqu'elle reprendrait connaissance, serait-elle en pleine possession de ses facultés ? L'absence d'oxygène avait-elle entraîné des lésions cérébrales ?

Un bruit leur fit tourner la tête en même temps vers la porte qui s'ouvrait. C'était Ruby, la responsable des infirmières du service, et jamais Stevie ne l'avait vue avec un visage aussi grave.

— Qu'est-ce qui se passe, Josh ? De quoi avez-vous besoin ?

— Tout est sous contrôle, Ruby, merci. J'ai trouvé cette petite inconsciente en salle de jeux. Elle était en arrêt respiratoire, la trachée totalement obstruée.

— Oh ! bon sang...

Ruby ferma brièvement les yeux.

— Justement, nous cherchions tous Amelia. Son petit frère est arrivé en observation, et sa mère lui donnait le sein pendant que les secrétaires réglaient les formalités d'admission. Le père est descendu à la cafétéria acheter un casse-croûte pour tout le monde, et la mère pensait qu'Amelia l'accompagnait. Ils sont dans une panique totale. Je vais les rassurer.

Ruby bondit vers le couloir avec une rapidité que Stevie n'aurait pas soupçonnée chez une femme de son âge et de sa corpulence. À peine eut-elle passé la tête dans le couloir pour appeler les parents d'Amelia que ceux-ci déboulèrent dans la salle. La jeune femme se précipita vers la table d'examen.

— Oh ! mon Dieu... *Amelia*..., dit-elle, les bras tendus vers l'enfant

Au même instant, la fillette ouvrit les yeux et se mit à pleurer.

— Maman...

Stevie sentit des larmes lui picoter les yeux, mais c'était des larmes de joie. Amelia était consciente, elle parlait et avait reconnu sa mère. Selon toute probabilité, l'incident ne lui laisserait aucune séquelle et ils en seraient quittes pour une sacrée frayeur. Stevie croisa à nouveau le regard du Dr Stanmore, mais cette fois elle eut l'impression qu'un lien les unissait. Ils avaient été les seuls, tous les deux, à partager cette peur bien réelle, à ressentir la tension de la lutte contre le temps, ils éprouvaient le même soulagement, la même joie. Une histoire tout entière s'était déroulée en l'espace de deux petites minutes, mais elle resterait à jamais gravée dans sa mémoire. Et, à en juger par l'expression du Dr Stanmore, lui non plus n'était pas près de l'oublier.

— Tout va bien, dit-il pour rassurer la jeune maman bouleversée. Amelia s'est étouffée avec un grain de raisin, mais par chance nous sommes arrivés à temps.

— Merci, docteur. Vous lui avez sauvé la vie. Vous et...

Elle regarda Stevie par-dessus la tête d'Amelia. Le Dr Stanmore se tourna vers Stevie en souriant.

— C'est Stephanie, si je ne m'abuse ? Moi aussi, je tiens à vous remercier.

Oh là là... Il y avait dans ses yeux sombres une chaleur qui la fit littéralement fondre.

— Appelez-moi Stevie.

Elle tenta de lui rendre son sourire, mais, sous le coup de l'émotion, elle craignait que ses lèvres ne tremblent, aussi préféra-t-elle se tourner vers Amelia et sa mère.

— Nous aurons sûrement l'occasion de nous revoir.

Sur ce, elle se mit en retrait pour s'éclipser à la première occasion. Elle n'était plus utile ici et elle avait du travail à rattraper.

— Nous allons devoir garder Amelia quelque temps en observation, dit le Dr Stanmore. Ruby, pouvez-vous prendre contact avec un ORL ? Simple précaution. Mais elle risque d'avoir un peu mal à la gorge demain.

— Que s'est-il passé ? Rappelez-moi avec quoi elle s'est étouffée ?

Tandis que le docteur expliquait l'accident aux parents, Stevie tint la porte ouverte à Ruby et toutes deux sortirent discrètement.

— Il va falloir rédiger un rapport détaillé, dit Ruby. Je vais tout de suite organiser ce rendez-vous avec l'ORL. Tu pourrais passer me voir au bureau d'ici la fin de ta journée ?

— Bien sûr. Par contre, j'ai un peu de retard dans mes rendez-vous.

— C'est tout le charme des urgences. En tout cas, bravo, Stevie. Dès la première fois que je t'ai rencontrée, je me suis doutée que tu serais un atout pour l'équipe.

Stevie accueillit le compliment avec autant de plaisir que lorsque Josh l'avait remerciée. Enfin, pour la première fois depuis une douzaine d'années, elle avait le sentiment que sa vie était sur de bons rails, qu'elle pouvait avoir confiance dans son avenir. Entre deux patients, elle réussit à grappiller un moment pour envoyer un texto à son fils.

Coucou, Mattie… Tu es bien rentré ? J'espère que ça s'est mieux passé à l'école aujourd'hui. Bises.

Son patient suivant était un gamin de deux ou trois ans absolument terrifié par les piqûres. Sa mère et une infirmière ne furent pas de trop pour le faire tenir tranquille le temps que Stevie puisse réaliser la prise de sang. Accaparée par son travail, elle ne s'aperçut qu'au bout d'une demi-heure que son message était resté sans réponse. Cela ne la surprit pas, mais la tension insidieuse qui la tarabustait augmenta d'un cran, d'autant plus qu'elle ne pourrait pas rentrer chez elle avant deux bonnes heures. Pourvu qu'il n'y ait pas de problème. Elle avait beau se dire et se redire que sa vie, professionnelle du moins, était à nouveau bien engagée, elle n'arrivait pas à se débarrasser d'un horrible pressentiment.

— Stevie…

Elle finit d'étiqueter le tube de prélèvement, le laissa tomber dans un sac en plastique qu'elle referma, puis se retourna enfin. C'était Josh Stanmore, accoudé à une étagère devant le bureau de l'accueil. Cette fois, elle parvint à lui sourire.

— Comment va Amelia, docteur ?

— Je vous en prie, appelez-moi Josh. Elle va bien. L'examen ORL était rassurant, et elle est rentrée chez elle avec son père, mais il doit la ramener en cas de toux persistante ou de problèmes pour respirer ou avaler.

Le sourire de Stevie s'élargit.

— Formidable.

— Oui. Je tenais à vous remercier à nouveau.

Le regard de Josh tomba sur les mains de Stevie, qui pliait la demande de test de laboratoire et la glissait dans une pochette du sac en plastique.

— Je n'aurais jamais pu gérer cette urgence si vous n'aviez pas été là, avec votre calme et votre expertise, dit-il.

Une fierté délicieuse se diffusa en elle et, de nouveau, elle se sentit fondre. Elle redressa la tête, et son regard croisa deux yeux sombres, si sombres que les pupilles ne se distinguaient pas de l'iris. Un autre sentiment, parfaitement inattendu celui-là, répandit des picotements partout dans son corps… Cette… attirance la prit au dépourvu, mais quel autre nom donner à cet étrange cocktail d'émotions ? Était-ce du désir ? De l'appréhension ? *De l'espoir* ?

— Donc…

Josh la dévisageait avec un sourire en coin, et l'un de ses sourcils, arqué, rejoignait des cheveux indisciplinés, presque aussi bouclés que les siens.

— Je vous dois un verre. Que faites-vous après le travail ?

Elle sentit son sourire se figer sur ses lèvres. Les frissons de bien-être se dissipèrent sur-le-champ.

— Pardon ?

— Oui, après le travail ? Je peux vous offrir un verre ?

Lui aussi avait cessé de sourire, et ce sourcil dressé lui donnait à présent l'air un peu perplexe.

— Pas nécessairement un verre de vin. Ça vous dit, un café ?

— Vous… vous m'invitez à boire quelque chose ?

Elle détacha chaque syllabe, avec une lenteur en total contraste avec la rapidité des messages très brefs qui fusaient dans son esprit comme des flashs… Des images d'un autre homme, beau lui aussi. Comme Josh, il avait été responsable d'un service de pédiatrie. Des paroles lui revinrent en tête : les bribes d'une conversation qui avait changé à jamais le cours de sa vie.

— *Venez donc partager un verre avec moi après le travail. Allez, ne dites pas non.*

Josh ôta son coude de l'étagère et se redressa.

— Oui, pour vous remercier de votre aide. Et pour vous souhaiter la bienvenue, bien entendu. Vous êtes notre dernière recrue, après tout.

Oui, la nouvelle… De la chair fraîche, en somme.

— Vous n'essayez pas de me draguer, j'espère, docteur Stanmore ?

Elle déposa le sac en plastique sur le chariot d'analyse et recula d'un pas.

— Je faisais mon travail, c'est tout. Un simple « merci » aurait largement suffi.

Les échos désagréables s'amplifiaient dans son esprit, et la sensation qui lui retournait l'estomac n'avait plus rien à voir avec les frissons agréables qu'elle venait d'éprouver.

— *Je suis votre chef et, en tant que tel, je tiens à ce que vous soyez la bienvenue dans l'équipe. Vous n'allez quand même pas dire non à votre chef dès le premier jour, Stephanie ?*

Elle prit une profonde inspiration pour déloger la boule qui lui nouait la gorge. Un sentiment désagréable qui tenait de la colère, ou sans doute de la peur, grandissait rapidement en elle et menaçait de déborder. Elle aurait dû s'en tenir à un refus poli mais, lorsqu'elle ouvrit la bouche, quelque chose de radicalement différent en sortit.

— Par le passé, il était peut-être admis qu'une nouvelle infirmière passe à la casserole en guise de bienvenue, répondit-elle d'une voix glaciale. J'ose toutefois espérer que nous avons fait quelques progrès en matière de harcèlement sexuel. Si vous voulez bien m'excuser, j'ai du travail.

Sur ces mots, elle lui tourna le dos et se dirigea vers la salle de fournitures. Elle n'avait rien à y faire, mais c'était le refuge le plus proche pour échapper au silence de mort qui s'était abattu derrière elle. Elle poussa la porte et attendit que celle-ci se rabatte pour enfouir la tête dans ses mains.

Oh ! bon sang... Elle pouvait dire adieu à son nouveau départ... Elle avait tout fichu en l'air !

2

— Sérieusement, c'est quoi, son problème ?

Josh se renversa contre le mur, laissant sa chaise en équilibre sur deux pieds. La tête inclinée en arrière, il ferma les yeux et poussa un long soupir de lassitude.

— Elle m'a pratiquement sauté à la gorge alors que je lui proposais juste un café. Elle a même parlé de harcèlement sexuel. Non, mais je vous jure…

— Hum…

Concentrée sur la synthèse de Josh pour le rapport d'accident, Ruby ne l'écoutait que d'une oreille.

— La première tentative avec la pince Magill n'a pas réussi ?

— Non. C'est fou comme ça glisse, un grain de raisin enrobé de salive. Cela nous a retardés de vingt ou trente secondes mais, Dieu merci, la privation d'oxygène ne semble pas avoir occasionné de lésions. Cette petite a eu beaucoup, beaucoup de chance.

— Je ne vous le fais pas dire. Si vous ne l'aviez pas vue, qui sait combien de temps se serait écoulé avant qu'on ne la trouve ?

— Oh ! cette nouvelle infirmière complètement dingo l'aurait trouvée, de toute façon. Elle ramenait justement des jouets dans la salle de jeux.

C'était d'ailleurs pour cela qu'il s'était arrêté, après tout : pour se présenter, rompre la glace. Il ne s'en serait pas donné la peine s'il avait su à quel point elle était irascible.

Ruby lui jeta un regard agacé par-dessus ses lunettes en demi-lune.

— Vous la traitez de dingo parce qu'elle ne veut pas sortir avec vous ?

— Hein ? Mais je n'ai jamais parlé de ça.

— Vraiment ?

Il lutta contre l'envie de lever les yeux au ciel.

— Vraiment. Je voulais juste la remercier de m'avoir aidé lors d'une urgence. Et aussi lui souhaiter la bienvenue dans le service.

Ruby hocha la tête d'un air entendu.

— Donc, le fait qu'elle soit jeune et jolie, avec de magnifiques cheveux roux et de grands yeux noisette, n'y était pour rien ? Dites-moi, Josh, si elle était aussi vieille et moche que moi, auriez-vous été aussi rapide pour lui offrir un café ?

Le visage de Josh s'éclaira. OK, Ruby avait plus que l'âge d'être sa mère, mais c'était l'une des meilleures infirmières qu'il lui avait été donné de connaître. Par ailleurs, avec sa personnalité chaleureuse et ses sourires lumineux, c'était toujours un plaisir de la côtoyer. Mais elle n'était pas tombée de la dernière pluie, et il devait admettre qu'elle n'avait pas tout à fait tort. Non, il n'avait pas seulement été impressionné par les compétences professionnelles de Stevie. Mine de rien, il avait bien remarqué à quel point elle était jolie. Mais de là à dire qu'il l'avait draguée, il ne fallait pas exagérer. Il ne savait même pas si elle était célibataire. D'ailleurs, l'était-elle ? Bah, qu'est-ce que cela pouvait lui faire ? Dorénavant, il s'en tiendrait à des relations purement professionnelles avec Stephanie Hawksbury. Certes, elle ne lui avait pas infligé une rebuffade publique, mais c'était tout comme et il ne lui en fournirait plus jamais l'occasion.

Il laissa retomber sa chaise. Sur les lèvres de Ruby, un pli malicieux le fit lui-même sourire.

— OK, je ne comprendrai jamais rien aux femmes, dit-il avec un soupir. C'est tout ce que vous voulez de moi, Ruby ?

— Je ne dirais pas non à un café. Avec du lait et deux sucres, s'il vous plaît.

En se levant, il renversa quelques papiers sur un coin du bureau de Ruby.

— Désolé.

Tandis qu'il reposait les brochures à leur place, son attention fut attirée par la photo d'un homme et d'un garçon, vus de dos, en train de se promener dans un parc.

— Qu'est-ce que c'est ?

— Oh ! ça... C'est un gars des services sociaux qui me les a données aujourd'hui au sujet du programme Big Brother. Il permet à des bénévoles masculins de servir de mentors à des garçons en manque de figure paternelle. L'objectif est de leur faire rencontrer quelqu'un de stable, l'équivalent d'un oncle ou d'un grand frère, afin de les recadrer à un âge où ils risquent de dérailler ou de donner du fil à retordre à leurs parents. Comme, dans le service, on reçoit pas mal de mères célibataires, ça peut être utile d'informer des soutiens dont elles peuvent bénéficier.

Ruby tendit la main vers un stylo.

— Avant que vous ne partiez préparer mon café, j'aurais ce formulaire à vous faire signer. Juste ici...

Quelques minutes plus tard, Josh revint avec deux tasses. Le sourire de Ruby valait tous les mercis du monde.

— Merci, Josh. J'ai toujours su que vous étiez un brave garçon.

— Il se fait tard. Vous auriez dû rentrer chez vous depuis longtemps.

— Et vous, alors ? C'est l'hôpital qui se moque de la charité.

— Pas du tout, dit-il en s'asseyant de nouveau. D'ailleurs, je vais m'en aller. Juste après avoir bu mon café. Avec tout ça, je n'ai même pas eu le temps de m'en faire un cet après-midi.

Stevie avait dû rentrer chez elle depuis une bonne heure..., songea-t-il avant de se reprendre. Comment pouvait-il laisser ce genre de pensées lui traverser l'esprit ? En quête d'une distraction, son regard tomba à nouveau sur la pile de brochures.

— Ça m'aurait été bien utile, fit-il comme pour lui.

— Utile pour un patient ? Vous savez des choses que je ne sais pas ?

— Ça m'étonnerait. Non, je pensais à mon enfance. J'ai été élevé par ma grand-mère, et ça m'aurait fait du bien d'avoir un grand frère.

Cela ne regardait pas Ruby, bien sûr, mais lui aussi avait été un gosse à problèmes. Il aurait facilement pu glisser sur une mauvaise pente.

— Je passais mes journées enfermé dans ma chambre, à regarder des séries policières pleines de crimes et des documentaires médicaux. Mon rêve, c'était de devenir le meilleur médecin légiste du monde.

Ruby éclata de rire.

— Et vous vous retrouvez à vous occuper d'enfants qui vous cassent les oreilles à longueur de journée.

Il haussa les épaules.

— Il leur arrive aussi de sourire et de faire des câlins. Je crois que j'aime les enfants, voilà tout. Ils m'aident à me sentir vivant.

— Pas faux. Vous feriez un bon père, Josh.

— Moi ? Non, répondit-il en vidant sa tasse. Jamais de la vie. Les gosses, j'en côtoie suffisamment ici.

En chemin vers la porte, il sentait le regard de Ruby rivé sur son dos. Il pouvait presque l'entendre dire : « C'est dommage, vous allez passer à côté de tant de choses. » Mais il avait ses raisons pour ne pas devenir père. Des raisons qu'il préférait garder pour lui. En revanche, cette histoire de grand frère était quelque chose de nouveau. Cela le changerait, d'aider un enfant qui ne serait pas malade mais dont la vie familiale aurait du plomb dans l'aile. Si tant est que ce gosse eût une famille, d'ailleurs.

Lui-même avait été l'un de ces gosses, par le passé. Il lui en était resté une méfiance prononcée envers les adultes en général et ceux qui l'avaient élevé en particulier. La famille, très peu pour lui, merci. Ce n'était toutefois pas une raison pour ne pas aider, ou essayer d'aider, un gamin qui en aurait besoin. Il ne manquait pas de temps libre, après tout. Il n'était pas en couple et ne devait rendre compte de son temps à personne. Charlotte, du service de radiologie, avait passé la ligne blanche, quelques semaines plus tôt, en lui imposant un ultimatum larmoyant : soit il s'engageait avec elle sur le long terme, soit il admettait que leur relation n'allait nulle part. Et il l'avait admis. Certes, avec toute la diplomatie dont il était capable, mais ils étaient collègues et la situation était délicate.

Pourquoi les femmes avaient-elles tant de mal à s'en tenir à une simple amitié avec des à-côtés ? C'était à chaque fois pareil. Elles étaient d'accord sur le principe et acceptaient les conditions, mais revenaient dessus quelques mois plus tard. Bizarrement, il ne put s'empêcher de se demander comment Stevie réagirait à ces règles. L'idée fit naître un sourire amusé sur son visage. Il aurait parié qu'elle n'était pas du genre à se conformer à des règles, quelles qu'elles soient. Non, à coup sûr, c'était elle qui les établissait, telle une instit intransigeante dans une école stricte. Mais, plus bizarre encore, il admirait l'exigence qu'il devinait en elle. Il ne l'en trouvait que plus séduisante.

N'importe quoi... Et lui qui envisageait justement de servir de modèle à des gamins en perte de repères. Il secoua la tête et sortit ses clés de voiture. Décidément, cette nouvelle infirmière semait le trouble en lui. Elle risquait de faire des vagues dans sa vie, un peu comme si elle avait jeté une pierre au beau milieu de la mare dans laquelle il se trouvait, pour une raison inexplicable. Il fallait qu'il se mette au sec au plus vite.

Et surtout, qu'il y reste.

— Si vous voulez bien vous asseoir, madame Hawksbury. Quelqu'un va venir vous parler.

— Où est mon fils ? Je veux le voir. S'il vous plaît.

Stevie entendit sa voix trembler et se rendit compte, horrifiée, qu'elle était à bout et risquait à tout moment de fondre en larmes. On l'aurait été à moins. Personne n'appréciait de recevoir un appel de la police, encore moins en plein travail, encore moins dans un travail que l'on occupe depuis seulement quinze jours. Par bonheur, elle avait une cheffe formidable. Devant son visage défait, Ruby lui avait aussitôt donné congé sans lui demander la moindre explication.

— Vas-y, lui avait-elle dit. Je te remplace.

Oui, l'infirmière en chef était vraiment quelqu'un de formidable, mais cela, Stevie le savait déjà. Lorsqu'elle lui avait raconté avoir renvoyé le Dr Stanmore dans les cordes, Ruby avait eu un petit rire amusé.

— Ne t'en fais pas pour ça, avait-elle répondu. Il est parfaitement conscient de la qualité de ton travail, et ça ne lui fait pas de mal de se faire remettre en place une fois de temps en temps.

Stevie reporta son attention sur l'agent qui la recevait : un gamin d'une vingtaine d'années tout au plus. Sans l'uniforme, on l'aurait pris pour un lycéen.

— Matthew va bien, dit-il avec un sourire rassurant. Rassurez-vous, on n'a pas l'habitude de placer des gamins de onze ans en garde à vue. Il joue au billard avec Tim, l'un des assistants sociaux, qui va vous l'amener dès que vous aurez discuté un peu avec sa cheffe, Angela. Ah... Justement, la voilà. Je vous laisse.

Angela se présenta comme une intermédiaire entre la police et les services sociaux.

— Et vous êtes Stephanie, si je ne m'abuse ?

— Je préfère Stevie.

Angela hocha la tête d'un air amical.

— Ravie de vous rencontrer, Stevie. Je vous en prie, asseyez-vous.

Mais Stevie n'en fit rien et resta debout.

— Il faut que je sache ce qui se passe. Je ne comprends pas ce qu'il fait ici. Mattie est un brave garçon. Il est *incapable* de commettre un vol à l'étalage.

— S'il vous plaît.

Angela désigna à nouveau le siège d'un geste sans appel, et Stevie obtempéra. En toute franchise, elle était soulagée de s'asseoir. Une fois le téléphone raccroché après le coup de fil, elle avait couru jusqu'au poste de police, et ses jambes la portaient à peine. D'ailleurs, elle avait toujours sa blouse médicale sous son manteau.

— Vous résidez à Hastings Street, c'est ça ?

Stevie respira profondément. OK, Mattie et elle ne vivaient pas dans le plus beau quartier de la ville. Mais ce n'était pas le plus délaissé non plus.

— C'est près de l'hôpital, répondit-elle comme pour se justifier. Je travaille là-bas. Je suis infirmière en pédiatrie. Et puis, il y a une bonne école dans le quartier. Mattie peut s'y rendre à pied. On a emménagé il y a quelques semaines.

Angela hocha la tête d'un air compréhensif.

— L'incident est arrivé dans une épicerie de votre rue. Matthew se trouvait avec un groupe d'autres garçons plus âgés que lui, et c'est le seul que le propriétaire de la boutique a réussi à attraper. Ils ne volaient que des bonbons, mais cet homme a des problèmes avec cette bande depuis plusieurs semaines et il en a eu suffisamment marre pour nous appeler, histoire de leur faire peur.

Une *bande* ? Son Mattie, si sérieux, si responsable, faisait maintenant partie d'une bande ? Stevie secoua la tête.

— Il était censé rentrer à la maison après l'école. Je paye une voisine pour qu'elle surveille ses devoirs jusqu'à mon retour du travail.

— Mme Johnson ?

— Oui, c'est bien elle. Comment le savez-vous ?

— Matthew nous l'a expliqué. Mme Johnson n'était pas là, justement. Elle avait laissé un mot sur sa porte pour dire que sa fille était malade et qu'elle devait récupérer ses petits-enfants. C'est d'ailleurs pour cela qu'on a décidé de le faire venir ici en attendant de pouvoir vous contacter et discuter tranquillement.

Discuter de quoi ? Et pourquoi ? Pour déterminer s'il fallait faire intervenir les services sociaux ?

— J'élève mon fils toute seule depuis onze ans, et on s'est toujours débrouillés, lui et moi. Jusqu'à aujourd'hui, je n'ai jamais été convoquée par la police ou les services sociaux. *Jamais*...

Stevie s'interrompit pour reprendre son souffle.

— Je ne dis pas que c'est simple. Ce déménagement à Gloucester est un nouveau départ, pour lui comme pour moi, mais... Enfin, je ne pensais pas qu'on aurait autant de problèmes dans cette nouvelle ville. Je sais que Mattie a du mal à s'adapter. Ses anciens copains lui manquent.

— Vous avez de la famille dans le coin pour vous aider ?

Stevie fit non de la tête. Sa mère vivait à l'autre bout du pays.

— Et le père de votre fils ?

Stevie secoua à nouveau la tête avec brusquerie. Son père ? Mieux valait ne pas y penser. La seule fois où il s'était impliqué dans la vie de son fils, ça avait été pour proposer de payer un avortement. Stevie n'avait raconté cette histoire à personne pour qu'elle ne remonte pas aux oreilles de Mattie. Certes, cette grossesse avait bouleversé le cours de sa vie mais, malgré la difficulté d'élever un enfant toute seule, elle n'avait jamais regretté sa décision. Mattie était le plus beau cadeau qu'elle ait jamais eu, et elle adorait son petit garçon, plus qu'elle n'aurait cru possible d'aimer quelqu'un. Mais ce n'était ni le lieu ni le moment de se lancer dans ce genre d'explications, d'autant que Mattie risquait à tout moment de débarquer dans la pièce.

Ce fut, d'ailleurs, ce qui arriva. Il entra dans la pièce accompagné d'un jeune homme qui devait être Tim, l'assistant social que le policier avait mentionné. Stevie se leva aussitôt et voulut serrer son fils contre elle, mais il baissait la tête et semblait se recroqueviller en lui-même comme pour se cacher. Les bras de Stevie retombèrent à ses côtés.

Tim se présenta avant de se tourner vers Angela.

— On vient d'avoir une bonne discussion, Matthew et moi. Je ne pense pas qu'il recommencera de sitôt. Ça l'a un peu secoué, de monter dans une voiture de patrouille, dit-il avec un sourire à l'adresse de Stevie.

Elle ne le lui rendit pas. Elle aussi avait été secouée par cette convocation au poste. Une fois de plus, elle s'était demandé si son rêve de nouveau départ n'avait pas pris du plomb dans l'aile, comme le jour où elle avait envoyé son chef sur les roses. À peine installée, elle n'allait tout de même pas être obligée de refaire ses paquets ?

— Nous avons aussi abordé d'autres sujets, dit Tim. Notamment la manière dont Matthew pourrait s'occuper après les cours en attendant votre retour du travail. Vous saviez que son école propose un système de garde jusqu'à 18 heures ?

Stevie hocha la tête. Oui, elle était au courant. Elle savait aussi que ce dispositif était hors de prix.

— Il se trouve qu'ils ont des places de libres pour des enfants dans des situations particulières.

Stevie, exaspérée, fronça les sourcils. À coup sûr, ces places étaient financées par un organisme caritatif quelconque. Or la charité, elle n'en voulait pas. Jamais de la vie.

— Tu veux bien essayer, pas vrai, Mattie ? Si j'arrive à t'inscrire ?

Mattie évitait toujours le regard de sa mère, mais il hocha la tête en réponse à la question de Tim.

— Parfait. Je vous tiens au courant, dans ce cas. Voici ma carte, si jamais vous avez des questions ou des remarques. Tant que j'y suis, tenez, ça pourrait vous intéresser, dit-il en lui tendant un prospectus. Sur ce, nous ne vous retenons pas davantage.

Il tapota la tête de Mattie.

— C'était un plaisir de te rencontrer, mais je ne veux plus te revoir ici, compris ?

Stevie regarda à peine le dépliant, sur lequel un homme et un garçon se promenaient ensemble dans un parc idyllique. Elle fourra le papier dans son sac et se tourna vers son fils.

— Allez, Mattie, on s'en va.

Mais ses jambes étaient lourdes, et son cœur aussi. Mattie, la tête baissée et traînant les pieds, avançait à côté d'elle et ne répondait que par des grognements monosyllabiques à ses tentatives pour engager la conversation.

— Je ne suis pas en colère contre toi, dit-elle. Tu l'as fait pour t'intégrer à leur groupe, c'est ça ? Pour te faire des amis ?

La suggestion lui valut un haussement d'épaules.

— Bon, on en reparlera plus tard, OK ? Après le dîner. Je ne sais pas pour toi, mais, moi, je meurs de faim.

L'ascenseur de l'immeuble était en panne, une fois de plus. Après avoir passé le plus clair de la journée debout, elle se serait volontiers passée de monter à pied. Au moins, elle n'avait plus de poussette à traîner. Pour autant, à mesure que Mattie grandissait, la vie ne devenait pas plus simple, loin de là. S'occuper toute seule d'un bébé n'avait pas été une mince affaire mais, avec le recul, ces difficultés lui semblaient assez rudimentaires. Mattie était désormais assez grand pour prendre soin de lui-même, mais les problèmes étaient toujours là, de plus en plus complexes. Tôt ou tard, et de préférence ce soir, ils allaient devoir discuter, pour mettre les choses à plat et essayer d'avancer. Et si elle devait ravaler sa fierté et accepter une main tendue qui donnerait accès à un groupe extrascolaire à Mattie, eh bien, elle était prête à le faire.

Au moins, elle avait son plat préféré au congélateur. Personne ne l'accuserait d'être une mauvaise mère si elle lui servait des frites et du poisson pané, non ? Enfin, tant pis pour les légumes verts. Ce serait pour une autre fois.

Ils perdaient leur temps, et les uns, et les autres. Ce garçon n'avait pratiquement rien dit depuis le début de leur rendez-vous de présentation.

— C'était l'idée de ma mère, pas la mienne, dit-il, bougon.

Mattie se leva et se posta près de la fenêtre, tournant le dos aux deux adultes.

— Je n'ai pas besoin d'un grand frère.

En désespoir de cause, Josh se tourna vers Tim, l'assistant social, assis à l'autre bout de la pièce.

— Sa mère ne devait pas venir ?

Tim hocha la tête.

— Elle a envoyé un texto pour prévenir qu'elle aurait un peu de retard. Nous pourrions commencer à réfléchir sans elle au programme du prochain rendez-vous. Enfin, si Mattie est d'accord, bien entendu.

Josh en doutait fortement. Cette première rencontre serait peut-être la dernière ? Avec sa mine boudeuse, Mattie ne semblait pas avoir la moindre envie d'accueillir un adulte étranger dans sa vie. Ce gosse n'avait que onze ans, mais il était renfermé comme une huître. Quelle tristesse... Malgré lui, Josh repensa à son enfance à lui : une période pas très gaie qu'il préférait enfouir dans sa mémoire. Il alla rejoindre le garçon sans rien dire, juste pour l'habituer à sa présence. Au lieu de cela, Mattie sembla se figer. Si Josh s'en formalisa, cela ne dura pas. À l'exclamation horrifiée que Mattie lâcha en sourdine, il se rendit compte que le garçon n'avait même pas remarqué sa présence. Une seconde plus tard, un crissement de pneus attira son attention vers ce qui intéressait l'enfant. Un petit chien venait de se faire renverser par une voiture et gisait sur le bas-côté.

— Non !

Mattie avait blêmi ; par contraste, ses yeux semblaient encore plus sombres. Visiblement bouleversé, il se tourna vers Josh.

— Il est mort ?

— Non. Regarde… Il essaie de se relever. Par contre, on dirait qu'il est blessé à la patte. On descend voir si on peut faire quelque chose pour lui ?

Mattie hocha la tête avec véhémence, prêt à bondir vers la porte. Josh croisa le regard de Tim pour s'assurer qu'il pouvait sortir avec Mattie. Tim hocha la tête en signe d'assentiment.

— Josh est médecin, Mattie. Il pourra certainement aider ce petit chien.

Oui, mais pas dans la rue, en tout cas. Et comme l'animal ne semblait appartenir à personne, Josh le ramena dans le bâtiment. À sa demande, Tim leur apporta des serviettes, et Josh se mit en devoir d'examiner le minuscule terrier. Mattie, accroupi à côté de lui, ne perdait pas une miette de ce qu'il faisait.

— Je ne pense pas que sa blessure soit bien grave. Tiens, tu vois ça ?

— Quoi ?

— Eh bien, la forme de sa patte.

— Elle n'est pas comme l'autre, c'est ça ?

— Exactement, dit Josh en lui souriant. Bien vu. C'est l'une des premières choses qu'on apprend à la fac de médecine : comparer deux choses pour voir en quoi elles sont différentes. À ton avis, quel est le problème ?

— Sa patte est cassée ?

— J'ai bien peur que oui.

Malgré la douceur avec laquelle Josh manipulait le chien, celui-ci laissa échapper un jappement de douleur. Sans réfléchir, Mattie tendit la main pour le caresser.

— Fais attention. Même amical, un chien risque de mordre s'il souffre ou s'il a peur de quelque chose.

— Il ne va pas me mordre, dit Mattie.

En effet, le chien gémit, mais il ferma les yeux, comme si les caresses lui apportaient du réconfort.

— Il ne porte pas de collier, dit Tim. Et vu son état de propreté assez douteux, ce doit être un chien errant. Autrement dit, personne ne voudra payer une note de vétérinaire probablement salée.

— Si : moi, répondit Josh. Il y a une clinique dans les parages ?

— Je vais me renseigner.

Tim sortit son téléphone, et Josh se tourna vers Mattie.

— Il faut le mettre un peu plus à l'aise avant de le transporter chez le véto. Je vais enrouler une serviette autour de sa patte, pour lui faire une sorte d'attelle. Tu m'aides ?

— Il y a une clinique juste au bout de la rue, dit Tim au bout d'une minute.

— Parfait. Je l'emmène tout de suite.

Mattie bondit aussitôt sur ses pieds d'un air déterminé.

— Je viens, moi aussi.

Déjà, il était à la porte. Josh remarqua l'hésitation de Tim. Les premiers rendez-vous du programme Big Brother se déroulaient dans les locaux des services sociaux et selon un protocole bien défini, mais ils étaient ici en présence d'un cas de figure tout à fait spécial : une urgence, qui plus est. Et cette urgence leur avait permis de venir à bout des réticences de Mattie. Si on lui interdisait d'accompagner Josh chez le vétérinaire, il érigerait certainement de nouvelles défenses autour de lui, et probablement plus hautes encore.

— Bon, OK, dit enfin Tim. Mais tu restes avec Josh, Mattie. Et ne quitte surtout pas la clinique. Je vous rejoins avec ta mère dès qu'elle arrive.

Mattie n'avait d'yeux que pour le petit chien emmitouflé dans les serviettes. Puis il leva la tête, et l'expression de son visage fit fondre le cœur de Josh.

— Il n'est pas lourd, dit ce dernier d'une voix douce. Et je sais qu'il te fait confiance. Tu veux le porter ?

Mattie se redressa, ce qui lui fit gagner plusieurs centimètres, et hocha la tête avec solennité. Tandis que Josh plaçait précautionneusement l'animal blessé entre les bras du garçon, leurs regards se croisèrent à nouveau et son cœur se pinça encore plus. Ce gosse lui rappelait tellement l'ado un peu paumé qu'il avait été...

— Allez, viens, dit-il en lui tenant la porte. On va le tirer d'affaire, ce petit bonhomme.

C'était la seconde fois en un peu plus d'une semaine que Stevie traversait le centre-ville de Gloucester à la hâte sans savoir au juste ce qui l'attendait à l'arrivée. Au moins, aujourd'hui, elle n'était pas convoquée dans un poste de police, mais devoir rencontrer une personne des services sociaux suffisait à la mettre sur des charbons ardents. Pour ne rien arranger, elle avait un retard énorme, justement le jour où elle devait faire la connaissance du mentor attribué à Mattie après son inscription au programme Big Brother. Si elle avait espéré faire bonne impression, c'était mal parti. Enfin, ce n'était tout de même pas sa faute si un enfant avait vomi sur elle juste au moment où elle s'apprêtait à quitter le service, l'obligeant à se doucher et à changer de vêtements en catastrophe. Le pire, c'était qu'elle avait l'impression de ne pas s'être complètement débarrassée de l'odeur.

En arrivant à l'adresse qu'on lui avait indiquée, elle reconnut Tim, l'assistant social qu'elle avait croisé une semaine plus tôt au poste de police, qui visiblement l'attendait. Allons bon... Que s'était-il passé cette fois-ci, bon sang ?

— Il est arrivé quelque chose ? Où est Mattie ?

Il s'était enfui ? Il avait fait une bêtise ? Après tout, il était venu là à contrecœur, et il avait fallu pour cela qu'ils discutent longuement, qu'ils mettent les choses à plat sur ce qui pourrait l'aider à s'adapter à sa nouvelle vie.

— Il est juste là, au bout de la rue, avec son mentor. Tout va bien, répondit aussitôt Tim devant sa mine défaite. Je vais tout vous expliquer en chemin. Je voulais simplement vous en informer de vive voix plutôt qu'avec un texto qui aurait risqué de vous alarmer.

Lorsqu'ils arrivèrent chez le vétérinaire, Stevie se sentait déjà un peu rassérénée. L'incident était apparemment un mal pour un bien, puisqu'il avait permis de rompre la glace entre Mattie et son mentor. En revanche, par une fâcheuse coïncidence, le mentor en question était un homonyme de l'homme qu'elle s'efforçait d'éviter au travail. Mais si cet arrangement était bénéfique à Mattie, elle ne s'arrêterait pas à ce détail.

À son entrée, elle fut tout d'abord frappée par l'expression du visage de son fils. Il semblait éprouver une joie émerveillée, comme si on était le 25 décembre et qu'il avait encore l'âge de croire au Père Noël.

— Regarde, maman... Je les ai aidés à réparer sa patte, et même à faire le plâtre. Il a passé une radio et tout et tout, et Josh m'a même permis de le porter jusqu'ici et... Il n'est pas tatoué, donc il n'a sûrement pas de famille, alors... On peut le prendre à la maison, dis ? S'il te plaît...

Prise de court, Stevie ouvrit la bouche et la referma. Que dire ? Que le règlement de l'immeuble interdisait justement les animaux domestiques ? Elle ne voulait pas doucher sa joie, mais de là à lui mentir... Embarrassée, elle jeta un coup d'œil à Tim, qui se contenta de la regarder avec sympathie. Par bonheur, la vétérinaire vint à sa rescousse.

— Il peut passer la nuit ici, dit-elle. On va poster sa photo sur les réseaux sociaux et, qui sait, son maître le reconnaîtra peut-être, s'il en a un. Auquel cas il n'ira pas à la fourrière.

— Non !

Mattie secoua furieusement la tête et se tourna vers un homme qui était resté en retrait durant l'échange. Stupéfaite, Stevie se rendit compte que, non, le mentor de Mattie n'était pas un homonyme de son chef. C'était une seule et même personne : le responsable en chef de son service et, accessoirement, l'homme qu'elle avait accusé de harcèlement sexuel à son encontre. Comme le monde était petit...

— Je vais le prendre chez moi, dit celui-ci. Du moins, le temps que l'on recherche son maître.

— Mais je pourrai lui rendre visite, dis ? La prochaine fois qu'on se verra ?

Comment cela, la prochaine fois ? Brusquement, Stevie avait l'impression d'être prise au piège. Mattie voulait revoir Josh ? Il désirait nouer des liens avec son chef ? Au moins, Josh devait être aussi gêné qu'elle par cet arrangement, non ? Mais non : il souriait à Mattie.

— Ça dépend de ta mère. C'était ce qu'on avait décidé, tu te souviens ? Qu'on devait tous se retrouver aujourd'hui pour discuter de ce qu'on ferait la prochaine fois.

Mattie hocha la tête et braqua un regard inquisiteur sur sa mère.

— Mais maman, tu avais dit à Tim que, si ça m'allait, on pouvait réfléchir au programme de la prochaine fois.

Derrière Mattie, Josh la regardait fixement, lui aussi. On aurait dit qu'ils étaient tous les deux de mèche contre elle. C'était bien sa veine... D'ailleurs, elle aurait bien aimé savoir ce que Josh fichait là. N'avait-il pas sa dose d'enfants, avec tous ceux qu'il côtoyait à l'hôpital ? Sans compter qu'il en avait peut-être dans sa vie personnelle... Elle n'en savait rien, et de toute façon cela ne la regardait pas. Mais justement, c'était l'une des raisons pour lesquelles Josh ne devait pas servir de mentor à Mattie. Ils étaient collègues, que diable. Et si le petit, en toute candeur, parlait d'elle à Josh ? Non, ce serait vraiment trop gênant. Elle ne voulait pas que Josh soit le mentor de son fils, un point, c'est tout. Seulement, elle devrait le faire savoir avec tact pour éviter de décevoir Mattie. OK, mais comment se défausser sans aggraver la situation ? À fleur de peau comme l'était Mattie en ce moment, la moindre déconvenue risquait de prendre des proportions dramatiques. Le plus sage était de botter en touche pour gagner du temps. C'était sans doute une solution de facilité, mais pour l'instant elle ne voyait pas mieux.

— On verra, dit-elle. Il faut que j'y réfléchisse.

3

Il fallait que cela arrive, bien sûr. Josh devait forcément croiser Stevie à l'hôpital un jour ou l'autre. D'ailleurs, en toute franchise, il n'avait pas envie de l'éviter. Voilà deux jours qu'il hébergeait un petit chien à la patte plâtrée, et il ne pouvait pas voir le petit animal sans penser au garçon avec qui il l'avait recueilli.

Un garçon qui lui rappelait tant de choses qui avaient façonné son existence. La solitude, par exemple, ou le sentiment de ne pas être à sa place, voire, pire, de ne pas être désiré. Ou encore ce besoin d'aider les autres pour faire remonter son estime de soi. Physiquement, Mattie ressemblait même un peu au garçon qu'il avait été : un peu trop grand pour son âge, maigre, les cheveux sombres et désordonnés. Il aurait voulu avoir des nouvelles de Mattie et lui faire savoir que le petit chien se rétablissait bien, mais pour cela il fallait qu'il parle à sa mère.

L'occasion lui vint sans qu'il la cherche. Une infirmière devait le rejoindre pour une intervention interrompue avant même d'avoir commencé. Après une courte attente, les mains gantées levées à mi-hauteur pour éviter de toucher quoi que ce soit, il eut la surprise de voir Stevie entrer dans la salle d'examen.

— Ruby m'a dit que vous aviez besoin d'un coup de main pour une ponction lombaire, dit-elle.

Josh hocha la tête. Malgré ce contretemps, ils n'allaient pas prendre de retard. Stevie savait de quoi il retournait et elle était arrivée en blouse stérile par-dessus sa tenue, prête à agir tout de suite. Leur petite patiente, sous sédatif, était déjà presque endormie.

— Cette petite fille s'appelle Taylor, dit-il. Sa mère a été obligée de sortir une minute, et Ruby a dû partir avec elle.

— Oui, je sais.

Stevie prit un masque dans un distributeur mural, puis elle se dirigea vers l'extrémité de la table d'examen, sans croiser une seule fois le regard de Josh.

— J'ai trouvé son inhalateur, mais votre assistant a préféré la transférer aux urgences.

— À juste titre. Elle faisait une crise d'asthme carabinée. Le stress, sans doute.

Stevie hocha la tête d'un air compréhensif et se pencha vers la fillette.

— Coucou, ma chérie. Je m'appelle Stevie.

Josh éprouva un sentiment étrange. Cette façon qu'elle avait de dire « ma chérie », avec un tel accent de douceur... Il n'en fallait pas plus pour faire résonner une sorte de gong dans sa poitrine. Ces petits mots suscitaient en lui un sentiment étrange de... De quoi au juste ? De désir ? De tristesse ? Personne ne l'avait jamais appelé « mon chéri » de la sorte, avec autant de tendresse.

Les paupières endormies de la fillette papillonnèrent.

— Où est ma maman ?

— Elle va bientôt revenir, dit Stevie en écartant quelques mèches blondes du visage de la fillette. Elle m'a demandé de m'occuper de toi en attendant. Je vais t'aider à ne pas bouger du tout, du tout. Le docteur en a besoin. OK ?

— ... kay...

— Hé, mais il est joli, ton doudou. C'est un lapin ?

— C'est La... Lapinou...

— Tu vas faire un câlin à ton Lapinou, et moi, je vais te faire un câlin. Voilà... Comme ça.

Penchée en avant, Taylor s'était à nouveau assoupie, pour de bon cette fois, et Stevie disposa ses mains de manière à empêcher l'enfant de bouger soudainement. Elle leva alors les yeux vers Josh.

— Ça vous va comme ça ? La colonne vertébrale est assez fléchie ?

Une seconde, Josh fut frappé par son regard. Fasciné, même. Sans doute parce que le masque qui lui dissimulait la moitié du visage concentrait l'attention vers ses yeux. Toujours est-il qu'il n'avait jamais vraiment remarqué leur couleur, un extraordinaire brun noisette, pailleté de petits éclats dorés. On aurait dit des flammes… Ils brillaient comme les reflets roux de ses beaux cheveux sous la lumière crue de l'éclairage artificiel de la salle.

— Oui, c'est très bien comme ça, dit-il d'une voix brusque. Tout est bon : le site opératoire, les champs stériles, les tubes. Pareil pour la sédation, mais je ne voulais pas commencer l'anesthésie sous-cutanée sans être absolument sûr qu'elle allait rester bien immobile.

— Bien sûr.

Assise au bord de la table d'examen, son doudou dans les mains, Taylor était assoupie, le dos courbé. Stevie lui tenait fermement les hanches et les épaules, les doigts bien écartés pour assurer sa prise. Ce n'était pas la première fois que Josh se rendait compte qu'elle savait exactement ce qu'elle faisait. Avec elle, il se sentait parfaitement en confiance, même pour une procédure aussi délicate que celle-ci.

Il s'agissait tout d'abord de déterminer le site de ponction. Pour cela, il tira un trait imaginaire entre les deux crêtes iliaques, sachant que cette ligne allait croiser un point entre les troisième et quatrième vertèbres lombaires. Après avoir désinfecté le dos de Taylor, il procéda à l'anesthésie locale. Sa petite patiente ne semblait pas consciente de la piqûre. À force de pratique, ce geste était devenu automatique, et Josh s'aperçut qu'il faisait encore trop attention à la personne qui l'assistait. Plus que jamais, il devait se rappeler que leurs rapports étaient uniquement professionnels.

— Taylor a été admise avec de la fièvre, des maux de tête et une somnolence. Elle disait aussi qu'elle avait mal aux jambes. Elle a une éruption cutanée, sur une jambe également.

— Oh…

Stevie eut un léger hochement de tête. Elle avait compris à

quoi il voulait en venir. Ces symptômes évoquaient une méningite, et il était primordial de recueillir un échantillon de liquide céphalorachidien pour confirmer le diagnostic d'une maladie aussi grave. Sans relâcher son étreinte, elle inclina la tête de manière à voir le visage de Taylor.

— Ce n'est pas drôle d'avoir mal aux jambes, hein, ma chérie ?

Elle leva les yeux vers Josh.

— Elle dort comme un loir, dit-elle tout bas.

Il cligna les yeux en signe d'acquiescement. Il était à présent totalement concentré sur sa tâche. Il orienta la fine aiguille à pointe biseautée vers le haut, puis il piqua la peau avec circonspection et s'interrompit pour s'assurer à nouveau que Taylor ne bougeait pas. Stevie avait baissé la tête tout près de celle de la fillette. Josh n'entendait pas ce qu'elle lui chuchotait, mais Taylor était si parfaitement détendue qu'elle ne sursauta même pas lors de la piqûre. Il fit progresser l'aiguille, éprouva une légère résistance en traversant les ligaments jaunes, mais continua d'avancer jusqu'à ce que cette résistance s'estompe. Alors, il retira le mandrin et fut soulagé de voir du liquide céphalorachidien perler au bout de l'aiguille. Il n'avait besoin que de cinq à dix gouttes dans trois tubes de prélèvement, ils n'en auraient donc pas pour bien longtemps. Bientôt, cette piqûre ne serait plus qu'un mauvais souvenir pour Taylor, si tant est qu'elle se rappelle quoi que ce soit, étant donné sa sédation.

— En parlant de mal de jambes, dit-il calmement tout en positionnant le premier tube, venez me voir quand vous aurez un moment. J'aurais quelque chose à vous montrer.

À voir Josh, tout cela avait l'air tellement simple, mais Stevie avait bien conscience des compétences nécessaires pour accomplir un tel geste dans les règles de l'art. L'assurance de Josh devait aussi s'expliquer par le calme dans lequel il avait opéré, en total contraste avec l'atmosphère de tension dans laquelle ils avaient travaillé ensemble la première fois. Là, il avait réalisé l'examen avec une douceur telle que Taylor continuait à dormir.

Stevie se demandait de plus en plus si ses réticences envers Josh étaient fondées. Avait-elle exagéré les difficultés qu'elle aurait à interagir avec lui ? En entrant dans la salle, un peu plus tôt, elle n'avait rien vu de négatif dans l'expression de Josh. Au contraire, il avait eu l'air content de la revoir. Aussi n'eut-elle aucun mal à lui offrir un sourire lorsqu'elle le retrouva, deux heures plus tard, en début d'après-midi.

— C'est l'heure de ma pause repas, dit-elle en montrant un sac en papier.

Josh lui rendit spontanément son sourire, et elle sentit jaillir une émotion étrange en elle, une sorte de chaleur qui se répandait au creux de son ventre. Les yeux bruns lui avaient toujours semblé chaleureux, mais il y avait quelque chose de spécial dans ceux de Josh, encadrés de petites rides rieuses. Une dent légèrement tordue donnait à ce sourire le charme de l'imperfection.

— Votre timing est parfait. Suivez-moi.

Il lui fit emprunter une sortie de secours à côté des ascenseurs et grimper un escalier qu'il monta deux à deux. Bizarrement, elle n'hésita pas une seconde à lui emboîter le pas, même si elle ne connaissait pas cet endroit et qu'elle peinait à suivre ses grandes enjambées. Arrivé au dernier étage, il la précéda sur le toit du bâtiment : une grande plate-forme en forme de U située en face de l'héliport. Derrière lui, Stevie observa avec étonnement le panorama qui s'offrait à elle.

— Mais… Mais c'est un jardin potager, ma parole… C'est fou.

Le plus incroyable, c'est qu'elle n'avait jamais entendu parler de cet endroit. Tout autour d'elle, des parterres surélevés débordaient de plantes, et çà et là des arbres fruitiers colonisaient d'énormes pots. À l'autre bout du toit, plusieurs personnes remplissaient un conteneur avec ce qui ressemblait à des carottes. Josh se tourna vers elle avec un grand sourire.

— C'est formidable, non ? L'idée a été lancée par une poignée de bénévoles il y a quelques années. J'aime venir ici lorsque j'ai un moment. Venez, il y a de quoi s'asseoir et la vue est splendide. S'il n'y avait pas toutes ces forêts et ces collines, on verrait jusqu'au village où j'habite.

Elle promena un lent regard sur l'horizon.

— C'est justement ce qui m'a poussée à quitter Londres. Je rêvais de vivre dans l'un de ces petits villages des Cotswolds. Bon, le centre-ville de Gloucester n'est pas idyllique, mais au moins nous ne sommes plus à Londres. C'est déjà ça.

Il lui jeta un regard curieux, mais il s'abstint de tout commentaire et lui indiqua un banc.

— On peut se tutoyer ?

— Bien sûr. Tu as mangé ?

Comme il secouait la tête, elle lui tendit son sac.

— Vas-y, sers-toi. Mattie adore les sandwichs au fromage grillé, mais j'en ai préparé beaucoup trop hier soir.

Il mordit dans un triangle de pain de mie, et son visage s'éclaira à nouveau.

— Qu'est-ce qu'ils sont bons, dis donc.

Elle évacua le compliment d'un haussement d'épaules.

— Oh ! c'est tout simple. Tu mélanges deux œufs, du fromage et du bacon, tu étales ta préparation sur des tranches de pain de mie et tu passes tout ça au gril jusqu'à ce que le fromage fonde. Ce n'est vraiment pas de la grande cuisine. Tiens, prends-en un autre.

Elle lui ouvrit à nouveau le sac, mais promena à nouveau les yeux autour d'elle comme pour éviter son regard.

— Et merci de m'avoir amenée ici. C'est un endroit magnifique.

— Oh…

Alors qu'il tendait la main vers les sandwichs, il suspendit son geste et prit son téléphone à la place.

— J'oubliais. En fait, je ne t'ai pas fait monter pour le panorama.

Il tapota l'écran de son portable pour faire apparaître une photo.

— Tiens, regarde… Je lui ai donné un bain hier soir, malgré son plâtre qui ne facilitait pas les choses. J'ai dû envelopper sa patte dans un sac en plastique pour ne pas la mouiller. On dirait un autre chien, tu ne trouves pas ?

En effet, il avait un pelage beaucoup plus blanc et gonflé que celui du petit terrier crasseux qu'ils avaient récupéré l'autre semaine.

— En tout cas, il a l'air beaucoup plus heureux.

— Il adore mon jardin. Une dame du village passe tous les jours pour s'occuper du ménage et elle surveille Lucky pendant la journée.

— Lucky ?

— C'est le nom que Mattie lui a donné. Parce qu'il a eu de la chance de ne pas se faire tuer lorsqu'il a été renversé.

Josh s'interrompit, saisi d'une hésitation.

— Je me suis dit que Mattie aimerait voir cette photo. Si tu me donnes ton numéro, je peux te l'envoyer.

Déjà, il ouvrait son répertoire de contacts. Elle lui prit l'appareil et tapa ses coordonnées.

— Ça lui fera plaisir, dit-elle d'une voix douce. Il a vraiment hâte d'avoir de ses nouvelles. Enfin, c'est ce que j'ai cru comprendre d'après le peu qu'il me raconte. Il faut toujours lui arracher les mots de la bouche.

— Pourquoi ?

Elle lui rendit son téléphone.

— Il n'a pas envie de me parler. Il pense que je vais lui interdire de te revoir, ou de revoir Lucky.

— C'est ce que tu comptes faire ? demanda-t-il en la regardant fixement.

— Je ne sais pas... Avoue que ce n'est pas vraiment convenable, tout de même.

— Pourquoi pas ?

— Eh bien, on travaille ensemble, toi et moi. Et...

Elle se tut et se mordilla la lèvre, mais Josh la dévisageait avec une préoccupation si sincère qu'elle surmonta ses hésitations.

— Déjà, je ne comprends pas tes motivations. Tu n'es pas un peu vieux pour jouer les grands frères ?

— En effet, la question se pose. J'ai trente-six ans : c'est l'âge limite pour participer en tant que mentor. Mais je n'avais jamais entendu parler de cette initiative avant de trouver une brochure sur le bureau de Ruby. Plus j'y réfléchissais, plus j'aimais l'idée, et ma rencontre avec Mattie a renforcé mes a priori positifs. C'est un gamin super, Stevie. Tu peux être fière de lui. Et de toi.

Le compliment était si sincère qu'elle sentit des larmes lui brûler les paupières. Mais il n'avait pas fini de parler.

— Tu aurais dû voir comme il était gentil avec ce chien. Il était prêt à risquer de se faire mordre pour s'occuper de lui et s'assurer qu'il allait bien. Il avait une détermination à toute épreuve... Un peu comme sa mère, lorsqu'elle m'aidait à soigner une fillette qui s'étouffait, fit-il avec un léger sourire.

Encore des compliments ? Elle pencha la tête, gênée. Josh semblait vraiment l'apprécier. Était-il exagéré de parler d'admiration ?

— Je n'ai pas connu mon père, dit-il d'une voix douce. Ni le reste de ma famille, si l'on va par là. J'ai été adopté, mais mes parents ne m'ont pas gardé. Ça m'aurait fait du bien d'avoir un mentor, quelqu'un pour me guider, me donner confiance en moi. Mattie m'a dit que son père était mort avant sa naissance. Qu'il n'avait que toi et sa grand-mère.

Elle se mordilla de nouveau la lèvre. Rien ne l'avait préparée à une confession aussi intime de la part d'une personne plus ou moins étrangère. Josh avait raconté tout cela d'une voix neutre dénuée d'émotions, mais elle saisissait toute la portée de ces paroles. Elle l'imaginait enfant, et lui prêtait les traits de Mattie. Josh, au même âge, avait certainement été aussi seul, aussi délaissé. Elle aurait tellement voulu voyager dans le temps pour serrer ce petit garçon dans ses bras, le cajoler et lui dire qu'il allait devenir un homme formidable. Elle ferma les yeux et eut un long soupir. Tout à coup, un secret qu'elle traînait depuis de nombreuses années était devenu un fardeau insupportable. Elle ne tenta même pas de comprendre pourquoi c'était à Josh Stanmore qu'elle désirait le confier, c'était trop extraordinaire. Mais lui-même venait de lui raconter son enfance, non ? Et puis, avec lui, elle se sentait... en sécurité. Oui, en sécurité.

— En fait, non, le père de Mattie n'est pas mort avant sa naissance, murmura-t-elle. C'est juste qu'il ne voulait pas de lui ni de moi. Par contre, il est bel et bien mort, dans un accident de voiture, quelques années plus tard. Mais il n'a jamais existé pour Mattie. À l'époque, il s'est contenté de me proposer assez d'argent pour que j'avorte et que je trouve un travail dans un autre hôpital. C'est seulement à ce moment-là que j'ai découvert qu'il était marié et qu'il avait des enfants. Je ne veux surtout pas que Mattie apprenne à quel point son père ne le désirait pas. Le plus simple était de faire comme s'il était mort et de m'occuper de lui du mieux que je pouvais.

Josh resta silencieux si longtemps qu'elle finit par se sentir mal à l'aise. Ce ne serait pourtant pas la première fois qu'elle essuierait les critiques. Son père, de son vivant, lui avait souvent reproché de gâcher sa vie, d'aggraver sa négligence par de la stupidité, et il n'avait pas été le seul. À force, elle s'était forgé une carapace contre le jugement des autres mais, pour une raison qu'elle ne s'expliquait pas, elle n'avait pas envie d'encourir la désapprobation de Josh.

Lorsqu'elle croisa son regard, il la dévisageait avec gravité.

— Donc, en plus d'être belle, tu es courageuse. Mais cela, je l'avais déjà deviné.

Il la trouvait belle ? Oh là là... Elle sentit ses joues devenir brûlantes.

— En plus, tes sandwichs sont à tomber par terre, fit-il pour détendre l'atmosphère. Bon, je dois retourner au travail.

Au même instant, son bip sonna. Josh lut le message et poussa un soupir de soulagement.

— On vient de recevoir les résultats de la ponction lombaire de Taylor. Ce n'est pas une méningite.

— Dieu merci. Sa mère va être soulagée.

— Oui. D'ailleurs, je m'en vais de ce pas lui transmettre la bonne nouvelle.

Il se leva et jeta un coup d'œil au sac de Stevie.

— C'est de la gourmandise, mais je peux t'en demander un dernier ?

Elle éclata de rire.

— Sers-toi.

Alors qu'il se détournait, son sandwich à la main, elle se surprit à froncer les sourcils.

— Pourquoi m'as-tu fait monter ici pour une photo que tu aurais pu me montrer en salle de repos ?

— J'ai l'impression que tu es comme moi. Que tu te méfies des commérages et que tu tiens à ta vie privée. Tes secrets ne risquent rien avec moi, Stevie.

Et Mattie non plus ne risquait rien avec lui, songea-t-elle. Elle ne put s'empêcher de sourire.

— Je n'ai pas le souvenir d'avoir échangé un vrai secret depuis l'école primaire. À part aujourd'hui, bien entendu.

— Et moi, je n'ai jamais raconté les miens à personne, dit-il en finissant son sandwich. Ce qui veut dire qu'on est amis, je suppose, non ?

Elle éclata de rire.

— Absolument.

Tandis qu'elle le regardait s'éloigner, son sourire s'estompa. L'avait-il vraiment choisie, elle, pour confier un secret aussi personnel ? Avant cette conversation, elle savait déjà que c'était un médecin brillant, totalement dévoué à ses petits patients, mais à présent elle avait de lui une image autrement plus complexe. Celle d'un homme qui était revenu de loin et qui s'était hissé à la seule force du poignet au sommet d'une profession difficile. Un homme qui avait tout de suite repéré les meilleures qualités de Mattie et qui se souciait assez de lui pour vouloir donner suite à cette première rencontre. Sans nul doute, c'était quelqu'un d'intuitif, quelqu'un de bien et… et sans doute la personne la plus sympa qu'elle ait jamais rencontrée. Mattie méritait d'avoir un mentor tel que lui. Et si leurs liens professionnels lui rendaient la situation compliquée, eh bien, elle prendrait sur elle. C'était possible.

En tout cas, elle était désormais sûre d'une chose au sujet de Josh Stanmore : elle pouvait lui faire confiance, tant pour elle-même que pour Mattie. Josh la voyait telle qu'elle était vraiment. Non seulement il la comprenait, mais il l'estimait. Pouvait-elle dire qu'il l'aimait bien ? Quoi qu'il en soit, il semblait bien qu'ils soient devenus amis, aussi inattendu que cela puisse paraître.

Elle s'attarda quelques minutes pour terminer son repas. Lorsqu'elle se leva, une autre pensée la frappa. Josh avait mentionné une dame qui passait chez lui pour s'occuper du ménage. Autrement dit, il vivait seul ? Bizarre... Il avait tout pour lui : il était craquant, talentueux, avec un bon métier. N'importe quelle femme aurait considéré comme une chance de partager la vie d'un homme tel que lui. Enfin, par bonheur, elle n'était pas n'importe quelle femme, justement. Au contraire, elle s'estimait parfaitement immunisée contre le charme et le charisme, même portés à un tel degré.

— Donc... Dis-moi ce que tu vois, Mattie.

— On voit encore l'endroit où sa patte est cassée.

— Mais là, regarde : l'os a commencé à se reformer autour de la fracture.

Josh toucha une tache foncée sur la radio que Jill, la vétérinaire, venait de déposer sur une table lumineuse.

— Tu te souviens comment on appelle ça ?

— Euh... Un cal osseux.

Jill eut un petit sifflement impressionné.

— Tu as étudié l'orthopédie, Mattie ?

— C'est Josh qui m'a appris, se rengorgea-t-il. C'est mon mentor. Vous savez que les os des chiens et des chats sont presque les mêmes que ceux des bras et des jambes des humains ?

Josh observa la vétérinaire. Si elle était le moins du monde amusée de se faire donner une leçon d'anatomie animale par un gosse de onze ans, par bonheur elle ne le montra pas.

— Oui. C'est fascinant, n'est-ce pas ? Tu connais le nom de l'os que Lucky s'est cassé ?

— Il s'est cassé deux os, répondit-il avec assurance. Le tibia et...

Il leva les yeux vers Josh.

— Le fibia ?

— La fibula, corrigea-t-il. On dit aussi « péroné ».

— Ah, oui... Maintenant, je me souviens. Et c'est une fracture oblique.

Cette fois, Jill éclata de rire.

— La relève est assurée, je vois. Quel traitement préconises-tu, Mattie ?

Mais le garçon haussa les épaules d'un air renfrogné. Josh se rappela leurs premières séances, lorsqu'on lui avait annoncé que Stevie acceptait qu'il serve de mentor à son fils. Il pouvait s'estimer heureux que personne n'ait réclamé Lucky. Sans ce petit chien, sans les promenades au parc pendant lesquelles Mattie et lui se relayaient pour le porter, ils n'auraient jamais pu nouer de liens.

La vétérinaire ne parut pas se formaliser du silence du garçon.

— La fracture se répare bien, mais Lucky devra conserver son plâtre quelques semaines encore. Il se peut qu'il boite un peu lorsqu'on le lui enlèvera. Vous êtes toujours d'accord pour le garder ? demanda-t-elle à Josh.

Mattie se figea.

— Pour le moment, oui, répondit Josh. Manifestement, personne ne viendra le réclamer, et je me suis habitué à sa présence. Je l'aime bien, ce petit bonhomme.

Mattie garda le silence jusqu'au terme de la consultation, lorsqu'ils revinrent à la jeep de Josh. Pour la première fois, Josh allait reconduire Mattie directement chez lui. Les fois précédentes, il s'était contenté de le ramener dans les locaux des services sociaux, où Mattie attendait ensuite que sa mère vienne le récupérer. Seulement, Mattie n'avait pas l'air emballé par ce nouvel arrangement. Il fronça les sourcils de plus belle lorsque Josh lui rappela de boucler sa ceinture de sécurité.

— Qu'est-ce qui ne va pas ?

— Ça veut dire quoi « pour le moment » ?

Josh démarra la voiture.

— Pardon ?

— Tout à l'heure, tu as dit que tu allais garder Lucky « pour le moment ». Mais après, tu vas le donner à quelqu'un, c'est ça ?

Josh coupa le contact. Mattie le fixait avec un regard intense et triste qui ne lui laissait aucune échappatoire.

— Il n'y a qu'une seule personne à qui je donnerai Lucky : c'est toi. Du moment que personne ne le réclame, il reste *notre* chien à tous les deux, non ?

Mattie hocha la tête en silence. Il déglutit avec difficulté, comme s'il était au bord des larmes, et se détourna vers la vitre de la portière.

— Les animaux sont interdits, là où on habite.

— Je sais, dit Josh en redémarrant. Mais ta mère m'a dit qu'un jour elle espérait vivre dans un village en dehors de Gloucester.

Mattie ne répondit rien jusqu'à ce qu'ils arrivent chez lui.

— Si on déménage dans une vraie maison, Lucky pourra vraiment venir avec moi ?

— Il faudrait d'abord que j'en discute avec ta mère, mais, si elle est d'accord et que personne n'est venu le réclamer entre-temps, bien sûr, Lucky ira vivre avec toi.

Mattie médita ces paroles tandis qu'ils se garaient.

— Maman dit que ce genre de maison coûte très cher, mais que dans quelques mois elle ira voir la banque pour obtenir un prêt.

— Oui, c'est une bonne idée.

Josh préférait que cette conversation en reste là. La situation financière de Stevie ne le regardait pas, même s'ils étaient amis. Car ils étaient amis, non ? Après tout, ils avaient partagé des secrets. Et des sandwichs au fromage grillé. Le malheureux incident du premier jour était pardonné et oublié. Il s'entendait bien au travail avec Stevie, et aucun de leurs collègues n'était au courant de l'amitié qui les unissait. Josh n'allait sûrement pas mettre en danger la confiance qu'elle lui avait accordée en acceptant qu'il devienne le mentor à Mattie.

Mattie, aussi, apprenait à lui faire confiance, et Josh se rendait compte que l'estime de ce gamin comptait énormément. Mine de rien, il exerçait une énorme influence sur la vie d'un jeune garçon, un peu comme un père avec un fils. Mais avait-il l'étoffe d'un père ? Trop d'enfants dans ce monde étaient laissés pour compte. Il en savait quelque chose, puisqu'il avait été l'un d'eux. Mattie aussi était de ceux-là, même s'il avait une mère formidable.

Quoi qu'il en soit, la confiance de Mattie était un cadeau magnifique. Pour rien au monde il n'aurait risqué de la briser.

Catastrophe...

Certes, Josh lui avait dit qu'il lui ramènerait Mattie, mais Stevie s'était attendue à ce qu'il le dépose en bas de l'immeuble. Au lieu de cela, il avait monté les quatre étages jusque chez elle. Que devait-elle faire, à présent ? L'inviter à entrer ? Lui offrir un café ? À son grand embarras, elle se sentit rougir. Se rappelait-il, lui aussi, ce premier jour où il lui avait proposé un verre ? Il en avait été pour ses frais, le pauvre. Pourtant, il ne l'avait pas fait pour la draguer, elle en était sûre à présent. Il avait simplement voulu être gentil, amical, et c'était une attitude qu'elle-même ferait bien d'adopter, à présent.

Comme elle bloquait le seuil, Mattie la poussa pour entrer.

— On a amené Lucky chez le véto, c'était cool ! Je les ai même aidés à faire la radio. J'ai dû enfiler une espèce de tablier super lourd. Je peux appeler mamie pour lui raconter tout ça ?

— Oui, dit-elle alors qu'il disparaissait dans sa chambre. Mais commence par accrocher ton manteau et ne laisse pas traîner ton cartable.

Elle se tourna vers Josh en souriant.

— Tu veux un café ?

Josh eut une hésitation fugace, et un sentiment indéfinissable traversa son regard. Sans aucun doute, lui aussi se rappelait cette malheureuse première rencontre. Mais était-ce de l'amusement qu'elle lisait sur son visage ? Comme si l'anecdote ne revêtait plus aucune importance pour lui. Bizarrement, elle en était presque déçue. De là à penser qu'elle aurait aimé qu'il la drague, à présent qu'ils se connaissaient mieux... Comme quoi elle était moins insensible à son charisme qu'elle ne le croyait. Mais cela ne changeait rien. Certes, ses réserves initiales vis-à-vis de Josh en tant que mentor de Mattie n'étaient pas fondées. En revanche, entre eux, il n'y avait pas de place pour autre chose que des rapports strictement professionnels ou amicaux.

Un instant, bref mais intense, elle eut l'impression de voir ses pensées se refléter dans les yeux de Josh. Lui aussi éprouvait-il de l'attirance ? Mais presque aussitôt, il détourna le regard, et le charme s'évapora.

— Dis à Mattie que je vais réfléchir à une sortie plus intéressante qu'une promenade au parc pour la prochaine fois. En attendant, nous, on se voit au travail. À plus.

Stevie referma la porte avec un véritable soulagement et resta un long moment plantée sur place. C'était pour Mattie qu'elle était amenée à fréquenter Josh en dehors du travail. Son fils passerait toujours en premier et, pour lui, elle avait toujours consenti à tous les efforts, alors, un de plus, un de moins... De toute façon, elle n'avait pas besoin d'un homme dans sa vie. Elle s'était toujours très bien débrouillée seule, merci. Et puis, comment être sûre que Josh éprouvait quoi que ce fût pour elle ? Non, inutile de perdre son temps en chimères, de se disperser. Son fils avait besoin d'elle, et cela, c'était bien réel.

Le menton dressé avec résolution, elle se détourna de la porte.

— Mamie est toujours en ligne, Mattie ? J'aimerais lui parler.

4

C'était devenu une sorte de rituel pour Stevie. Tous les mardis soir, lorsqu'elle sortait faire ses courses avec Mattie, elle prenait une brochure en papier glacé en passant devant une agence immobilière du quartier. Le soir, après le dîner et les tâches du ménage, il leur restait à tous les deux une heure à dépenser comme il leur plaisait. Alors que Mattie s'amusait sur sa tablette, Stevie épluchait le fascicule. Elle sélectionnait le plus beau cottage, découpait l'annonce et l'ajoutait à sa collection. Son rêve d'acquérir une maison dans les Cotswolds n'était encore que cela, un rêve, mais il prenait des contours de plus en plus précis à mesure qu'ils s'installaient, Mattie et elle, dans leur nouvelle vie.

Il restait des ombres au tableau, bien sûr. Par exemple, cette bande de garçons qui avaient persuadé Mattie de voler des bonbons dans un magasin. Depuis cet incident, il les évitait, mais cela n'allait apparemment pas sans causer d'autres problèmes. Mattie ne lui en disait jamais rien, mais elle craignait qu'il ne soit en butte à des brimades à l'école. Elle en était même quasiment sûre, après une conversation qu'elle avait eue le jour même avec Josh sur le toit de l'hôpital, lors de sa pause déjeuner.

— *Il a reçu quelques noms d'oiseaux dans la rue, lorsque je l'ai ramené à la maison.*

— *Ah bon ? Comme quoi, par exemple ?*

— *Il m'a fait jurer de ne rien te répéter. Il est très protecteur vis-à-vis de toi, Stevie.*

— *Donc, tu ne vas rien me dire ?*

— *Une promesse est une promesse. Désolé.*

Stevie n'insista pas davantage. Elle ne doutait pas une seconde que la sécurité de Mattie lui tenait autant à cœur qu'à elle. Si cela s'avérait nécessaire, Josh n'hésiterait pas à lui raconter tout ce qu'elle avait intérêt à connaître.

— *Sinon, y a-t-il autre chose que je devrais savoir ?*

— *Eh bien... Ses anciens copains lui manquent.*

— *Oui, je sais...*

— *Et sa grand-mère aussi.*

— *Ça aussi, je le savais déjà. J'aurais voulu inviter maman à passer quelques jours avec nous, mais notre appartement est vraiment trop petit. Et le sien aussi, d'ailleurs. Elle a déménagé l'année dernière dans une résidence pour personnes âgées, et elle n'a pas la place pour nous accueillir.*

— *Mattie pense qu'il est assez grand pour lui rendre visite tout seul. Il prendrait le train.*

Mais Stevie avait secoué la tête.

— *Non, il est trop jeune pour effectuer un tel voyage sans un adulte. Imagine qu'il se trompe de gare ?*

— *En bus, alors ? Le chauffeur pourrait faire attention à lui. Et ta mère irait l'attendre à la gare.*

La tête renversée en arrière et les yeux fermés, Stevie entendait presque la voix de Josh. Mattie en avait-il discuté au préalable avec Josh plutôt qu'avec elle ? À cette pensée, une émotion fugitive qui ressemblait fort à de la jalousie l'agita. Dans le même temps, elle était touchée de savoir que Mattie s'efforçait de la préserver. Et si elle voulait bien être honnête, c'était en grande partie grâce à Josh que sa vie s'était améliorée. Sa vie et celle de Mattie.

Chaque semaine, Mattie attendait avec impatience leur séance Big Brother du jeudi. Ce rendez-vous hebdomadaire était même devenu plus important que les activités périscolaires auxquelles il prenait part le soir après les cours. Quant à elle, chaque fois qu'elle croisait Josh à l'hôpital, c'était comme si sa journée s'illuminait. Stevie savait depuis longtemps qu'elle pouvait avoir entièrement confiance en lui, aussi bien pour Mattie que pour elle-même, mais elle commençait à en être vraiment convaincue. À se sentir totalement en sécurité avec Josh. Dieu merci, elle avait dompté l'attirance qu'elle avait eu la faiblesse d'éprouver pour lui. Ils étaient amis, et c'était tout. Mais des amis qui s'impliquaient dans l'épanouissement de Mattie, et la suggestion de Josh méritait qu'elle s'y attarde. Après tout, c'était aussi cela, être parent : savoir lâcher la bride, encourager les prises d'autonomie.

Ces pensées à l'esprit, elle s'arrêta sur le seuil de la chambre de Mattie et l'observa un instant. Focalisé qu'il était sur l'écran de sa tablette, il ne semblait pas l'avoir remarquée.

— Matt ?

— Chut... Je suis occupé, maman. Je dois ouvrir mon parachute et trouver un endroit pour atterrir sur l'île.

— OK, on peut en discuter plus tard. Je me disais juste que ça te ferait peut-être plaisir de passer un week-end chez ta grand-mère et de revoir tes amis. Par contre, il faudrait qu'on réfléchisse au voyage, à comment tu prendrais le bus.

Négligeant brusquement son jeu, Mattie leva la tête vers elle.

— Quoi, tout seul ?

— Eh bien, oui. Qu'en dis-tu ?

— Ce serait génial !

Un bruitage dans le jeu vidéo évoqua un objet s'écrasant au sol, mais Mattie n'y prêta pas la moindre attention. Son visage brillait comme chez le véto, le jour où il avait trouvé ce chien. Avec Josh. Et voilà... Elle repensait à lui. Décidément, c'était plus fort qu'elle. Qu'elle le veuille ou non, il était là, dans sa tête, et aussi dans les profondeurs de son être, car une étrange chaleur s'insinuait en elle. Elle en éprouvait presque du réconfort. Josh était devenu une sorte de fil qui reliait les différentes zones de son existence. Que se passerait-il si, pour une raison ou pour une autre, ce fil venait à casser ? Sa vie allait-elle se déliter ? Mieux valait faire attention à ne pas trop compter sur cet homme. Certes, son instinct lui disait qu'elle pouvait avoir confiance en lui, mais, après tant d'années à défendre bec et ongles son indépendance, à prendre soin de son fils toute seule, elle avait du mal à accepter l'aide d'un autre. Encore, s'il ne s'était agi que d'elle, les enjeux n'auraient pas été si énormes, mais il était question de Mattie. C'était sans doute très bien que Josh prenne une telle place dans la vie de son fils, mais d'autres personnes étaient tout aussi importantes et ne devaient pas être négligées. Sa mère, par exemple.

— Termine ta partie, et on téléphone à mamie pour voir ce qu'elle pense de cette idée.

Mattie éteignit l'écran.

— C'est bon. On peut l'appeler maintenant.

Il y avait toujours eu un je-ne-sais-quoi de différent dans l'ambiance des samedis matin à l'hôpital. Ce jour-là, la tournée des patients était plus détendue, il y avait moins de stress, sans doute parce que les chirurgies électives étaient programmées en semaine, ou parce que les spécialistes n'étaient appelés que si nécessaire. Quoi qu'il en soit, Josh appréciait de pouvoir prendre son temps avec les collègues et les patients.

Par exemple, Fraser, treize ans : hospitalisé pour une acidocétose diabétique, il apprenait à gérer les conséquences d'un diabète de type 1. Ce garçon ne cessait d'impressionner Josh. Il s'était adapté à la situation sans sourciller, alors qu'il devait passer le plus clair de son temps seul à l'hôpital : sa mère, célibataire, devait rester à la maison pour s'occuper de ses trois frères et sœurs. Par ailleurs, Fraser insistait pour apprendre à contrôler sa glycémie et s'injecter l'insuline lui-même. Toutefois, comme Josh l'expliqua à son interne, Fraser ne pourrait pas se porter candidat pour une pompe à insuline avant d'avoir prouvé qu'il était capable de contrôler son diabète. Pour l'heure, la priorité était surtout de stabiliser et de maîtriser ses paramètres vitaux.

— Ça va, Fraser ? demanda Josh en entrant dans la pièce.

— Oui, ça va. Ma glycémie est à 8 ce matin.

— Tu l'as noté dans ton journal ?

— Oui.

— Tu prends quand ton insuline ?

— Maintenant.

Ce n'était pas Fraser qui avait répondu, mais une infirmière qui arrivait avec une seringue et des compresses imbibées d'alcool sur un haricot en inox. De l'autre main, elle tenait une boîte à déchets jaune vif.

— Tu veux montrer aux docteurs comme tu te débrouilles bien, Fraser ?

Josh ne s'attendait pas à tomber sur Stevie à l'hôpital un samedi. Il se souvint alors que c'était justement le week-end où Mattie devait rendre visite à sa grand-mère. Stevie s'était-elle rendue disponible au pied levé pour remplacer un collègue ? En tout cas, sa présence était une agréable surprise : signe que leur amitié prenait de plus en plus d'importance dans sa vie. Et de fait, il prit conscience qu'il aimait vraiment beaucoup Stevie, et qu'il lui faisait confiance. C'était bien la première fois qu'il nouait avec une femme des liens amicaux sans à-côtés sexuels, ce qui comportait des avantages insoupçonnés. Avec Stevie, il n'y aurait jamais de complications. Mine de rien, c'était sécurisant.

Fraser aussi aimait bien Stevie. D'ailleurs, c'était son approbation à elle qu'il guettait en détaillant le fonctionnement d'un stylo à insuline.

— Donc, j'enlève les deux capuchons. Ensuite, je sélectionne deux unités d'insuline pour chasser les bulles d'air.

Joignant le geste à la parole, il dirigea l'aiguille vers le haut et appuya sur un bouton à l'extrémité du stylo pour expulser quelques gouttes d'insuline.

— Maintenant, je règle la dose à administrer : ici, c'est une unité. Et voilà, mon injection est prête.

Il inséra l'aiguille dans un pli du ventre et compta jusqu'à six avant de la retirer.

— Et c'est tout. Fastoche !

Stevie le récompensa d'un grand sourire qui disait à quel point elle était fière de lui. Josh croisa brièvement son regard, et son cœur se serra. Bizarrement, il aurait voulu être à la place de ce garçon. Il s'éclaircit la gorge.

— Félicitations, Fraser. C'est très courageux, d'apprendre à gérer ta glycémie tout seul.

L'adolescent hocha lentement la tête.

— Au début j'avais peur, mais Stevie m'a dit que c'était normal et qu'on ne peut pas être courageux sans avoir peur, justement. Parce que, autrement, ça ne sert à rien d'avoir du courage, pas vrai ?

Une seconde, Josh fut pris de court. Stevie parlait en connaissance de cause. Il en fallait, du courage, pour élever un enfant toute seule. Lui-même le lui avait d'ailleurs fait savoir. Cela, et aussi qu'elle était belle. Ce en quoi il n'avait pas changé d'avis. Stevie était vraiment une femme ravissante, la plus ravissante qu'il ait jamais rencontrée. Il l'appréciait pour sa force, pour sa détermination, pour sa capacité à se défendre et à protéger son fils. Pour sa générosité, aussi. Il connaissait peu d'infirmières qui auraient pris sur leur temps pour se lancer avec un adolescent dans une discussion philosophique sur le sens du courage. Josh hocha la tête. Si un adulte lui avait tenu ce genre de propos, lorsqu'il avait l'âge de Fraser, sans doute aurait-il eu moins de mal à affronter ses problèmes. En tout cas, il se serait senti moins fragile.

Brisant ce bref contact visuel, Stevie tendit à Fraser la poubelle à déchets pour qu'il jette l'aiguille usagée, puis tous deux échangèrent un sourire. Comment ne pas remarquer la complicité et la confiance qu'ils avaient l'un pour l'autre ? Ruby ne tarissait pas d'éloges à propos de Stevie et elle avait parfaitement raison. Josh était tout autant impressionné. Sans aucun doute, le soutien et les encouragements de Stevie expliquaient pour beaucoup la facilité avec laquelle Fraser s'adaptait aux bouleversements dans sa vie.

D'ailleurs, à propos de bouleversements, Stevie en traversait justement un aujourd'hui, non ? Il lui avait fallu une bonne dose de courage pour laisser Mattie voyager tout seul. Était-ce pour cette raison qu'elle avait choisi de travailler ce samedi ? Pour ne pas trop penser à son fils ?

Accaparé par son travail, Josh ne s'attarda pas sur ces pensées. Il ne revit Stevie qu'en fin de matinée, dans la chambre du dernier patient de sa tournée. Jackson, cinq ans, avait été opéré tout bébé d'une hydrocéphalie, mais le shunt, inefficace, avait dû être remplacé. Deux jours après cette nouvelle opération, le petit garçon, coiffé d'un casque de vélo à motif de dinosaures, s'apprêtait à quitter l'hôpital avec ses parents, et Stevie faisait en sorte que leur départ se passe le mieux possible. Josh prit le temps de s'assurer que ces derniers, ainsi que les internes, étaient tout à fait informés des tenants et aboutissants de l'intervention que l'enfant venait de subir.

Peu après, Josh trouva Stevie en salle de repos, devant un ouvrage de neurologie et un café. Ruby, qui venait de terminer son repas, lavait un récipient en plastique. Elle lui jeta un coup d'œil alors qu'il se servait une tasse de café.

— Je vous ai vu hier à l'hôpital central de Cheltenham, je rendais visite à une amie. Elle n'est pas discrète, votre nouvelle voiture.

Josh lui jeta un coup d'œil étonné.

— Pardon ?

— Oui, un machin gris argenté. C'est quoi, au juste ? Une Porsche ? Une Maserati ?

Cette fois, il ne put s'empêcher de rire.

— Vous plaisantez ? Vous pensez vraiment que c'est mon genre ?

— Ce doit être un bon aimant à nanas, en tout cas, dit-elle à voix basse.

Elle eut un signe de tête en direction de Stevie, qui lisait tranquillement dans son coin.

— Enfin, vous avez peut-être épuisé toutes les autres options, fit-elle toujours dans un murmure. Mais quand même, c'est bizarre que vous soyez encore célibataire après tout ce temps. Ça va faire des mois…

Elle termina d'essuyer sa boîte avec un grand sourire et se détourna pour partir.

— En tout cas, vous avez bien fait de vous raser, fit-elle en reprenant une voix normale. Je ne souscris pas du tout à cette mode de la barbe de trois jours. Moi, j'appelle ça du laisser-aller.

Josh, interloqué, secoua la tête. Il ne comprenait toujours pas où elle voulait en venir, mais quel intérêt ? Elle devait l'avoir confondu avec quelqu'un d'autre. Elle se trompait aussi en sous-entendant qu'il y avait quelque chose entre Stevie et lui, quelque chose d'autre que de l'amitié, s'entend. Une histoire n'était pas à l'ordre du jour entre eux, mais cela ne regardait pas Ruby, pas plus que l'amitié qui le liait à Stevie en dehors du travail.

Alors que Ruby quittait la pièce, il prit place à côté de Stevie.

— Tu vérifies ce que j'ai raconté aux parents de Jackson ?

Elle leva le nez de sa lecture en rougissant.

— Non, bien sûr que non. Je voulais juste me renseigner. J'avais du mal à me souvenir de ce que tu as dit au sujet des différents types de shunts.

Il hocha la tête.

— On a procédé à une dérivation ventriculo-péritonéale. C'est une opération qui permet de diriger le LCS vers la cavité péritonéale ; de là il est absorbé dans la circulation sanguine. Les risques sont moins importants qu'avec une dérivation ventriculo-atriale, qui amène le liquide vers l'oreillette droite du cœur. Si tu as d'autres questions, n'hésite pas.

— Merci. Je m'y remettrai plus tard, dit-elle après un coup d'œil à sa montre. La mère de Fraser doit venir après le repas avec ses deux frères et sa sœur, alors je vais vite faire un peu de rangement.

Elle glissa un papier dans son livre en guise de signet.

— Qu'est-ce que c'est ? demanda Josh en avisant le marque-page.

— Oh ! ça ? C'est une annonce que j'ai découpée dans un journal.

Il récupéra le morceau de papier pour l'examiner plus attentivement.

— Je connais ce cottage. Il est dans un village juste à côté du mien. Si je ne m'abuse, il est à vendre depuis la semaine dernière. Tu veux qu'on y jette un coup d'œil cet après-midi ? Il est ouvert aux visites.

Elle porta son mug à l'évier.

— Pourquoi pas ? Mais ça m'étonnerait qu'il soit dans mes moyens. Imagine : un cottage du XVIIIe siècle avec un carrelage en pierre de taille et un jardin. Il doit valoir les yeux de la tête.

— Pas forcément. Le chaume a manifestement besoin d'être refait, et il y a sans doute des travaux à prévoir pour l'intérieur.

Au contraire, ça peut être une affaire. De toute façon, une visite ne t'engage à rien.

Elle lui prit l'annonce et referma son livre dessus, comme pour clore la conversation, mais Josh avait vu dans son regard une lumière qui ressemblait à de l'espoir. C'était son rêve, s'il ne se trompait pas, un cottage comme celui-là ? Tout à coup, il fut pris d'une envie folle de l'aider à réaliser ce rêve.

— Je peux t'accompagner, dit-il encore. Je m'y connais un peu dans ce domaine. Tu finis à quelle heure ?

— 15 heures.

— Ça nous laisse juste le temps de nous y rendre. D'autant que tu n'es pas obligée de rentrer tout de suite chez toi. Puisque Mattie est chez sa grand-mère.

Elle sembla surprise qu'il n'ait pas oublié.

— Je t'attends devant l'entrée principale à 15 heures. Je conduis une jeep noire, assez vieille et pas du tout tape-à-l'œil, en dépit des élucubrations de Ruby. Tu n'auras qu'à me suivre jusqu'au village. Tu me rends service, en fait, fit-il en se levant. Ça me motive pour aller y jeter un coup d'œil. Moi aussi, j'ai une passion pour les vieilles pierres.

Le toit de chaume, couvert de mousse, s'affaissait légèrement au milieu. À l'intérieur, les murs plâtrés s'écaillaient par endroits. Des vitres étaient brisées, et la cuisine se résumait à un robinet qui fuyait et à une vieille plaque de cuisson. Le petit jardin était à l'avenant, c'est-à-dire laissé à l'abandon depuis des années. Mais Stevie ne s'arrêtait pas à ces détails. Elle se voyait déjà assise devant un grand feu dans la cheminée, dans un salon aux poutres apparentes où flottait la délicieuse odeur du petit plat qui mijotait sur la cuisinière Aga occupant tout un pan de mur dans la cuisine. Bonne pour la déchetterie, d'après l'agent immobilier ! Après le départ de celui-ci, Josh et Stevie s'attardèrent malgré le froid devant le cottage.

— Tu en es tombée amoureuse, n'est-ce pas ? dit Josh.

Le mot n'était pas trop fort. Elle éprouvait cet intense cocktail d'excitation, d'impatience et d'espoir qui ressemblait à s'y méprendre à de l'amour.

— Elle est parfaite, dit-elle avec un long soupir.

Josh éclata de rire.

— Ne nous emballons pas. Moi, je dirais qu'elle a du potentiel. En plus, le chaume a l'air encore assez étanche, même s'il est mal en point. Ça te permettrait de différer une grosse dépense.

Alors qu'elle se dirigeait vers les voitures, elle jeta un dernier regard au cottage par-dessus son épaule.

— Tu as vu cette cheminée ?

— Oui, c'est une cheminée à foyer ouvert. J'en ai une chez moi aussi, seulement j'ai installé un poêle à bois dans l'âtre. Ça t'intéresse d'y jeter un coup d'œil ? J'habite à cinq minutes. Ça pourrait te donner des idées pour ta maison.

Sa *maison* ? Elle éclata de rire. Dans ses rêves ! Quoique, il y avait aussi du bon, dans les rêves, songea-t-elle en avançant vers les voitures. C'était de cela que se nourrissait l'esprit, après tout. Pourquoi collectionnait-elle les photos de cottages tous plus beaux les uns que les autres, si ce n'était pour échapper un peu à la réalité et imaginer un avenir idéal ? C'était un peu comme jouer au loto ou lire un roman sentimental. Dans la vraie vie, certains avaient la chance de gagner le gros lot ou de tomber sur le grand amour : c'était bien la preuve que ça pouvait arriver, pas vrai ? Et dans tous les cas, pendant quelques minutes, on se berçait de l'espoir que, oui, c'était possible. Alors pourquoi ne pas prolonger un peu ce rêve ? De toute façon, si elle rentrait maintenant, elle allait se morfondre et s'inquiéter au sujet de Mattie, alors que sa mère s'en occupait très bien. Aux dernières nouvelles, il devait passer la soirée chez un copain et ne lui enverrait un texto que dans plusieurs heures.

Josh avait-il deviné ses pensées ? Était-ce pour cela qu'il l'avait invitée à visiter une maison qu'elle ne pourrait sûrement jamais s'offrir ? Elle lui jeta un coup d'œil inquisiteur, auquel il répondit par un haussement de sourcils. Puis il sourit, et elle comprit qu'il savait parfaitement à quoi elle pensait. Il voulait la faire rêver, lui permettre d'échapper à son quotidien, et il était ravi de participer à cette escapade.

Un sentiment poignant lui étreignit le cœur. Elle était profondément touchée qu'il se soucie à ce point de ce qu'elle éprouvait. Et, cerise sur le gâteau, cet homme si altruiste était vraiment beau gosse, avec ses yeux noirs et son sourire contagieux. Une minute... Ce n'était pas seulement de la maison qu'elle tombait amoureuse, n'est-ce pas ? Certes, elle avait littéralement craqué pour ce cottage, mais ce n'était rien à côté de ce qu'elle éprouvait pour Josh. Et pourtant, il ne l'avait jamais embrassée. Il n'avait même jamais suggéré qu'il en avait envie. Alors comment se faisait-il qu'elle soit débordée par une telle émotion ?

En fait, si elle voulait bien y réfléchir, Josh ne lui avait jamais été indifférent. Les sentiments qu'elle éprouvait à présent puisaient sans doute leur origine dans le soulagement qu'elle avait ressenti lorsqu'il avait sauvé la vie de cette fillette qui s'étouffait. Ou, peut-être, dans la façon dont il soulignait si souvent la qualité du travail qu'elle effectuait. Ou était-ce dans la considération dont il avait fait preuve en la conviant dans les jardins de l'hôpital, loin des oreilles indiscrètes, pour évoquer des sujets personnels ? Ou encore parce qu'il avait su gagner sa confiance, et celle de Mattie, et qu'il avait pris une place particulière dans leur vie ? Il y avait certainement un peu de tout cela dans les sentiments qu'elle éprouvait pour lui.

Alors qu'ils approchaient des voitures, les pas de Stevie ralentirent. Oui... Elle aurait pu tomber amoureuse juste parce qu'il voulait simplement lui offrir un peu d'évasion et donner de la substance à ses rêves. Si l'on ajoutait dans la balance le charisme masculin qui émanait de lui par tous les pores de sa peau, elle était en présence d'une bombe sexuelle à retardement. Or cette bombe ne devait surtout pas exploser. Le problème, c'était qu'elle n'avait pas suffisamment de volonté pour s'en éloigner. Quoique, était-ce un problème, vraiment ? Après tout, ses sentiments n'étaient sûrement pas réciproques.

Il était toujours temps de décliner l'invitation et de rentrer chez elle. Pourtant, alors qu'elle ouvrait la bouche pour prendre congé, elle s'entendit dire quelque chose de radicalement différent :

— Oui, ça me ferait plaisir de voir ton cottage. Je te suis en voiture, d'accord ?

Dès que Josh ouvrit la porte d'entrée, Lucky jaillit avec des jappements exubérants. Stevie le caressa, puis se redressa et dit en secouant la tête :

— Tu appelles ça un cottage ? On dirait un manoir.

— Non, il est à peine plus grand que celui qu'on vient de voir. Il a quatre chambres au lieu de deux, voilà tout. Entre, dit-il en lui tenant la porte.

Il avait hâte de voir sa réaction lorsqu'il lui ferait faire le tour de la maison. Il voulait voir dans ses yeux cet éclat qui ressemblait tant à de la passion. C'était émouvant de l'observer s'intéresser à autre chose que le travail ou Mattie. Avait-elle d'autres dadas, en dehors des vieilles pierres ? Comme si Lucky avait hâte, lui aussi, de lui faire visiter les lieux, il les devança dans un grand salon aux murs blanchis à la chaux. Visiblement impressionnée, Stevie se tenait comme pétrifiée et tournait lentement la tête pour s'imprégner de tous les détails : le plafond traversé de poutres rustiques, le vieux plancher en larges lames d'orme, les fenêtres à petits carreaux garnies de bancs dans les embrasures... Mais le clou du spectacle, c'était l'imposante cheminée en pierre au manteau constitué d'une poutre monumentale fichée dans les murs.

Josh était incapable de détacher les yeux de son visage. Ce qui aimantait le plus son regard, c'était une petite boucle rousse qui lui retombait sur le front. Sans parler de ses lèvres entrouvertes, véritable invite aux baisers.

Waouh ! On se calme, OK ?

Il n'avait pas oublié la façon dont elle l'avait éconduit pour un simple café. Par bonheur, il perçut du coin de l'œil un mouvement qui détourna son attention.

— Non, Lucky, pas sur le canapé. On en a déjà discuté, il me semble.

Le chien sauta à terre d'un air penaud. Délivrée de son immobilité, Stevie s'approcha de la cheminée.

— Oh là là, la taille de cette poutre !

Elle posa un pied sur la dalle de l'âtre pour se hisser et toucher le manteau.

— On dirait un tronc d'arbre. Il a quel âge, ton cottage ?

— Il date du milieu du XVIIIe siècle, je crois. Le poêle à bois ne jure pas trop dans le décor, heureusement.

— Non, il est magnifique, au contraire. J'adore la façon dont tu as empilé les bûches de chaque côté. Le conduit emprunte celui de la cheminée ?

Alors qu'elle se penchait pour observer l'intérieur de la cheminée, Josh oublia de la prévenir que la maçonnerie était maculée de suie. À vrai dire, il n'y pensa pas avant qu'elle repousse la mèche folle qui lui barrait le front.

— Oh ! non…

— Quoi ? J'ai quelque chose sur le visage ?

Elle se toucha le nez, puis la joue. Alors elle regarda ses doigts et rit.

— Ne bouge pas.

Il revint bientôt de la cuisine avec un chiffon humide, sur lequel elle s'essuya les mains.

— C'est bon, maintenant ? demanda-t-elle après s'être nettoyé le visage.

— Presque.

Sans réfléchir, il tendit le bras et, du pouce, il nettoya une tache récalcitrante sur sa joue, tout près de sa bouche. Si près qu'il sentait la commissure de ses lèvres sous son doigt. Sa peau était si douce… À son tour, il était pétrifié, dépassé par ce qu'il éprouvait, par ce qu'il voyait. La façon qu'elle avait de le regarder comme cela, fixement… L'éclat sombre de ses yeux et… bon sang… ses lèvres qui s'entrouvraient à nouveau… Comme si elle désirait qu'il l'embrasse… Obéissant à une impulsion irrésistible, il pencha la tête lentement, très lentement, et se figea juste au-dessus du visage de Stevie.

Ils avaient atteint le point de non-retour. Comment auraient-ils pu revenir en arrière alors qu'elle se hissait sur ses orteils pour abolir l'espace qui les séparait ? Elle s'alanguit dans ses bras, et le temps sembla ralentir, se fondre dans un flot de sensations. Ses lèvres aussi étaient douces, fraîches, frémissantes sous les siennes. Il avait le sentiment d'avoir attendu ce baiser toute sa vie. Il n'avait jamais rien vécu de tel. C'était à la fois intense et pas assez fort, comme une drogue qui lui montait à la tête et dont il n'avait jamais assez.

Mais elle s'arracha soudain à ses bras. Le souffle court, elle le considéra fixement, la main sur la bouche.

— Oh ! non...

Lui-même avait dit ces mots à peine un instant plus tôt, mais elle les reprenait sur un ton beaucoup moins amusé. Pour tout dire, elle avait l'air positivement horrifiée.

— On n'aurait pas dû.

— Non, en effet, dit-il à contrecœur.

Il lui en coûtait de l'admettre, mais elle avait raison. Enfin, ce qui était fait était fait, et il ne regrettait pas ce qui venait de se passer. Au contraire, il aurait voulu rééditer l'expérience, mais autant se rendre à l'évidence : cela n'arriverait pas de sitôt. Stevie semblait sur le point de fondre en larmes, et une telle fragilité avait de quoi le frapper chez une femme si forte d'habitude. C'était même un peu effrayant.

Non, en effet, ils n'auraient pas dû...

5

Ne pleure pas... Ne pleure surtout pas.

Facile à dire... C'était comme le jour où elle avait rencontré Josh. Elle avait l'impression de revivre le moment où elle s'était réfugiée dans la salle de fournitures. Elle s'était enfoui le visage dans les mains, certaine d'avoir gâché toutes ses chances de nouveau départ. Sauf qu'à présent elle n'avait nulle part où se cacher. Ses émotions étaient mises à nu sous le regard de Josh. Ce n'était pas la première fois qu'il semblait, mieux que quiconque, comprendre ce qu'elle ressentait. Si l'on ajoutait à cela le choc que lui avait procuré le baiser, il ne fallait pas s'étonner qu'elle soit au bord des larmes.

— Hé... ce n'est pas si grave que ça, Stevie.

Avec un sourire attentionné, il la serra contre lui pour la réconforter, et elle ne se déroba pas. Il lui était tout bonnement impossible de rester insensible à la douceur de ses bras, de ne pas presser le visage contre son pull en laine duveteuse, la tête nichée dans le creux sous son épaule, préservée du reste du monde.

— C'était juste un baiser.

Comment cela, juste un baiser ? Elle n'avait jamais vécu rien de tel, comme si son univers avait basculé si brutalement hors de son axe qu'elle était dangereusement sur le point de tomber dans le vide.

— Non, c'est horrible, dit-elle, la voix étouffée par le lainage.

Elle le sentit rire contre elle, et redressa la tête pour s'assurer qu'il entendait bien ce qu'elle disait.

— Mattie va me détester.

Josh s'écarta de manière à pouvoir la regarder.

— Pourquoi donc ?

— Si les services sociaux apprennent que j'ai embrassé le mentor de mon fils, il n'aura sûrement plus le droit de te revoir. Alors que… Enfin… Ça faisait longtemps que je ne l'avais pas vu aussi heureux. Et c'est grâce à toi.

Il fronça les sourcils.

— Comment veux-tu qu'ils sachent ce qui s'est passé ? Par ailleurs, si je ne m'abuse, c'est moi qui t'ai embrassée, pas l'inverse.

— Mais imagine que Mattie se rende compte de quelque chose ?

— Mattie n'est pas là. Personne ne nous a vus, à part Lucky.

En entendant son nom, le chien se redressa, la tête sur le côté, et agita la queue. Josh lui flatta la tête.

— Tu as raison. C'est l'heure de ton repas, pas vrai ?

Puis il regarda Stevie en souriant.

— Que dirais-tu d'une bonne tasse de thé, histoire de discuter comme des adultes ? Je dirais même comme des amis. Vraiment, je t'assure, ce n'est pas la fin du monde.

Si ce n'était pas la fin du monde, du moins cela en avait l'apparence, mais il fallut un moment à Stevie pour comprendre pourquoi. Confortablement blottie sur le canapé contre de moelleux coussins de plumes, elle savourait un délicieux verre de vin devant un chaleureux feu de bois. Josh et elle avaient passé la soirée à discuter avec plaisir, même s'ils s'en étaient soigneusement tenus à des sujets consensuels tels que la rénovation des vieilles maisons. Une pensée avait soudain surgi en elle. Ce n'était pas le baiser en lui-même qui l'avait mise dans cet état. Non, ce qui l'avait tant bouleversée, c'était qu'ils devraient justement en rester là.

Josh était assis à l'autre extrémité du canapé, et Lucky s'était glissé entre eux. Étalé sur le dos, le petit chien offrait l'image du contentement.

— Il est comme un coq en pâte, dit-elle en souriant. Il est tellement mignon. Dire que ses maîtres ne se sont même pas donné la peine de le rechercher.

— Les animaux sont abandonnés pour toutes sortes de raisons.

Il fit tournoyer son vin d'un air pensif.

— Les hommes aussi, d'ailleurs, si l'on va par là.

Il vida son verre, l'emplit à nouveau, puis s'adossa aux coussins et ferma les yeux.

— Excuse-moi.

Au bout d'un long silence, il ouvrit à nouveau les yeux et la regarda fixement.

— C'est un don, chez toi, de me faire dire des choses que je n'aurais jamais racontées à personne… Jamais.

Que répondre à cela ? D'ailleurs, à supposer même qu'elle eût trouvé les mots, elle n'aurait pas pu les prononcer tant sa gorge était nouée. Jamais elle ne s'était sentie si proche de quelqu'un, à un niveau bien plus essentiel qu'une simple connexion physique. Ce qu'elle éprouvait pour Josh tenait de la confiance. Et de l'amour, même…

— Tu m'as dit qu'on t'avait adopté, mais que tes parents ont ensuite changé d'avis, dit-elle d'une voix douce. Je n'arrive pas à croire une chose pareille.

Un court instant, il garda le silence.

— J'ai été abandonné le jour de ma naissance, répondit-il enfin. Apparemment, j'ai été placé en foyer avant d'être adopté par un couple d'un certain âge : Colin et Judith Stanmore. Ils essayaient d'avoir des enfants depuis longtemps, et ma mère approchait de la quarantaine.

Il parlait à voix basse, sans la regarder. Elle, en revanche, était incapable de le quitter des yeux. Ses traits d'ordinaire rieurs trahissaient une poignante tristesse, et il se frottait la nuque d'un air indécis, comme s'il hésitait à poursuivre.

— Et puis, le miracle est arrivé. Ma mère est tombée enceinte. Je devais avoir trois ans, à l'époque. Dans mon souvenir le plus ancien, je me revois avec mes parents et mon petit frère, au retour de la maternité. Ils étaient si heureux. Et moi aussi, j'étais heureux. Sur les photos, on avait l'air d'une famille idéale.

— Et puis ? Que s'est-il passé ?

— Eh bien, il s'est passé que Derek était leur « vrai » fils.

Il s'interrompit pour boire une longue gorgée.

— Ils ont fait de leur mieux, je pense, mais, moi aussi, j'avais besoin d'attention et, cela, ils ne l'ont plus supporté. Un soir, j'ai surpris une conversation entre eux. Ils se demandaient s'il ne valait pas mieux me confier à une autre famille. Seulement, qui voudrait de moi, maintenant que je n'étais plus un adorable bébé ? Je devenais même ce qu'on appelle un sale gamin.

Elle ne put retenir une exclamation d'indignation.

— Je me demande bien pourquoi, fit-elle entre ses dents.

Pauvre petit... Prêt à tout pour attirer l'attention des adultes. Leur affection, surtout.

— Et puis, une nuit, Derek est tombé malade. Il a fallu l'emmener aux urgences. Ils n'ont même pas réfléchi au fait qu'il ne fallait pas me laisser seul à la maison. C'est un policier qui m'a trouvé le lendemain, dans la rue. J'étais parti à leur recherche. Ma grand-mère est venue me récupérer. Mes parents, eux, n'ont pas voulu me reprendre. Elle était tellement en colère contre eux qu'elle a décidé de s'occuper de moi, même si, à soixante-dix ans passés, elle n'avait plus vraiment l'âge d'élever un jeune garçon.

Il prit la bouteille pour remplir le verre de Stevie.

— Excuse-moi. Je ne sais pas pourquoi je te raconte tout ça. Sans doute pour t'expliquer pourquoi je n'ai pas l'intention d'abandonner Lucky. Ou pourquoi j'ai décidé de m'impliquer dans cette initiative Big Brother. Quand j'ai vu la brochure, la première chose qui m'est venue en tête, c'est que ça m'aurait été bien utile quand j'avais cet âge-là.

— Et après, que s'est-il passé ? Tes parents se sont-ils excusés ?

— Non. Je ne les ai jamais revus. Il faut dire que mamie avait coupé les ponts avec eux. Elle m'a éduqué du mieux qu'elle a pu, comme elle s'y était engagée. Elle est morte quand j'étais en fac de médecine. Son fils et les autres ne sont pas venus à l'enterrement. Ils n'ont même pas contesté le testament, à ma grande surprise puisque mamie m'avait tout légué : la maison, ses économies... Tout.

Il prit une profonde inspiration.

— C'est à cause d'eux que j'ai toujours refusé d'avoir une famille. J'ai décidé que je n'en avais pas besoin. Ni envie. Par contre, les amis, c'est autre chose, dit-il en levant son verre.

Elle dut se pencher par-dessus Lucky pour trinquer. Elle comprenait, à présent, pourquoi il vivait seul. Mais quelle tristesse qu'une enfance malheureuse lui ait fait faire une croix sur l'idée d'avoir une famille. Et son choix de consacrer sa vie à aider les enfants des autres, à faire en sorte que d'autres familles ne soient pas brisées, était d'autant plus héroïque.

— Enfin, si, dit-il. Je sais pourquoi je te dis tout ça. C'est pour t'assurer que rien n'avait changé entre nous. Quand j'ai accepté de servir de mentor à Mattie, je me suis juré de ne jamais briser la confiance qu'il m'a accordée parce que... parce que je sais à quel point ce genre de déception peut faire mal.

Elle voulait bien le croire.

— Merci.

D'abord tremblant, son sourire s'affirma, mais elle dut cligner des paupières pour chasser quelques larmes.

— Ça ne veut pas dire que je ne peux pas être ami avec la mère de Mattie. Ce qui est sûr, c'est que tu m'as accordé ta confiance et que je tiens à en être digne.

C'était réciproque. Même si ce baiser avait mis son monde sens dessus dessous, elle savait dur comme fer que jamais Josh ne lui causerait intentionnellement du tort. Parce qu'un homme ne pouvait pas embrasser avec une telle tendresse sans éprouver des sentiments sincères et profonds.

Josh s'éclaircit la gorge. Jamais Stevie ne lui avait semblé aussi belle. Les mèches folles qu'elle disciplinait lorsqu'elle était au travail s'étaient échappées de sa queue-de-cheval et flottaient sur ses épaules comme une sorte d'auréole étincelante qui rougeoyait à la lumière du feu. Il aurait dû allumer une lampe pour rompre la magie, mais comment se lasser d'un tel spectacle ? C'était sans doute pour cela qu'il n'était pas encore totalement revenu à la raison. Son cerveau faisait pourtant de son mieux. Il avait même puisé dans sa mémoire une vieille histoire qui aurait dû stopper net toute velléité romantique. Malgré cela, son corps continuait de réagir à une volonté propre. Maintenant qu'il savait ce que cela faisait de toucher Stevie, de l'embrasser, il avait encore plus envie d'elle.

Il lui fallait une diversion, vite. De la main, il désigna l'énorme bibliothèque qui occupait le mur derrière le canapé.

— J'ai quelques manuels qui pourraient t'être utiles si jamais tu souhaites te renseigner sur un sujet, comme l'hydrocéphalie, par exemple. Tu n'as qu'à me dire.

Elle hocha la tête.

— J'aimerais vraiment compléter ma formation. J'ai déjà effectué un gros rattrapage pour pouvoir intégrer une structure hospitalière, mais je ne veux pas en rester là. J'ai perdu beaucoup d'années. Je n'ai pas de regrets, dit-elle aussitôt. J'ai longtemps travaillé dans des foyers pour personnes âgées parce que les horaires correspondaient à ceux de la crèche et de l'école de Mattie. Mais je suis ravie de revenir en pédiatrie.

— C'était ta spécialité avant la naissance de Mattie ?

Elle hocha la tête.

— J'ai toujours voulu exercer ce métier. Alors à l'époque, quand j'ai décroché un poste dans l'un des meilleurs hôpitaux de Londres, je n'arrivais pas à croire à ma chance. En un sens, j'avais raison, dit-elle en vidant son verre.

Il se taisait, attendant qu'elle en dise plus.

— Je pensais que tout irait bien, qu'il m'aimait. Qu'on irait vivre dans une petite maison avec un jardin. Comme j'ai été naïve…

— Non, tu as fait confiance à un pauvre type. C'était qui ? Une espèce de play-boy en fac de médecine ?

Une lueur amusée traversa le regard de Stevie.

— En fait, il était chef de service. Mon chef.

Il eut soudain l'impression que son estomac était lesté de plomb.

— Oh ! non… Et moi qui te dragouille dès ton arrivée dans le service. Je comprends mieux ta réaction.

Elle baissa les yeux en secouant légèrement la tête.

— Mais non, tu ne m'as pas draguée. J'ai réagi de manière exagérée, voilà tout. Avec le recul, j'ai bien compris que tu souhaitais juste me souhaiter la bienvenue dans l'équipe.

— Non…

Il respira profondément avant d'ajouter :

— Je ne vais pas te mentir, Stevie. J'essayais vraiment de te draguer.

Il l'entendit inspirer brusquement, et elle releva la tête vers lui. Ses yeux s'assombrirent, un peu comme lorsqu'il l'avait embrassée. Et lui qui, un instant plus tôt, avait cherché un moyen de calmer le jeu… Un coin de sa bouche se souleva en un demi-sourire contrit.

— C'était plus fort que moi, avoua-t-il. J'avais en face de moi la femme la plus ravissante que j'avais jamais vue, et tu venais en plus de prouver que tu étais intelligente, extrêmement compétente et capable de sang-froid dans une situation de vie ou de mort. Tu m'as littéralement fait craquer, Stevie. Et c'est encore le cas. Mais tu as bien fait de m'éconduire. Tu mérites quelqu'un qui puisse te donner bien plus que ce que j'ai.

— Ah bon ? Comme quoi, par exemple ?

— Eh bien, un avenir, un engagement sur le long terme… Ce genre de choses que, moi, je ne pourrai jamais offrir. J'ai toujours veillé à ce que les choses soient claires avec les femmes que j'ai fréquentées, mais je sais que j'en ai blessé plus d'une.

— Ce n'est pas ta faute, dit-elle, le regard fixé sur lui. Je comprends pourquoi tu en es arrivé là, et, si tu as été aussi franc avec elles que tu l'as toujours été avec moi, tu n'as rien à te reprocher. On n'est blessé que lorsqu'on espère une chose pour, au final, en être privé.

Elle ne lui racontait pas tout, mais quels étaient ces non-dits ? Disait-elle, à mots couverts, qu'elle n'aurait pas été contre une amitié avec à-côtés ? Qu'elle n'avait pas envie de s'engager avec un homme parce que sa vie lui convenait parfaitement en l'état, merci ? Il dut s'éclaircir la gorge avant de parler.

— Et toi, qu'est-ce que tu veux, Stevie ?

— Je veux être sûre que Mattie ne risque rien, répondit-elle dans un murmure à peine audible.

— C'est le cas. Pour lui, et pour toi aussi.

Elle hocha la tête.

— On sait garder des secrets, toi et moi, n'est-ce pas ?

— Oui. Et ce baiser peut rester un secret, si c'est ce que tu veux.

— Mais toi, qu'est-ce que tu veux ? demanda-t-elle.

— Dis plutôt : « Qu'est-ce que tu ne veux pas ? »

— Et donc ? Qu'est-ce que tu ne veux pas ?

— Je ne veux pas passer le reste de ma vie à me demander… eh bien, ce que cela ferait de faire l'amour avec toi. Juste une fois.

Tout à coup, l'air autour d'eux sembla se charger d'une électricité si intense qu'il eut l'impression de l'entendre crépiter. Cette façon qu'elle avait de s'humecter la lèvre inférieure tandis qu'elle cherchait ses mots… Il dut se retenir de se pencher vers elle. Mais c'était à elle de prendre cette décision. Il avait pourtant dû s'approcher d'elle car Lucky, dérangé, sauta à terre avec un léger grognement de protestation, et se coucha devant le feu. Stevie ne sembla pas s'en apercevoir.

— Juste une fois ?

Il hocha lentement la tête.

— Juste ce soir. Juste nous deux.

Elle ferma brièvement les yeux.

— Ce sera un secret ?

— Tu l'as dit toi-même : nous savons garder les secrets, toi et moi.

Il était tout près d'elle, si près qu'il sentait le souffle tiède de son haleine sur ses lèvres. Elle ferma les yeux, puis les ouvrit pour le regarder à nouveau.

— Je sais ce que je veux, murmura-t-elle.

— Oui ? Que veux-tu, Stevie ?

— *Toi*… C'est toi que je veux.

Il s'astreint à une longue inspiration pour recouvrer son sang-froid avant de céder à l'envie irrésistible de l'embrasser, avant de la prendre dans ses bras et de l'emporter dans sa chambre pour se donner à elle entièrement, au moins le temps d'une nuit. Car, s'ils n'avaient qu'une nuit devant eux, elle devait être inoubliable.

6

— C'est quoi ce toit poilu, maman ?
— C'est un toit de chaume, Mattie. Il est très vieux.
— On dirait qu'il perd tous ses poils.
— Oui… Il a besoin de réparations. Tu viens ?
— Pourquoi ?
— Je te l'ai déjà dit. C'est le dernier jour de visite avant les enchères. Je tenais à ce que tu le voies.
— Parce que tu vas l'acheter ?
— Je l'espère.

Stevie avait baissé la voix pour ne pas être entendue d'un couple qui venait de les dépasser et qui passait le portail. Elle ne voulait laisser transparaître aucune note de confiance dans sa voix, mais elle avait des raisons d'avoir bon espoir. Après des semaines d'efforts, la situation commençait vraiment à prendre une tournure favorable. Sa mère avait mis à sa disposition un fonds que son père avait placé « au cas où », et la banque avait donné son aval pour un prêt. Certes, ses finances ne lui permettaient pas d'aller au-delà d'une certaine limite, mais, étant donné le délabrement du cottage, elle avait ses chances.

Elle n'était toutefois pas la seule intéressée. Le couple qui les avait devancés fut accueilli à bras ouverts par un élégant agent immobilier qui était venu à leur rencontre. Autrement dit, eux aussi étaient déjà venus. Stevie jeta un coup d'œil derrière elle, vers le parking. Sa bonne grosse berline faisait pâle figure à côté de leur voiture de sport dernier cri. Son rêve en prit un coup, mais elle se ressaisit. Elle n'en était pas à sa première bataille, et celle-ci méritait d'être menée.

— Il a un jardin, dit-elle gaiement à Mattie. Pas très grand, certes, mais un peu plus loin il y a un terrain de sport où tu pourrais faire du vélo ou jouer au ballon.

À l'évocation du jardin, Mattie accorda davantage d'intérêt à la visite.

— Donc, on aurait notre maison à nous ? Pour de vrai ?

Elle hocha la tête avec un grand sourire. Elle adorait voir son visage s'éclairer de la sorte. Cela lui arrivait de plus en plus souvent, ces derniers temps, notamment après ses rencontres hebdomadaires avec Josh et Lucky. Quoique, elle ait pu en dire autant pour elle, à la différence que ses rendez-vous avec Josh étaient de nature totalement différente. Mais comme Mattie, elle ne pouvait pas s'en passer. Car une seule nuit n'avait pas suffi, ni pour lui ni pour elle. Comment auraient-ils pu se contenter de si peu, lorsqu'ils étaient unis par une alchimie physique capable de faire disparaître le monde autour d'eux ? À la simple pensée des caresses de ses doigts, de sa langue, elle sentait s'allumer au plus profond d'elle-même un brasier si intense qu'il en devenait douloureux.

— Allez, tu viens ? dit-elle en entrant.

Elle avait en un temps record mis au point des stratégies de diversion pour éviter que cette chaleur ne fasse fondre toute pensée rationnelle en elle. Elle devait travailler avec Josh, après tout, et ne pouvait tout simplement pas se permettre la moindre faiblesse. D'autant plus qu'il ne fallait pas éveiller les soupçons des collègues. Pour l'heure, personne ne se doutait de rien, pas même Ruby, pourtant pourvue d'antennes surpuissantes capables de détecter le moindre ragot à des kilomètres. Jusqu'à présent, Ruby n'avait pas paru remarquer les regards appuyés que Josh et elle échangeaient parfois, ou encore le fait que leurs jours de congé coïncidaient plus souvent que la normale. C'était un secret que Stevie n'avait pas raconté à Mattie non plus, mais, à l'instar de tous les enfants, il avait un don presque surnaturel pour relever les non-dits. Or il la regardait à présent avec une expression interloquée.

— Tu l'aimes vraiment beaucoup, cette maison, hein, maman ?

— Je l'adore, dit-elle tout bas. Mais ne le répète surtout pas.

— Pourquoi ? chuchota-t-il.

Elle indiqua d'un signe de tête le couple, en pleine conversation avec l'agent immobilier dans la cuisine.

— Quand une maison est mise aux enchères, c'est un peu la compétition pour rafler la mise. Il vaut mieux ne pas trahir ses intentions, cacher son jeu. Tu comprends ?

Son regard tomba sur la vieille cheminée. Si jamais elle remportait l'enchère, il y aurait un énorme travail de rénovation pour que le salon ressemble un tant soit peu à celui de Josh. Elle repensa soudain à ce premier soir chez lui, avec une telle netteté qu'elle dut se mordre l'intérieur de la lèvre pour rester concentrée sur le moment présent. Ils n'avaient pas réussi à passer d'autre nuit ensemble depuis le week-end où Mattie était parti chez sa grand-mère, mais... Oh là là... Au souvenir de certains congés passés ensemble alors que Mattie était à l'école, le rouge lui monta aux joues. Par bonheur, Mattie n'avait rien remarqué d'étrange dans son comportement. D'ailleurs, il lui souriait comme s'il avait une idée en tête.

— Quoi ? demanda-t-elle en lui rendant son sourire. À quoi penses-tu ?

— À Josh.

Sous l'effet de la surprise, elle ouvrit de grands yeux.

— Ah bon ?

— Tu te souviens ? Il a dit que, quand on aurait notre maison, Lucky pourrait vivre avec nous.

Son sourire s'évanouit tout à coup.

— Mais c'était il y a longtemps, dit-il. Tu penses qu'il a changé d'avis ?

— Non, je ne crois pas. Josh n'est pas du genre à revenir sur sa parole.

Oui, Josh était absolument digne de confiance : de cela, elle ne doutait pas une seconde. Lorsqu'ils s'étaient tous les deux rendu compte qu'ils deviendraient positivement dingues s'ils ne rééditaient pas l'expérience de cette nuit époustouflante, ils s'étaient promis l'un à l'autre que Mattie n'aurait jamais à souffrir de leurs choix. Si cette attirance irrésistible venait à s'étioler, ils devraient tout faire pour que leur amitié ou les liens entre Josh et Mattie n'en pâtissent pas. Stevie ressentait sans doute davantage qu'une simple amitié, mais elle était confiante sur sa capacité à gérer ses sentiments. En tout cas, elle tenait à profiter de tout ce que cette amitié allait amener dans sa vie et dans celle de Mattie.

Elle appliquait la même stratégie à ce cottage : elle se concentrait uniquement sur le présent et sur la nécessité de remporter l'enchère. Pour le reste, elle n'aurait sans doute jamais les moyens de rénover cette maison à la perfection, mais le simple fait de pouvoir y habiter la contentait amplement.

En revanche, Mattie ne partageait pas son optimisme concernant la promesse de Josh.

— Tu n'as qu'à lui demander, la prochaine fois, dit-elle.

— Mais je ne vais pas le revoir avant plusieurs jours.

— Il n'habite pas loin d'ici, dit-elle sans vraiment réfléchir. On pourrait lui rendre visite et en profiter pour dire bonjour à Lucky avant de rentrer.

— Tu crois qu'on a le droit en dehors des jours de rendez-vous ?

— En effet, on prend quelques libertés avec les règles, mais ça restera entre nous.

— Au fait, comment sais-tu où il habite ?

— On travaille ensemble, souviens-toi. Et puis, on est amis, lui et moi. Je lui envoie un texto, histoire de m'assurer qu'il est bien chez lui.

Cependant, l'agent immobilier revenait dans le salon avec le couple.

— Monte donc jeter un coup d'œil aux chambres, à l'étage, dit-elle à Mattie. Moi, j'ai quelques questions à poser au sujet de l'enchère.

Mattie obtempéra, mais Stevie resta en retrait tandis que le couple s'entretenait avec l'agent. L'homme fronçait les sourcils d'un air indécis, mais sa compagne semblait conquise. Sa compagne ou sa fille, songea Stevie, narquoise, en observant la blonde.

— Je ne sais pas, ma chérie. Tu as pensé aux travaux ? Il va falloir tout casser, à commencer par la cheminée.

— Euh… Le cottage est classé, dit l'agent avec un sourire prudent.

— Ça veut dire quoi ? dit la blonde.

— Ça veut dire que toute modification d'envergure doit au préalable faire l'objet d'une autorisation formelle.

— Oui, et c'est un cauchemar, à ce qu'on m'a raconté, ajouta l'homme. Pour changer un robinet, il faut des mois de paperasses, voire des années.

La blonde eut une moue boudeuse.

— Mais elle est si mignonne, cette petite maison.

L'homme soupira.

— Tout ce qu'il nous faut, c'est un pied-à-terre pour nos week-ends hors de Londres. Mais si Autumn a craqué pour cet endroit, nous allons au moins y réfléchir. À condition toutefois que le prix reste raisonnable, bien sûr.

S'il pouvait se permettre une voiture comme celle garée dans le chemin, il pourrait sûrement s'offrir ce cottage sans avoir à solliciter sa banque. Le bel optimisme de Stevie en prit un coup. Mais l'homme, en partant, dit encore à l'agent qu'ils avaient d'autres propriétés à visiter. Tout espoir n'était donc pas perdu. En tout cas, ces montagnes russes émotionnelles étaient épuisantes, à la fin, et elle aurait vraiment eu besoin d'un soutien. Or cela tombait bien, elle n'avait qu'un seul véritable ami dans la vie, et il habitait juste au bout de la rue. Que se passerait-il si elle débarquait chez lui à l'improviste avec Mattie ? Au moins, elle saurait si elle avait raison de lui accorder une telle confiance.

Surtout… Elle ne put retenir la légère bulle d'espoir qui flottait en elle. Pouvait-elle croire en l'impossible ? Était-il irréaliste de penser que Josh puisse changer d'avis et finir par se persuader, comme elle, que dans la vie rien n'était plus important que la famille ?

Pris de court, Josh resta un instant interdit sur le seuil. Pour une surprise… Rien ne l'avait préparé à voir Stevie et son fils débarquer chez lui sans prévenir. C'était comme si des planètes étaient sorties de leur orbite pour entrer en collision. Ses pensées furent brutalement interrompues quand Lucky déboula en jappant gaiement. Mattie s'agenouilla pour le caresser.

— On passait par là, dit Stevie d'un air tendu. C'est le dernier jour où l'on peut visiter le cottage. Tu sais, celui dont je t'ai parlé au travail.

Il y avait plus que de l'appréhension dans ses yeux… Une sorte d'imploration, peut-être ? Sans doute, mais, quoi qu'il en soit, Josh était prêt à tout pour la faire sourire. Son bonheur à elle le rendait heureux, par ricochet. Tout à coup, il lui sembla parfaitement naturel de les trouver à sa porte. Il ne voyait aucun inconvénient à ce qu'elle et Mattie fassent partie de son quotidien. Abstraction faite de l'incroyable relation charnelle qui les unissait, Stevie et lui étaient amis et ils s'étaient juré de le rester. Alors, si cette visite intempestive était une manière de mettre cette amitié à l'épreuve, eh bien soit. Il ne doutait pas de passer le test haut la main.

— Entrez donc. Tu vas me raconter tout ça pendant que je prépare un thé. Mattie, tu veux bien faire rentrer Lucky, s'il te plaît ? Tu peux jouer avec lui dans l'arrière-cour. Il y a plus d'espace là-bas, et vous y trouverez quelques balles de tennis. Lucky adore ramener des objets, et le véto recommande qu'il fasse de l'exercice pour renforcer sa patte.

Mais Mattie suivit les adultes dans la cuisine, et Stevie lui adressa un regard appuyé comme pour l'encourager à dire quelque chose.

— Qu'est-ce qu'il y a, Mattie ? demanda Josh.

Quand Mattie leva les yeux vers lui, Josh sentit un pincement familier au cœur. Depuis leur première séance Big Brother, la connexion qui l'unissait à ce garçon se renforçait chaque fois qu'ils passaient du temps ensemble. Il tenait beaucoup à Mattie et voulait faire partie de sa vie pendant de nombreuses années encore.

— Tu te souviens de ce que tu as dit un jour ? Si maman et moi, on trouve une vraie maison, Lucky pourra vivre avec nous ?

Josh hocha la tête avec gravité.

— Oui, je me souviens. Mais je crois aussi t'avoir dit que la décision dépendait de ta mère.

Mattie tourna un regard anxieux vers Stevie.

— Tu ne vas pas dire non, maman, hein ?

— Si je gagne l'enchère, Lucky pourra vivre avec nous, bien sûr. Mais rappelle-toi que cette fois-ci ne sera peut-être pas la bonne. Si je rate l'enchère, il faudra chercher une autre maison.

Mais Mattie, suffisamment rassuré, était déjà parti avec Lucky. Josh versa l'eau bouillante dans la théière.

— L'enchère a lieu quand ?

— Mercredi prochain, à 13 heures.

— Tiens, c'est justement mon jour de congé, dit-il avec un clin d'œil entendu. J'en profiterai pour t'accompagner, si tu n'y vois pas d'inconvénient. Après quoi, on fêtera ça comme il se doit.

— J'espère... On verra.

Elle le regardait avec des yeux brillants, heureuse de contempler son rêve à portée de main. Josh se détourna pour attraper des tasses. S'il s'écoutait, il la prendrait dans ses bras tout de suite. Il glisserait les doigts dans ses boucles qu'il adorait tant pour lui maintenir la tête tandis qu'il l'embrasserait à lui couper le souffle. Elle avait deviné à quoi il pensait, il en était sûr. Il le voyait à la façon dont elle se mordillait la lèvre. Heureusement, sans doute, Mattie choisit cet instant pour revenir dans la cuisine.

— J'ai faim !

— Attends, j'ai des biscuits.

Josh attarda une seconde son regard sur Stevie avant de se détourner.

— Je crois même que j'en ai au chocolat.

Silencieux, Mattie regardait alternativement les deux adultes.

— Dis, maman est ta petite amie ?

Ils éclatèrent de rire et répondirent « non » de concert, comme si l'idée était ridicule.

— Mais vous êtes amis ?

— Tout à fait, dit Josh.

— Et collègues, renchérit Stevie.

Les yeux fixés sur Josh, Mattie ne prêta pas attention à la remarque de sa mère.

— Et maman est une fille.

Josh lui tendit la boîte à biscuits en riant.

— On peut difficilement prétendre le contraire.

Il n'osait toutefois pas croiser le regard de Stevie. À contrecœur, il ferma une porte mentale pour bloquer un afflux de sensations qui lui rappelaient à quel point Stevie était féminine, à quel point il adorait chaque parcelle de son joli corps.

Apparemment satisfait par la réponse, Mattie hocha la tête et prit deux biscuits avant de sortir en courant, escorté de Lucky. Josh reporta son attention sur la préparation du thé.

— Quelle stratégie vas-tu adopter pour la vente ? Tu préfères enchérir tout de suite ou attendre que les autres s'essoufflent pour te jeter dans la mêlée ?

— Je ne sais pas. Par contre, il y a des concurrents qui m'inquiètent. Un vieux avec une nénette blonde qui cherchent un pied-à-terre hors de Londres. J'espère vraiment qu'ils vont trouver un endroit qui leur plaira davantage et qu'ils ne seront pas là.

Malheureusement, ils étaient bien là.

Josh n'eut aucun mal à reconnaître le couple en question d'après la description dressée par Stevie. Ils se tenaient parmi les premiers rangs de la foule massée dans la pièce que l'agence immobilière avait mise à disposition pour l'enchère. Malgré la concurrence, Stevie avait ses chances. La banque venait de lui accorder un prêt, et sa mère lui apportait également un complément. Elle avait pourtant l'air nerveuse, et Josh se félicitait d'être présent à ses côtés pour la soutenir. Lorsque l'enchère débuta, elle s'écarta toutefois de lui, comme si elle avait besoin d'être seule pour se concentrer. Focalisée sur l'instant présent, elle était en proie à une tension contagieuse. Les enjeux étaient plus qu'importants. Il s'agissait ni plus ni moins que d'un rêve d'avenir qui comptait plus que tout pour elle.

Ainsi qu'elle l'avait prévu, le couple à l'avant de la salle constituait sa principale concurrence. Ils renchérissaient systématiquement à chacune de ses offres, et elle approchait dangereusement la limite qu'elle s'était fixée. Ses rivaux marquaient également le pas et surenchérissaient avec moins d'enthousiasme. Lorsqu'elle atteignit le plafond qu'elle s'était imposé de ne pas dépasser, Josh retint son souffle, le cœur battant à tout rompre.

Et le scénario qu'elle redoutait tant arriva. Le couple londonien renchérit de plusieurs milliers de livres. Stevie devint blanche comme un linge. C'en était fini de son rêve : la vente lui était passée sous le nez. Josh mourait d'envie de la prendre dans ses bras pour la réconforter, mais il était incapable de bouger ne fût-ce que le petit doigt. Il pensait à Mattie, à sa déception lorsqu'il apprendrait qu'ils avaient raté l'enchère. Le pauvre, il s'était fait une telle joie à l'idée de vivre dans cette maison avec Lucky... Non, ils ne pouvaient pas en rester là, c'était trop bête !

Mais le commissaire-priseur levait son marteau :

— Une fois, deux fois, trois fois...

Juste avant que ne tombe le mot « adjugé », Josh eut un flash. En une fraction de seconde, il revit le visage de Stevie lorsqu'elle était tombée amoureuse de ce cottage. Bon sang, pour la voir sourire ainsi, il lui aurait offert la lune parce que... parce qu'il l'aimait, voilà. Et elle méritait de pouvoir réaliser son rêve.

Il ne leva pas la main durant cette seconde solennelle avant que le commissaire-priseur ne déclare la fin des enchères. Il ne cria même pas pour enchérir de dix mille livres sur l'offre précédente. Il parla à haute voix, calmement, pour montrer à tout un chacun qu'il était prêt à donner le change en cas de surenchère. Mais ce ne fut pas nécessaire. Les Londoniens observèrent un silence interdit, puis l'homme secoua la tête et le marteau s'abattit. Stevie avait l'air tout aussi stupéfaite. Alors que la salle se vidait, elle se tourna, furieuse, vers Josh.

— Mais qu'est-ce qui t'a pris ?

Sa voix frémissait d'une colère difficilement contenue.

— Je ne voulais pas que vous perdiez ce cottage. Toi et Mattie.

— Alors tu l'as acheté ? Tu as acheté la maison que j'avais retenue ?

— Non, je me suis assuré que tu puisses l'acquérir, toi.

Son geste irréfléchi était parti d'une bonne intention, mais Stevie ne l'entendait pas de cette oreille. Avait-il heurté son amour-propre, cette indépendance dont elle était si fière ?

— On peut convenir d'un prêt, par exemple. Tu me rembourseras quand tu pourras, rien ne presse. Ce n'est que dix mille livres.

— *Que* dix mille livres ?

— On réglera ça, tu verras.

L'agent immobilier vint vers lui avec un grand sourire.

— Félicitations, monsieur…

D'un geste, il lui indiqua une petite pièce meublée d'un bureau et de chaises.

— Si vous voulez bien me suivre, nous avons quelques formalités à remplir pour finaliser la vente.

Ce fut seulement alors que Josh prit la mesure des complications susceptibles de résulter de sa décision impulsive.

— Vous pouvez nous laisser une minute, s'il vous plaît ?

Attrapant la main de Stevie, il l'entraîna dans la pièce que venait de lui indiquer l'agent, puis il referma la porte derrière eux.

— Réfléchis, je t'en prie. C'est un peu dingue, je sais, mais il fallait que je t'aide parce que… parce que…

Parce que je crois que je tombe amoureux de toi.

Waouh ! D'où lui venait cette idée ? Enfin, sans aller jusque-là, elle comptait beaucoup pour lui, mais c'était normal. Ils étaient amis, après tout.

— À cause de Mattie. Tu sais autant que moi à quel point il a envie de vivre avec Lucky. Eh bien, très bientôt, ce sera chose faite. Et il n'aura plus à se soucier de cette bande de garçons qui le malmènent et…

Il s'interrompit pour reprendre son souffle et sourit.

— Et nous aurons toujours quelque chose à faire pendant nos après-midi Big Brother. Imagine tout ce que je peux lui apprendre au sujet des techniques de rénovation, sur la façon d'utiliser les outils... Il y a de quoi l'occuper pendant des mois, des années !

Déjà, il se voyait en train d'enseigner à Mattie le maniement d'un marteau, ou comment reboucher un trou dans un mur avec du plâtre... Stevie serait aussi là pour leur filer un coup de main, et Lucky traînerait sans doute dans leurs pattes. Et la journée terminée, ils prendraient leur repas tous ensemble... Pourquoi pas un barbecue ? Ou une bonne soupe devant un feu de cheminée. D'une certaine manière, ils formeraient comme une famille, tous les trois, mais sans les risques associés, puisqu'ils n'étaient qu'amis. Et ce genre de liens étaient tellement plus solides, tellement plus durables.

À mesure que Stevie écoutait Josh expliquer les raisons qui l'avaient poussé à agir ainsi, elle sentait sa colère s'émousser. Le choc initial se dissipait peu à peu et cédait la place à un frisson d'excitation. Enfin, elle tenait à portée de main un bonheur dont elle avait toujours soupçonné l'existence mais qui lui semblait hors d'atteinte. Et ce bonheur, elle allait l'obtenir grâce à Josh. Les formalités administratives se régleraient plus tard. Là n'était pas le plus important.

En l'écoutant s'enthousiasmer au sujet des activités qu'il pourrait faire avec Mattie dans leur nouvelle maison, elle croyait déceler des sous-entendus dont il n'avait sans doute même pas conscience. Dans sa tête, elle l'imaginait déjà travaillant avec Mattie sur une kyrielle de projets pour remettre en état cette petite maison et le jardin. Tous les deux, ils allaient réparer quantité de choses, faire de la peinture, de la menuiserie, du jardinage... L'éventail des tâches était infini. En tout cas, elle serait là pour leur prêter main-forte. Et Lucky aussi serait là.

En somme, ils allaient former une vraie petite famille. Et peut-être, oui, peut-être était-ce la véritable raison pour laquelle Josh avait fait ce qu'il avait fait. Elle n'osait y croire, mais elle ne pouvait s'empêcher de penser qu'au fond de lui il avait envie d'une famille. Elle aussi devait revoir sa façon de voir les choses.

Sans doute avait-elle eu tort de croire qu'elle n'avait pas besoin d'un homme dans sa vie. L'avenir qu'elle entrevoyait à présent serait bien plus beau si elle le partageait avec quelqu'un, une âme sœur. Ce ne pouvait pas être n'importe quel homme, bien sûr. En fait, elle ne voyait que Josh dans ce rôle. Il était le seul en qui elle avait assez confiance pour se risquer à aimer. Et, même s'il ne désirait rien d'autre que de l'amitié, il était devenu, pour elle, une âme sœur.

Elle se surprit à lui sourire.

— Oui, Mattie serait ravi, dit-elle d'une voix douce. Et moi aussi. Merci, Josh.

Il se détendit, son soulagement était évident.

— C'est normal de s'aider, entre amis.

Elle prit une profonde inspiration, et son sourire s'agrandit, même s'il demeurait un peu tremblant.

— Réglons la paperasse, après quoi on fêtera ça. Ça aussi, cela se fait entre amis.

7

Le jardin sur le toit de l'hôpital général de Gloucester était devenu « leur » endroit à eux : un lieu relativement intime, parfois le seul qui permettait à Josh et à Stevie de se retrouver un bref instant, assez près pour se toucher lorsqu'ils n'avaient pas pu se voir depuis trop longtemps en dehors du travail. Ils ne s'autorisaient pas le moindre contact physique, bien sûr. Tout au plus échangeaient-ils des regards un peu trop longs. Car les à-côtés de leur amitié étaient aussi un secret rien qu'à eux. Un secret qui ne regardait personne d'autre et qui pimentait leur relation professionnelle d'un délicieux frisson.

Si les cors et les varices de Ruby ne l'avaient pas handicapée à ce point et si, elle aussi, avait pu monter les marches jusqu'au dernier étage à la recherche d'un endroit un peu abrité du vent, elle se serait sans doute demandé ce qui se passait entre eux. Par bonheur, elle préférait prendre ses pauses à la cafétéria. D'ailleurs, leurs rendez-vous dans les jardins étaient suffisamment rares pour ne pas éveiller la curiosité des collègues qui s'aventuraient là-haut. De toute façon, si quelqu'un s'était approché assez près pour entendre ce qu'ils se disaient, il n'aurait surpris que les bribes d'une conversation professionnelle entre le chef du service de pédiatrie et l'infirmière aux magnifiques cheveux roux.

— Celle qui me fait de la peine, c'est Julia, la maman de Toby, dit Stevie à l'une de ces occasions. Mattie grimpait sur tout et n'importe quoi lorsqu'il était petit. Il aurait facilement pu tomber du canapé et se casser la clavicule comme c'est arrivé à Toby.

— Oui, c'est une blessure assez fréquente. Heureusement, elle se soigne la plupart du temps sans complications.

— Mais Toby, lui, a quasiment perdu l'usage de son bras, même après des séances chez le kiné. Il n'arrive plus à plier son coude ou ses doigts, ou même à tenir un jouet.

— Les lésions du plexus brachial sont parfois très invalidantes.

— C'est un traumatisme assez fréquent chez le nouveau-né, si je ne m'abuse ? Les racines des nerfs qui vont du rachis au bras et à la main sont situées entre C5 et T1. Si la tête est tirée dans une direction qui l'éloigne de l'épaule, les fibres nerveuses risquent d'être distendues ou même de s'arracher.

Josh hocha la tête.

— La régénération des axones fait des miracles chez les bébés, il est donc souvent préférable de voir comment la situation évolue avant de tenter une chirurgie invasive comme une greffe de nerf ou un transfert.

— Quelle est la différence entre les deux ?

— Pour une greffe, on prélève un tronçon de nerfs d'une autre partie du corps, en général une jambe, pour remplacer le nerf endommagé. Toby, lui, sera soigné avec un transfert de nerf. C'est une technique beaucoup plus récente et très prometteuse. Au lieu d'utiliser un greffon, on redirige un nerf fonctionnel proche de la lésion de manière à ce qu'il cible les muscles qui ne fonctionnent plus. Il reste encore beaucoup à apprendre pour perfectionner le rétablissement du nerf, mais les résultats sont remarquables, fit-il en souriant. La microchirurgie me fascine. J'espère vraiment pouvoir assister à cette intervention. Ça t'intéresserait de venir ?

— Oh… tu penses que j'aurais la permission ?

— Je vais demander. L'opération se déroule dans une salle avec galerie attenante pour le public. On sera nombreux à vouloir y assister.

Il continuait de lui sourire… Continuait de la regarder, mais d'un air qui, tout à coup, n'avait plus rien de professionnel. Elle se sentit rougir. Cette attirance avait la faculté de surgir de nulle part, comme un éclair intempestif, et… enfin… ce n'était pas approprié, voilà. Le milieu hospitalier était propice aux relations amoureuses entre collègues, mais peu allaient jusqu'à s'enfermer dans un placard ou à échanger un baiser dans un jardin. Elle détourna le regard, non sans voir un sourire amusé planer sur les lèvres de Josh.

— Et qui va réaliser cette chirurgie ? Julia semblait un peu perturbée après la réunion de ce matin. Je crois qu'elle a été très intimidée par la quantité de médecins mobilisés sur ce cas.

Il hocha la tête en fronçant les sourcils.

— Je vais discuter avec elle avant que Toby ne rentre à la maison aujourd'hui. Mais c'est vrai, nous étions nombreux à la réunion. Il y avait un radiologue pour passer les résultats de l'IRM au crible, le chirurgien orthopédiste qui s'est occupé de Toby lorsqu'il a été hospitalisé suite à cette fracture de la clavicule. Sans oublier le neurochirurgien à qui il a été confié.

— Mais ce n'est pas lui qui va l'opérer, si je ne m'abuse. D'après Julia, un expert externe à l'hôpital devait s'en charger.

Il opina à nouveau.

— Oui, à ce que j'ai entendu, il s'agit d'un chirurgien plastique pédiatrique : un ponte dans son domaine, qui s'est spécialisé aux États-Unis.

— Un chirurgien *plastique* ?

Il rit.

— Ils ne s'occupent pas seulement de chirurgie superficielle. La chirurgie de reconstruction concerne les capacités fonctionnelles beaucoup plus que l'apparence physique. Ce type, je crois qu'il s'appelle Lachlan McKendry… Bref, il est en train de se bâtir une solide réputation pour les techniques de microchirurgie.

— Il va rejoindre nos équipes ?

— Pas tout à fait. Il s'est fait débaucher des États-Unis pour travailler dans une clinique privée à Londres. Il a apparemment de la famille par ici ou quelque chose comme ça. Quoi qu'il en soit, il a également accepté de participer à des conférences et des formations de pointe dans des hôpitaux pas trop loin de Londres, et son premier choix s'est porté sur la région de Gloucester. On peut donc dire que Toby a vraiment de la chance. David, le neurochirurgien, est ravi à l'idée de collaborer avec lui.

— D'après Julia, l'opération pourrait avoir lieu dès la semaine prochaine.

— Une nouvelle réunion est prévue pour cet après-midi, et M. McKendry sera présent de manière à être briefé. Il demandera certainement des examens plus détaillés, une myélographie, par exemple : c'est une radio de la moelle épinière et des racines nerveuses.

— Pour cela, Toby devra subir une anesthésie, non ? Comme pour l'IRM d'aujourd'hui ?

— Oui, répondit-il en consultant sa montre. À ce propos, je dois retrouver Julia. Toby doit être suffisamment réveillé pour quitter l'hôpital.

Il froissa le sac en papier qui avait contenu son sandwich et désigna l'emballage du repas de Stevie.

— Tu as fini ton casse-croûte ?

— Oui. Il n'était pas transcendant, d'ailleurs.

— Difficile de battre tes sandwichs au fromage grillé.

Elle se leva et épousseta les miettes tombées sur sa blouse.

— J'en préparerai d'autres, si tu veux. Je pourrai en passer à Mattie pour votre prochaine séance, jeudi prochain.

— Bonne idée. Il t'a dit où on va, cette semaine ?

— Non. J'ai l'impression qu'il s'agit d'un truc de garçons et qu'il ne voulait pas me mettre dans la confidence.

Josh éclata de rire.

— On va dans un magasin de bricolage nous renseigner sur les outils dont on aura besoin. Et on visionnera des tutos sur Internet.

Il lui ouvrit la porte donnant accès à l'escalier, et Stevie, incapable de résister au plaisir de le sentir près d'elle, s'immobilisa volontairement une seconde en passant devant lui. C'était comme si cet instant, aussi bref fût-il, lui ouvrait un aperçu sur un avenir encore plus excitant qu'une spécialisation en infirmerie, plus excitant, même, que le fait de posséder sa propre maison et une indépendance qui l'avait toujours fait rêver. Dans son esprit, elle le voyait expliquant à Mattie comment rénover le cottage et avec quels outils.

Avait-elle tort de se laisser aller à de telles pensées ? Elle aurait dû se défier de rêves qui l'exposeraient à des souffrances inutiles. Elle avait déjà payé, merci. Mais c'était plus fort qu'elle : elle ne voulait pas prendre cet avertissement en compte. Pas encore. En plus, elle pouvait facilement le désamorcer, le transformer en quelque chose d'autre. Elle caressa Josh du regard.

— Pour ta gouverne, je suis la reine du bricolage, dit-elle doucement. C'est l'un de mes très, très nombreux talents.

Elle adorait la facilité avec laquelle elle le faisait immanquablement réagir. Le désir avait besoin de si peu pour s'embraser, chez lui comme chez elle. Un seul regard, et les muscles de son cou s'étaient tendus, comme s'il déglutissait avec difficulté, et une lueur sombre avait traversé son regard. Elle commença à descendre l'escalier, et l'entendit s'éclaircir la gorge derrière elle.

— Il doit avoir hâte, non ? Pour le déménagement.

— Il n'en dort plus.

— Moi non plus, tu sais, murmura-t-il.

Il la rattrapa au niveau du premier palier, et lui effleura la main sur la rampe de l'escalier.

— On sera quasiment voisins, toi et moi.

— Oui ! Collègues, et amis, *et* voisins...

Elle lui décocha un sourire par-dessus son épaule en dévalant les marches. Dans un grand éclat de rire, des mots lui échappèrent sans qu'elle sache d'où ils venaient au juste.

— Que demander de plus ?

Stevie n'entendit pas la réponse de Josh à sa question impulsive, à supposer qu'il lui ait répondu. Au même instant, une porte s'était ouverte brutalement, et un technicien de laboratoire chargé d'une glacière avait emprunté l'escalier. Mais au fond, c'était tant mieux. Josh détestait l'idée même de famille, ou de toute relation pérenne. Cette aversion était gravée dans son cerveau aussi profondément que, pour elle, la difficulté de faire confiance à un homme... Du moins, avant qu'elle ne connaisse Josh, bien sûr. Avait-elle dépassé certaines bornes ? Elle prenait sans doute trop de libertés avec lui. Pour ne rien arranger, elle ne l'avait pas croisé de l'après-midi et n'avait donc pas eu l'occasion d'échanger avec lui un regard, un sourire, bref un signe susceptible d'assurer que rien n'avait changé entre eux...

Sa journée terminée, elle rentra chez elle à pied et coupa au plus court, par le parking de l'hôpital, pour rejoindre l'avenue. Sans doute était-ce parce qu'elle pensait encore à Josh qu'elle le repéra instantanément de loin, venant dans sa direction, vers le bâtiment principal de l'hôpital.

— Coucou ! Je ne m'attendais pas à te voir ici.

Mais il ne sembla pas l'avoir entendue ni remarquée. Sans doute était-il plongé dans ses pensées. Ou alors... Ou alors il l'ignorait. Le sourire de Stevie trembla. Josh continuait de marcher comme si de rien n'était. Il allait la croiser sans même lui accorder un coup d'œil. Il semblait davantage intéressé par la grosse voiture tape-à-l'œil qu'il regardait par-dessus son épaule. Une voiture argentée... Quelque chose remonta à la mémoire de Stevie, qui ne s'y attarda pas. Plus que jamais, elle se disait qu'elle avait eu tort de jouer avec le feu. Tort de s'emballer à propos d'une relation dont ils avaient à peine discuté tous les deux.

Pour couronner le tout, Josh tourna la tête et son regard ne s'arrêta même pas sur elle. On aurait dit qu'il ne l'avait pas vue... Mais c'était impossible, elle était quasiment devant lui, sous son nez. Que se passait-il, bon sang ? Il la snobait ? À cause d'une malheureuse petite blague ? Et qu'est-ce que c'était que cette tenue ? Elle ne l'avait jamais vu ainsi tiré à quatre épingles. La plupart du temps, Josh arrivait au travail en jean.

— Hé, Josh ?

Était-il devenu sourd, par-dessus le marché ? Voilà qu'il s'éloignait comme si elle n'existait pas. Quel culot ! On n'avait pas idée d'être aussi grossier. Ça ne ressemblait pas à Josh, justement. Jamais il n'aurait fait preuve d'une telle impolitesse, avec personne. Ses craintes se teintèrent de stupéfaction avant de se transformer en colère.

— Sérieusement, tu m'ignores, maintenant ? Peux-tu me dire ce qui se passe, Josh ?

Il se figea enfin. Puis il se tourna vers elle pour lui faire face tandis qu'elle s'approchait, furibarde. Mais soudain, Stevie ralentit le pas, hésitante. Il lui sembla que le monde avait basculé hors de son axe, un peu comme lorsque Josh l'avait embrassée. Sauf qu'à présent ce déséquilibre était tout sauf agréable. L'homme qu'elle avait en face d'elle avait l'air bizarre, irrité.

— C'est une manie, ou quoi ? Tout le monde veut m'appeler Josh. Et vous, vous êtes qui ?

Saisie d'un vertige, elle ouvrit la bouche, la referma. Non, ce n'était pas Josh, mais un sosie incroyablement ressemblant. À présent qu'elle se tenait près de lui, elle décelait quelques différences. Cet homme était plus trapu, sans doute, avec des cheveux plus courts. Il avait également une barbe de trois jours soigneusement entretenue. Surtout, la plus grande différence avec Josh, c'était son regard dénué de chaleur.

Un déclic se fit alors dans l'esprit de Stevie. Elle repensa à la conversation qu'elle avait entendue en salle de pause quelques semaines auparavant, entre Ruby et Josh.

« Je vous ai vu à l'hôpital central de Cheltenham...

Elle n'est pas discrète, votre nouvelle voiture... Un machin gris argenté.

Vous avez bien fait de vous raser. »

Elle ouvrit à nouveau la bouche et prit une profonde inspiration.

— Je m'appelle Stevie. Excusez-moi de vous avoir interpellé aussi familièrement mais... Enfin, vous ressemblez à s'y méprendre à un ami. Un ami qui travaille ici, justement. Et... Bref, je croyais qu'il m'ignorait.

— Ah...

L'homme eut un sourire poli.

— Et votre ami s'appelle Josh, c'est ça ?

— Oui.

— Je suis Lachlan McKendry. Puisque vous travaillez ici, peut-être pourriez-vous m'aider ? Je dois assister à une réunion au service pédiatrique.

— Oh... bien sûr. J'ai entendu parler de vous. Vous êtes le célèbre chirurgien plastique qui doit opérer Toby.

Il haussa un sourcil d'une manière qui lui coupa le souffle. Ce type ressemblait tellement à Josh que c'en était troublant, et pour tout dire un peu effrayant. Elle ne pouvait s'empêcher de le dévisager comme s'il avait deux nez. À force, il allait la prendre pour une folle. C'était sans doute déjà le cas, car Lachlan se détourna comme s'il était pressé de s'éloigner.

— Attendez... Je sais que c'est complètement dingue, mais... vous avez été adopté ?

L'homme se figea à nouveau et la dévisagea d'un air plus stupéfait qu'irrité.

— Je ne vois pas en quoi cela vous regarde, mais la réponse est non.

Elle se mordilla la lèvre.

— Désolée. Simplement, vous ressemblez tellement à Josh que vous pourriez être son frère. Son jumeau, même.

Lachlan secoua la tête en riant.

— Ce sont des trucs qu'on lit dans les contes de fées. Vous m'excuserez, mais je vais être en retard à ma réunion.

Sa réunion... Oui, celle avec Josh, et David le neurochirurgien, et tous les autres spécialistes impliqués dans le dossier de Toby. Stevie imaginait sans peine le choc qu'elle aurait si elle-même se retrouvait face à face avec son double. Elle n'aurait certainement pas envie qu'une aventure pareille lui arrive devant des témoins. Certes, la probabilité qu'il existe un lien de parenté entre ces deux hommes était lointaine, mais quand même, c'était potentiellement une bombe qui risquait d'éclater dans la vie de Josh.

Il fallait qu'elle l'aide. Cette idée était aussi impérieuse que s'il avait été question de Mattie. Elle ne perdit pas de temps à analyser ce qui se passait dans sa tête ou dans son cœur, ni à songer aux répercussions de sa décision. Elle savait seulement qu'elle ne voulait pas que Josh affronte cette situation sans elle à ses côtés, prête à l'aider en cas de besoin.

— Je connais le chemin, dit-elle d'une voix forte. Si vous voulez bien me suivre...

Ils marchèrent en silence dans les couloirs de l'hôpital. Trop troublée pour lui faire la conversation, Stevie remuait mille questions dans sa tête. Et si l'impossible arrivait ? Était-il fou de penser que Josh était sans doute sur le point de découvrir qu'il avait un cousin, peut-être, ou un frère ? Auquel cas il serait contraint de réfléchir à un sujet qu'il avait toujours considéré comme superflu : la famille. Une vraie famille, unie par des liens de sang, la génétique. Ce Lachlan McKendry allait-il faire resurgir dans le présent un passé difficile que Josh tenait secret, à défaut de pouvoir s'en échapper ? Ce scénario avait de quoi bouleverser irrémédiablement son univers.

Pour l'heure, la priorité était que Josh et cet homme puissent se rencontrer en dehors du regard des autres et bénéficier d'une certaine intimité pour affronter une situation susceptible de bouleverser leur vie. Stevie se rendit soudain compte qu'ils avaient emprunté l'escalier qui menait aux jardins sur les toits. Son inconscient avait guidé ses pas et trouvé le plan idéal. Hors d'haleine, elle poussa les lourdes portes, et Lachlan promena un regard éberlué autour de lui.

— Attendez… On est où, là ?

— Restez ici, répondit-elle du même ton sans appel qu'elle utilisait avec Mattie lorsqu'il était trop petit pour comprendre pourquoi il ne devait pas traverser la rue en courant. Je vous en prie, faites-moi confiance… Avant toute chose, vous devez absolument rencontrer quelqu'un : le responsable du service de pédiatrie. Je sais que vous allez le rencontrer à la réunion, mais…

À court de mots, elle secoua la tête pour signifier que c'était trop compliqué à expliquer.

— Je reviens dans quelques minutes. Alors vous comprendrez pourquoi c'est aussi important. D'ici là, ne bougez pas.

Pivotant sur ses talons, elle dévala l'escalier et courut jusqu'au bureau de Josh, frappa un coup bref et ouvrit sans attendre de réponse.

— Josh ?

Il y avait une telle urgence dans sa voix qu'il redressa brusquement la tête, alarmé. Il se leva avec un froncement de sourcils inquiet.

— Qu'est-ce qui ne va pas, Stevie ?

— Viens avec moi. Il faut que tu voies quelque chose. Tout de suite.

8

Lorsque Stevie poussa les portes de l'escalier de service, Josh comprit aussitôt qu'elle l'emmenait au jardin sur le toit pour pouvoir lui parler tranquillement. Mais de quoi ? Quelque chose était-il arrivé à Mattie ?

— Tu te rappelles le jour où Ruby pensait que tu t'étais acheté une nouvelle voiture ? demanda-t-elle en grimpant les marches quatre à quatre. Une grosse bagnole clinquante.

— Oui, une Maserati ou quelque chose du genre… Ridicule.

— Elle disait aussi que tu avais bien fait de te raser…

Sur le palier du dernier étage, elle s'arrêta pour récupérer son souffle avant de se tourner vers Josh.

— C'était la vérité.

— Pardon ? Désolé, mais je ne te comprends pas.

Elle posa les mains sur la poignée de la lourde porte, prête à l'ouvrir, mais elle s'interrompit pour se tourner vers lui.

— Écoute, quoi qu'il arrive, je suis là. OK ?

Ses beaux yeux noisette tremblaient d'un éclat qu'il ne leur connaissait pas. Pourquoi disait-elle une chose pareille ? Plus interloqué qu'inquiet, il sortit derrière elle… Et se figea, en proie à l'impression que son monde venait de basculer cul par-dessus tête.

— Josh ? Voici Lachlan McKendry. Lachlan, je vous présente Josh Stanmore, le responsable du service pédiatrie. Je, euh… J'ai pensé qu'il valait mieux vous laisser un peu de temps pour faire connaissance avant la réunion.

Ni Josh ni Lachlan ne répondirent. Ils se regardaient fixement, fascinés... Effrayés...

— Voulez-vous que je reste ? demanda-t-elle encore.

Josh sentait le regard de Stevie sur lui, entendait son inquiétude dans les hésitations de sa voix. Il se tourna vers elle et, dans la chute libre provoquée par un bouleversement sismique dans sa vie, il sut qu'il pourrait toujours se raccrocher à elle. L'amitié qu'elle lui offrait était un lieu sûr dans lequel il pourrait se réfugier si nécessaire. Et même si personne d'autre que lui et l'homme qui lui faisait face ne pouvait régler cette situation, le simple fait de pouvoir compter sur Stevie suffisait à lui apporter la force dont il avait besoin.

— Merci, Stevie, répondit-il avec un léger mouvement de tête.

Il soutint son regard assez longtemps pour lui faire savoir à quel point il lui était reconnaissant de lui avoir permis d'affronter cette situation en privé.

— On se parle bientôt, dit-il.

Ce « bientôt » ne survint que trois jours plus tard, pour diverses raisons. Stevie avait eu un jour de congé, suivi d'une garde qui ne coïncidait pas avec les horaires de Josh. Mais surtout, Josh avait profité de ses moments de liberté pour passer du temps avec Lachlan McKendry. Mis à part un ou deux textos pour la rassurer et lui promettre que ses après-midi avec Mattie n'étaient pas remis en cause, elle était restée sans nouvelles jusqu'au jeudi soir, lorsqu'il ramena Mattie de sa séance Big Brother.

En le voyant, elle sut qu'elle avait eu raison de se faire du souci. Josh avait l'air de ne pas avoir dormi correctement depuis plusieurs jours. Il était blême, les traits tirés, et il lui sembla également qu'il avait maigri. Ses joues assombries par une barbe naissante augmentaient la ressemblance avec Lachlan. Surtout, ses yeux avaient une intensité presque hagarde qui serra le cœur de Stevie. On aurait dit qu'elle lui avait manqué. Autant qu'il lui avait manqué à elle.

— Tu n'as pas pris de vrai repas depuis quand ?

— Aucune idée… Je n'ai pas très faim depuis quelques jours.

Elle réfléchit à toute vitesse. Elle avait mis à réchauffer dans le four des pommes de terre rôties et des bâtonnets de poisson pané pour Mattie, mais elle pouvait difficilement en proposer à Josh. Par ailleurs, il avait sûrement plus besoin de parler à quelqu'un que de s'alimenter. Il continuait de la regarder fixement, et, s'ils n'avaient pas entendu Mattie farfouiller dans sa chambre, Josh l'aurait embrassée, elle en était sûre. D'ailleurs, elle aussi avait envie de passer du temps avec lui, en tête à tête.

— Il y a un resto italien en bas de la rue. Leur cuisine est sans prétention, mais délicieuse. Leurs lasagnes sont les meilleures du monde, et leur pain à l'ail est à tomber par terre. Tu veux bien m'attendre là-bas ? Ça te ferait du bien. Tu as besoin de te remplir un peu l'estomac.

Un éclat anima les yeux sombres de Josh, et Stevie se rendit compte qu'il avait faim, en dépit du fait qu'il assure le contraire.

— Je t'y retrouve dans une dizaine de minutes, OK ? Il faut que je m'arrange avec la voisine pour qu'elle garde un œil sur Mattie pendant mon absence. Tu n'es pas d'astreinte, ce soir ?

— Non.

Il souriait à présent, comme s'il était ravi qu'elle prenne soin de lui.

— On se retrouve là-bas, alors. Commande un apéritif pour patienter.

Elle posa une main sur sa manche pour l'encourager à partir. Dieu sait pourtant comme elle avait envie de le serrer dans ses bras et de le garder contre elle, mais elle se contraignit à le pousser doucement dans le dos avant qu'elle ne cède à son désir, et avant qu'il ne lui répète qu'il n'avait pas faim.

— À tout de suite, dit-elle avant de refermer la porte sur lui.

La carafe de vin était à moitié vide lorsque Stevie arriva dans le petit restaurant, et la corbeille de pain à l'ail ne contenait plus que des miettes.

— J'avais plus d'appétit que je ne le pensais, admit Josh. J'en demande un autre ?

Elle acquiesça, et il fit signe au serveur.

— Tu peux me servir un verre de vin ? Et m'expliquer ce qui se passe, aussi.

Il secoua la tête en remplissant son verre.

— Je ne sais même pas par où commencer. C'est tellement dingue, tout ça...

— Commence par le début : par le moment où je t'ai laissé dans le jardin avec Lachlan McKendry. Je ne t'ai pas revu depuis.

Elle ajouta un sourire à sa phrase pour qu'il ne la prenne pas pour un reproche. Elle ne devait pas lui montrer à quel point il lui avait manqué. À quel point elle avait besoin de sa présence dans sa vie.

— Désolé, dit-il en lui rendant son sourire. Tu es la seule à qui je puisse en parler. La seule qui puisse mesurer le choc que j'ai reçu.

Elle ne rebondit pas sur cette phrase, mais la garda dans un coin de sa tête pour la chérir plus tard, telle une caresse verbale.

— Alors c'était vrai ? Vous êtes frères ?

— La première chose que je lui ai demandée, c'est sa date et son lieu de naissance. Il est né au même endroit que moi, à Cheltenham. La même année, le même jour.

— Mon Dieu, murmura-t-elle. J'en étais sûre. Vous êtes bel et bien des jumeaux...

— Lachlan était aussi choqué que moi. Il n'arrivait pas à croire que ses parents aient donné l'un de leurs bébés. Il préférait penser que j'avais été volé et qu'on leur avait fait croire que l'un des jumeaux n'avait pas survécu.

Il s'interrompit pour prendre une profonde inspiration.

— Tout en discutant, lui et moi, on se regardait. Et c'était tellement bizarre... Sa voix ressemble tellement à la mienne... On prenait la parole en même temps, on bougeait en même temps... C'était comme de se regarder dans un miroir.

— Du coup, tu es allé à la réunion ?

— Non, et Lachlan non plus. On a demandé qu'elle soit reportée. De toute façon, l'opération n'a pas un caractère d'urgence absolue, et ni lui ni moi n'aurions été en mesure de nous concentrer. On aurait fait perdre du temps à tout le monde. En plus, je ne suis pas prêt à affronter les rumeurs. Je ne pense pas qu'on nous ait vus ensemble, mais, Dieu merci, tu l'as rencontré avant qu'il ne débarque dans le service. Tu imagines comment Ruby aurait réagi ?

Le serveur déposa une nouvelle corbeille de pain à l'ail sur la table, ainsi qu'un plat de lasagnes fumant et odorant, et un grand saladier de roquette.

— Elle l'aurait illico enfermé dans son bureau pour lui faire subir un interrogatoire en règle, dit-elle avec un sourire amusé.

— Exactement. Donc, merci encore de nous avoir permis de nous rencontrer dans un endroit aussi privé que possible. Le lendemain, Lachlan est venu chez moi, et on a pu discuter vraiment tranquillement. Dieu sait qu'il en avait besoin.

— Pourquoi ?

— Il était dans un état terrible.

Il se tut un instant pour profiter de son repas.

— Bon sang, qu'est-ce que c'est bon.

Il mangea encore une minute en silence avant de déposer sa fourchette sur le rebord de son assiette.

— Toute cette histoire est encore plus difficile à vivre pour lui que pour moi, je crois. Il ne savait même pas qu'il avait été adopté.

Elle acquiesça en se resservant de la salade.

— Il semblait sûr que non quand je lui ai posé la question.

— Après notre rencontre, il est rentré chez lui et j'ai l'impression qu'une énorme dispute a éclaté entre sa mère et lui. Il l'a accusée de m'avoir abandonné et il a exigé des explications. Elle lui a répondu qu'elle ignorait complètement qu'il avait un jumeau, et que, si elle l'avait su, elle n'aurait pas voulu de deux bébés. D'ailleurs, elle n'a jamais voulu avoir d'enfant. Elle a accepté d'en adopter un uniquement pour sauver son mariage. Lachlan m'a dit qu'il comprenait mieux énormément de choses. C'est dur pour lui. Malgré tout, ça lui a fait du bien de me parler. On a discuté toute la nuit, et on a quasiment vidé une bouteille de whisky à nous deux. C'était comme une catharsis pour lui.

Il se tut à nouveau pour manger, et elle attendit qu'il reprenne la parole. Cette rencontre fortuite des deux frères était, en elle-même, assez incroyable. Le fait qu'ils n'aient pas grandi dans des familles aimantes était moins une coïncidence qu'une tragédie. Mais c'était aussi un point commun qui leur permettait de se rapprocher l'un de l'autre.

— Elle habite dans le coin, dit-il. Sa mère. Elle s'appelle Jocelyn... Ou Josephine ? Je ne sais plus. Peu importe. En tout cas, elle n'habite pas loin de chez moi, dans l'un de ces grands domaines dont je t'ai déjà parlé, avec château, forêt particulière... Les McKendry sont une vieille famille, et le père de Lachlan tenait à tout prix à avoir un héritier. Il était chirurgien cardio-thoracique dans une clinique réputée de Londres et il s'est forgé une certaine notoriété dans son domaine, suffisante en tout cas pour qu'il soit anobli. Lachlan m'a dit qu'on ne lui a pas laissé le choix du métier qu'il exercerait à l'âge adulte, il a été envoyé en pension à l'âge de six ans dans cet objectif.

Elle secoua la tête.

— Incroyable...

— Il s'est rebellé en devenant chirurgien plastique au lieu de se spécialiser en cardiologie ou en neurologie. Ensuite, dès qu'il l'a pu, il est parti, en l'occurrence aux États-Unis, pour effectuer son internat.

— Pourquoi est-il revenu ?

— Il a été contacté par un hôpital pour enfants de Londres, et il commençait à avoir le mal du pays. Depuis son retour, on lui a proposé de participer à plusieurs conférences et formations. Il a accepté en priorité celles dans la région de Gloucester, à la fois parce qu'elles lui permettaient de ne pas trop s'éloigner de Londres, mais surtout parce qu'il a de gros problèmes de famille à régler.

— Ses parents doivent avoir un certain âge, je suppose ?

— Son père est mort il y a plus de dix ans. C'est sa mère qui lui donne du souci. D'après le portrait qu'il en fait, c'est un véritable dragon.

— Ça ne m'étonne pas. Comment peut-on adopter un enfant comme s'il s'agissait d'un pansement pour faire tenir son couple ?

Josh eut un haussement d'épaules dédaigneux, et Stevie se

rappela à quel point il tenait le mariage et la famille en général en piètre estime. Pour lui, ce genre de liens n'étaient pas dignes de confiance, ils causaient même plus de mal que de bien. Les problèmes de Lachlan lui en fournissaient une preuve supplémentaire.

— Elle n'est apparemment pas vraiment appréciée non plus par les soignants qui s'occupent d'elle. Ils démissionnent les uns après les autres.

— Elle a besoin de soins à domicile ?

— Oui, à temps plein. Elle souffre de diabète instable, ou d'asthme… Ou les deux à la fois… J'ai oublié tout ce qu'on s'est dit. Lachlan m'a débité toute sa vie, et moi pareil. C'était comme si on essayait de rattraper le temps perdu le plus vite possible.

Il prit son verre de vin et avala une lente gorgée, les yeux posés sur Stevie.

— Tu es la seule à qui j'ai raconté mon histoire, mais… Je ne sais pas… C'était si facile de parler à Lachlan. C'est comme si on se connaissait depuis toujours, alors qu'on ne s'est rencontrés que depuis quelques jours.

— C'est sans doute un peu vrai. Vous avez partagé le même ventre pendant neuf mois, après tout.

Mais il fit non de la tête.

— J'ai du mal à adhérer à ces fantasmes sur la gémellité, et même à l'idée qu'il existerait automatiquement une connexion génétique entre des jumeaux.

Il secoua à nouveau la tête comme s'il refusait d'accorder une pensée de plus au sujet, et reporta son attention sur son repas.

— Au fait, dit-il au bout d'une ou deux minutes, la gouvernante de Mme McKendry a menacé récemment de rendre son tablier, elle aussi. Du coup, Lachlan a décidé de faire d'une pierre deux coups en habitant au château avec sa mère. Enfin, son « ex- » mère, comme il l'appelle à présent. Il compte mettre à profit les trois mois qu'il a prévu de passer ici pour organiser un arrangement pérenne concernant sa mère.

— Autrement dit, il a l'intention de rester encore quelque temps ?

— Oui, au moins deux mois. Je crois que Ruby est tombée sur lui justement le jour où il commençait à l'hôpital de Cheltenham. Il sera chez nous la semaine prochaine pour s'occuper de Toby et pour mener des conférences sur les nouvelles techniques de suture, entre autres. Ce qui se fait aux urgences, ou même en chirurgie élective, peut ensuite avoir d'énormes répercussions pour l'ensemble des patients, surtout en pédiatrie. J'ai vraiment hâte d'assister à la démonstration.

Elle termina son assiette d'un air pensif.

— Pas étonnant que vous ayez discuté toute la nuit. Vous avez dû passer tant de sujets en revue.

Il eut un lent hochement de tête.

— Sur le moment, j'avais l'impression que oui. Mais à présent, j'ai l'impression qu'on vient à peine de commencer.

— J'aimerais le rencontrer à nouveau.

Elle s'efforça de ne pas laisser paraître son envie d'en savoir plus. Ces événements allaient-ils faire revenir Josh sur sa vision de la famille et des relations entre les gens ? En fait, la question était totalement hors de propos. Ce pauvre Josh avait suffisamment de problèmes, inutile de lui compliquer davantage la vie avec des histoires qui n'étaient même pas à l'ordre du jour.

— Je veux dire, si c'est ton frère jumeau, ce doit forcément être quelqu'un de bien.

À son grand soulagement, il lui rendit son sourire. Quelques couleurs étaient revenues à ses pommettes, signe que ce repas lui avait fait du bien.

— Je lui ai parlé de toi. Il me demandait si j'étais marié ou si j'avais une petite amie.

Le cœur de Stevie eut un raté.

— Ah bon ?

Leur amitié était-elle passée à l'étape supérieure ? Le souffle court, elle se mordilla la lèvre. Allait-il le dire enfin ? Allait-il dire que, oui, il la considérait comme sa petite amie ?

S'il te plaît, s'il te plaît, s'il te plaît...

Mais le sourire de Josh s'atténuait.

— Il s'avère que lui aussi est complètement rétif aux relations. C'est bizarre, non ?

Elle s'efforça de donner le change avec un demi-sourire, mais aucun mot ne lui vint aux lèvres. Un sentiment beaucoup plus intense qu'une simple déception lui transperçait le cœur comme un avant-goût de chagrin. S'était-elle aventurée trop loin, dans une zone dangereuse où elle risquait de se faire très mal ? C'était cela, *tomber* amoureuse ?

— Qu'en penses-tu ? dit-il en poussant son assiette vide.

— Pardon, quoi ?

Plongée dans ses pensées, elle n'avait rien entendu de ce qu'il racontait.

— Lachlan nous propose de sortir un soir tous ensemble. Apparemment, il viendrait avec une infirmière qui s'occupe à domicile de sa mère. À mon avis, il est aussi content que moi que notre première rencontre ne se soit pas déroulée en public. Il aimerait te remercier.

Tout en parlant, il avait tendu le bras à travers la table pour couvrir sa main de la sienne, et la chaleur de ce contact se communiqua de ses doigts à tout le reste de son corps, puis se déversa au creux de son ventre. Elle s'efforça de sourire.

— Oui, pourquoi pas ? Tiens-moi au courant assez tôt pour que je m'organise avec Mattie.

— OK. La semaine prochaine, ça t'irait ? Ou plutôt la semaine d'après. Il faut d'abord régler la chirurgie de Toby, je pense, mais ce serait mieux si on se voyait avant ton déménagement, non ? Tu serais sans doute plus disponible. Et puis, tu auras plus de mal à faire garder Mattie tant que tu ne connaîtras pas bien les gens du village.

En effet, son avenir proche était porteur de profonds changements, mais l'impatience qu'elle avait de déménager était soudain teintée d'appréhension, au sujet de Josh et d'elle. Ce douloureux pincement de cœur était toujours là, et la délicieuse chaleur disparut, remplacée par un frisson glacé qui ressemblait à de la peur. Mattie ne devait pas être laissé en dehors de cette histoire. Certes, Josh ne ferait jamais de mal à son fils, mais il le lui avait promis avant que ne surviennent tous ces événements qui avaient complètement bouleversé sa vie. À présent, qu'allait-il se passer ?

Elle froissa sa serviette en boule et repoussa son assiette.

— En parlant de nounou, il faut que je rentre. Mme Johnson doit commencer à trouver le temps long.

Il fallut attendre encore deux semaines pour que Lachlan McKendry soit prêt à assurer la chirurgie qui, espérait-on, allait permettre au petit Toby de recouvrer l'usage de son épaule et de son bras. Des tests supplémentaires avaient été nécessaires, notamment une étude électrique des muscles impactés.

Le jour J, la galerie attenante à la salle d'opération était remplie à craquer, mais, Dieu merci, personne ne songea à demander à Josh ce qu'une infirmière en pédiatrie faisait là, assise juste à côté de lui au premier rang. L'opération, qui venait de débuter, était diffusée sur des écrans disposés à divers endroits de la galerie. Le champ opératoire avait été délimité au crayon dermographique, et Josh, fasciné, examinait la dissection méticuleuse de Lachlan pour exposer les nerfs qu'il devait atteindre.

— Nous utiliserons donc des branches distales du nerf spinal accessoire pour restaurer la fonction du nerf supra-scapulaire. C'est l'approche classique utilisée pour réparer une lésion du réseau du plexus brachial. J'avance lentement parce qu'il y a beaucoup de vaisseaux et je ne voudrais pas les cautériser en étant si près du nerf. J'espère que personne ici ne s'attend à déjeuner de bonne heure.

La galerie fut parcourue d'une rumeur trop assourdie pour pouvoir être qualifiée de rire, mais Josh en profita pour jeter un coup d'œil à Stevie. Sans doute s'était-elle rendu compte de ce contact visuel, car elle pivota la tête de manière à le voir brièvement avant de se concentrer à nouveau sur l'opération. Un soupçon de sourire relevait un coin de ses lèvres, et ses yeux brillaient. De toute évidence, elle était ravie de pouvoir ainsi observer l'action au plus près. Josh laissa son regard s'attarder une seconde sur son beau profil.

Il avait eu raison de penser qu'il pourrait toujours compter sur Stevie. Ces dernières semaines, elle avait été un roc pour lui, à tel point qu'il n'imaginait plus sa vie sans elle. Ce qui l'avait aidé par-dessus tout à faire face aux bouleversements récents de sa vie, ça avait été de pouvoir lui en parler. Il lui avait raconté des choses que jamais, au grand jamais, il n'aurait imaginé dire à personne, et souvent ses réponses lui avaient fait envisager la situation sous un angle différent. Par exemple, la semaine précédente, un soir au téléphone :

— *Au début, j'étais un peu jaloux de Lachlan. Il n'a jamais manqué de rien, il n'a jamais été obligé de travailler dans un bar ou de livrer des pizzas pour financer ses études de médecine. Il avait une famille où il avait toute sa place, un père fier de tous les prix qu'il raflait à l'école.*

— *Mais crois-tu qu'il était heureux pour autant ?*

— *Non. J'en suis même sûr.*

En tout cas, Lachlan était dans son élément, à présent. D'une voix calme et assurée, il commentait le déroulement de l'intervention.

— Je vais d'abord m'occuper du nerf donneur parce qu'il est un peu plus délicat de repérer l'incisure et le nerf supra-scapulaires. Mais ça tombe bien, j'aime les défis. Pas vous ?

Il tourna la tête pour qu'on lui éponge le front. Ce n'était pas la première fois qu'il le faisait depuis le début de l'opération. Josh fronça les sourcils. Lachlan était-il plus stressé qu'il ne voulait bien le montrer ? Ses problèmes personnels risquaient-ils de perturber son activité professionnelle ?

En tout cas, le choc initial commençait à se dissiper, et ils apprenaient tous les deux à se connaître. Par bonheur, la nouvelle n'avait pas déchaîné les rumeurs au sein de l'hôpital, sans doute parce que personne, à part Stevie, ne savait que Josh avait été adopté et que, jusqu'à récemment, il avait ignoré l'existence de ce frère caché. Au contraire, les gens se contentaient de penser qu'il préférait rester discret sur sa vie privée, ce qui était vrai, au demeurant. Personne ne s'était même avisé de demander pourquoi Lachlan et lui avaient des noms de famille différents.

Sans doute était-on trop intrigué par leur ressemblance pour s'intéresser à ce qui les différenciait.

— Nous y voilà... J'ouvre le trapèze. On s'attendrait à ce que le nerf se trouve dans le muscle, or non : il se niche sous le muscle, dans la couche adipeuse. Encore une fois, j'avance lentement.

En effet, Lachlan procédait avec un soin méticuleux, exactement comme Josh lorsqu'il était au bloc : en cela aussi, ils se ressemblaient. On aurait dit qu'à la moindre occasion ils se trouvaient des points communs : leur couleur préférée, ou encore le plat, le film qu'ils aimaient le plus. Parfois, c'était un détail physique comme un geste, ou le fait qu'ils avaient tous les deux une canine un peu tordue. Stevie avait-elle raison lorsqu'elle évoquait une connexion génétique ? Un « truc » un peu étrange qui n'appartenait qu'à des jumeaux ? Elle lui en avait encore parlé l'autre jour :

— *Tu as une famille, Josh, et ça ne se choisit pas. Lachlan et toi, vous avez plus en commun l'un avec l'autre qu'avec n'importe qui sur la planète. C'est une réalité, un lien génétique indéniable, que tu le veuilles ou non. Un lien qui pourrait compter plus que tout au monde, un peu comme celui qui m'unit à Mattie.*

Sans doute... Mais Stevie avait choisi de construire ce lien dès le moment où elle avait décidé de ne pas mettre un terme à sa grossesse. Josh, lui, ne partageait aucune histoire commune avec ce frère. Pouvait-on, dès lors, parler de connexion significative ? Savoir ce qui, de l'inné ou de l'acquis, dominait la formation d'une personnalité était devenu un sujet de réflexion qui lui tenait à cœur. Une chose était sûre : Lachlan et lui avaient la même passion pour la médecine.

Tout en laissant ses pensées dériver, il restait concentré sur l'écran et observait l'avancée des ciseaux de dissection.

— Certains d'entre vous sont peut-être intéressés par les progrès récents en matière de transfert de nerfs et de tendons. C'est un domaine passionnant et très prometteur, avec de nombreuses applications thérapeutiques, notamment pour les tétraplégiques... Ces transferts pourraient leur permettre de récupérer assez de motricité pour s'alimenter ou conduire une voiture. Ah, le voilà... On arrive au nerf supra-scapulaire. Je peux avoir un lac vasculaire, s'il vous plaît ?

Après avoir identifié le nerf en question au moyen d'un fil de silicone coloré, il le sectionna de manière à en rattacher l'extrémité au nerf valide. Autre ressemblance, Lachlan était capable, comme lui, de mobiliser son cerveau sur plusieurs tâches simultanément, puisqu'il commentait l'intervention sans que ses mains ne trahissent la moindre hésitation.

Mais un événement surtout l'avait rapproché de son frère. La veille, ils étaient restés tard à l'hôpital parce que Lachlan lui avait expliqué les tenants et les aboutissants de l'opération de Toby. Au moment de partir chacun de leur côté, Lachlan s'était arrêté.

— *À ton avis, ça t'a simplifié les choses de savoir que tu étais un enfant adopté ?*

— *Non, ça les a rendues plus compliquées. J'ai toujours su que j'étais différent, que je n'avais pas ma place parmi eux, mais je n'ai pas compris pourquoi avant qu'ils aient un « vrai » enfant et qu'ils ne me considèrent comme un indésirable.*

Mais Lachlan avait secoué la tête.

— *Moi, je n'ai jamais su pourquoi, et c'est pire, au contraire. Parce que, moi non plus, je n'avais pas ma place parmi eux et je ne comprenais pas pourquoi. Du moins, jusqu'à ce que je fasse ta connaissance.*

C'était sans doute à cet instant que Josh avait commencé à accorder davantage de crédit à la fameuse connexion génétique, et à la considérer comme quelque chose de tangible et qui ne disparaîtrait pas, quoi qu'il arrive. Et s'il avait eu tort à ce propos, il avait sans doute intérêt à réviser d'autres façons de penser en ce qui concernait les rapports avec les autres, et notamment les femmes.

Tandis qu'il regardait son frère réaliser la prouesse de suturer des nerfs minuscules, à peine visibles à l'œil nu, Josh sentit qu'une tension indicible s'apaisait en lui. Son corps se détendit, et sa jambe toucha celle de Stevie. Cette chaleur... Telle une empreinte brûlante, elle traversait toutes ses couches de vêtements. Stevie la ressentait-elle, elle aussi ? De nouveau, il observa son beau profil à la dérobée. Que penserait-elle si elle se rendait compte qu'il n'était plus totalement concentré sur l'opération de Toby ? Mais c'était plus fort que lui. Et tandis qu'il la regardait, il se dit qu'elle aussi devrait réviser certaines de ses idées. Car, non, les connexions génétiques n'étaient pas davantage « réelles » parce qu'elles étaient imposées par la nature. Une relation choisie était sûrement tout aussi significative, non ? Par exemple, celle qui s'épanouissait entre Stevie et lui : jamais il n'avait rien éprouvé de tel pour aucune femme.

De nouveau, Stevie sembla sentir son regard sur elle, de la même manière qu'il était si sensible au contact de sa jambe contre la sienne. Elle bougea à peine la tête, mais son regard trouva le sien et le soutint. Il lui sembla qu'elle répondait à une question qui transparaissait dans ses yeux sans qu'il en soit conscient. Elle lui disait que, oui, elle était d'accord avec lui au sujet de cette connexion qui les unissait, lui et elle. Et qu'ils pouvaient s'y fier.

9

D'accord, Stevie savait qu'elle aurait eu tort de se bercer de faux espoirs, mais quand même... Josh l'avait invitée au restaurant avec son frère jumeau. Si ce n'était pas un vrai rendez-vous amoureux, du moins cela y ressemblait fort. À mesure que la date approchait, elle se sentait de plus en plus sous tension. C'était comme si Josh ne voyait aucun inconvénient à s'afficher avec elle, à la présenter au seul parent qu'il avait. Comme s'il se fichait d'être vu en sa compagnie par des collègues de l'hôpital et de prêter le flanc à la rumeur.

Malgré tout, elle s'interdisait de trop réfléchir à la situation. Mieux valait profiter pleinement de chaque instant en compagnie de Josh, sans sur-interpréter la situation ou ternir le présent par des craintes ou des regrets. Elle avait appliqué cette tactique lors de la seule et unique nuit passée avec Josh, et cela ne lui avait pas trop mal réussi. Elle en ferait donc autant pour cette soirée.

Lorsqu'elle avait appris que Lachlan avait réservé une table dans l'un des restaurants les plus chics de la région, elle avait tout d'abord songé qu'elle n'avait pas sa place dans un endroit pareil. Dieu merci, elle avait une tenue qui convenait pour l'occasion. Certes, elle se l'était procurée dans une brocante à Londres, mais motus ! Personne n'avait besoin de le savoir. Dès qu'elle était entrée dans le magasin, la robe lui avait tapé dans l'œil et il lui avait été impossible de ne pas l'essayer. Et lorsqu'elle l'avait eue sur elle, elle s'était sentie obligée de l'acheter. Ce bordeaux profond allait vraiment trop bien avec ses cheveux roux. En plus, avec ce corsage croisé qui soulignait ses épaules et son décolleté sans en révéler trop, et cette coupe relevée sur le devant qui laissait entr'apercevoir ses jambes lorsqu'elle marchait… Jamais elle n'avait rien porté d'aussi sexy.

Elle avait donc craqué pour cette robe, mais l'avait remisée depuis au fond d'un placard. Parfois, cependant, elle la remarquait entre deux vêtements, et se plaisait à toucher la soie décorée de dentelle pour se souvenir du glissement du tissu sur sa peau. On aurait dit la caresse d'un amant. Ce sentiment n'avait pas disparu aujourd'hui qu'elle la portait vraiment pour la première fois. Par bonheur, elle continuait à lui aller comme un gant. Par contre, une chose avait changé. À présent, le contact de la soie sur sa peau ne lui faisait pas penser à un amant imaginaire, mais à Josh.

Lorsque, coiffée et maquillée, elle sortit de la salle de bains dans sa robe, Mattie la dévisagea bouche bée.

— Comme tu es belle, maman ! On dirait une princesse.

— Merci, mon chéri.

— Tu vas vraiment au restaurant avec Josh ?

— Eh bien, oui.

— Il t'a invitée parce que tu es sa copine ?

Mattie la regardait fixement, une lueur d'espoir dans ses yeux sombres. Il désirait manifestement vraiment les voir vivre ensemble. Il aurait voulu que Josh soit bien plus pour lui qu'un mentor. Tôt ou tard, elle devrait mettre les choses au point avec lui, mais pas aujourd'hui. Elle ne voulait pas gâcher la magie de cette soirée. Ce qu'elle allait vivre ne serait sans doute qu'un rêve, mais elle tenait à en profiter à fond. Elle plaqua donc un sourire rassurant et suffisamment dégagé sur ses lèvres pour le dissuader d'accorder trop d'importance au sujet. Ainsi, elle ne le décevrait pas trop lorsque viendrait le moment de s'expliquer avec lui.

— Pas sa copine : juste une amie. Par ailleurs, j'ai rencontré son frère il y a quelque temps, et lui aussi sera là. Donc non, il ne s'agit pas d'un rendez-vous amoureux.

Mattie ouvrit de grands yeux.

— Josh a un frère ? Je ne savais pas.

— Lui non plus, jusqu'à peu.

Elle déposa un baiser sur le front de son fils.

— Mais c'est une longue histoire, et tu devras attendre que Josh t'en parle, parce que c'est à lui de le faire et pas à moi. Sur ce, je vais dire à Mme Johnson que je suis prête. Et pour toi, ça ira ?

— Oui, je vais appeler mamie et continuer mes paquets pour le déménagement. On s'en va la semaine prochaine, c'est sûr ?

— Tout à fait sûr.

— Et Lucky va vivre avec nous ?

— C'est un autre sujet dont tu devras discuter avec Josh. Il préférera sans doute qu'on soit bien installés avant de nous confier Lucky.

— Tu peux lui en parler ce soir ? Lui dire que j'aimerais que Lucky soit avec nous dès notre arrivée. Je veux qu'il dorme au pied de mon lit le premier soir.

Lucky était pourtant le cadet des soucis de Stevie lorsqu'elle s'assit en voiture avec Josh. Elle avait beau se dire que ce rendez-vous n'en était pas vraiment un et qu'ils ne sortaient pas seuls tous les deux, la perspective de cette soirée était aussi excitante que terrifiante.

— Tu n'es pas bavarde, ce soir, dit-il. Tu dois être épuisée, avec les préparatifs du déménagement.

— En fait, j'essayais de me rappeler la dernière fois qu'on m'avait invitée à dîner. Je n'ai jamais mis les pieds dans un restaurant étoilé.

— On ne le dirait pas, à te voir aussi élégante. Ta robe est magnifique, et ta coiffure te va très bien.

Les compliments lui arrachèrent un sourire.

— Merci. C'est juste un chignon désordonné. Difficile de faire des miracles avec mes cheveux. Ils sont trop indisciplinés.

— Un peu comme toi, en somme, dit-il en riant.

Il ralentit à l'approche d'un manoir.

— Je crois que c'est là.

— Oh là là...

Impressionnée, elle détailla la vieille bâtisse à laquelle on accédait par une allée circulaire décorée d'une fontaine lumineuse. Josh secoua la tête d'un air pensif.

— Je me demande comment Lachlan s'y est pris pour dégotter une table ici au dernier moment. À ce qu'il paraît, il faut avoir le bras long ou du sang bleu pour obtenir une réservation.

— Tu ne m'as pas dit que son père avait été anobli, justement ? Je suppose que son nom est connu dans le coin.

Elle observa le visage de Josh tandis qu'il manœuvrait pour se garer.

— Ça t'embête toujours ? Je parle du fait que Lachlan ait grandi dans un monde aussi différent du tien.

Il se tourna à nouveau vers elle pour la regarder.

— Tu sais quoi ? Ça m'aurait posé beaucoup plus de problèmes si tu ne m'avais pas ouvert les yeux.

— Moi, t'ouvrir les yeux ?

— Oui. Tu m'as aidé à comprendre que sa richesse ne l'a pas rendu plus heureux pour autant.

Elle lui avait donné matière à réflexion ? Elle sourit, flattée qu'il ait accordé autant d'importance à ses propos. Presque aussitôt, et malgré elle, elle se prit à songer qu'elle aurait aussi pu lui ouvrir les yeux sur ce qu'il ressentait pour elle si elle lui avait parlé de ses sentiments pour lui... Si elle lui avait laissé entendre qu'ils pouvaient bâtir un avenir ensemble.

— D'ailleurs, poursuivit-il en ouvrant sa portière, je suis un peu inquiet pour lui. J'ai l'impression qu'il a vraiment du mal à se faire à l'idée qu'il a été adopté. Il a été beaucoup plus choqué que moi de découvrir qu'il avait un frère. Il n'est pas très bavard, mais je trouve qu'il a maigri ces dernières semaines. Il a l'air stressé.

— Cette soirée lui fera du bien, dit-elle en descendant de voiture.

La meilleure manière d'aider Josh, c'était de ne pas l'ennuyer avec des confessions trop personnelles. Il n'avait pas besoin qu'on lui complique davantage la vie en ce moment. Par ailleurs, il ne l'avait invitée ce soir que par amitié, et parce que Lachlan voulait la remercier d'avoir fait en sorte qu'il rencontre son frère dans les meilleures conditions possible.

Elle se contraignit à sourire gaiement à Josh tandis qu'il la rejoignait pour entrer dans le restaurant.

— Je suis sûre que ce repas va être mémorable.

Le maître d'hôtel les accueillit avec un message : M. McKendry avait téléphoné, il arriverait avec un peu de retard.

— Il a demandé qu'on vous serve une flûte de champagne à votre table pour patienter. Par ici, je vous prie.

Une fois installés, ils prirent connaissance du menu en sirotant leur verre.

— Un risotto de fruits de mer à l'encre de seiche ? murmura Stevie. Du gibier à la liqueur de mûres ? Mon Dieu, mais où vont-ils pêcher des idées pareilles ?

— Les amateurs de bonne cuisine ont de l'imagination. J'ai lu quelque part que les Cotswolds sont un paradis gastronomique, tu étais au courant ?

Il se pencha pour n'être entendu que d'elle.

— Je ne suis pas un gourmet. Si tu veux tout savoir, j'aime tout autant tes sandwichs au fromage grillé. Ah… j'aperçois Lachlan.

En effet, ce dernier venait d'entrer et tendait son pardessus à un employé. Puis il se tourna vers sa compagne pour l'aider à ôter son manteau. Stevie, surprise, cligna des yeux.

— Il ne devait pas amener l'infirmière qui s'occupe de sa mère ?

— Si. J'imagine que c'est elle.

Josh observait, lui aussi, la façon dont son frère retirait le vêtement des épaules de la jolie blonde.

— On dirait vraiment qu'ils sont en couple. Y aurait-il autre chose qu'il ne m'aurait pas dit ?

Lachlan, qui les cherchait du regard dans la salle, ne remarqua pas la façon dont la jeune femme le couvait des yeux. Sans l'ombre d'un doute, il se passait quelque chose entre ces deux-là. La bouche soudain sèche, Stevie tendit le bras vers son verre d'eau. Et si cette soirée pouvait déboucher sur davantage qu'une ou deux heures de magie sans conséquence ? Après tout, c'étaient des choses qui arrivaient. Ce ne serait pas la première fois que des personnes rétives au mariage se laisseraient persuader en douceur, et de manière inattendue, de prendre une direction radicalement différente. Si Lachlan vivait une histoire d'amour sérieuse, Josh pouvait-il se décider à abattre les barricades qu'il avait érigées autour de son cœur ? Pouvait-il se risquer à envisager un autre avenir ?

Pour une surprise, c'en était une. Josh ne s'était pas attendu à ce que l'infirmière de Mme McKendry soit une ravissante jeune femme. Blonde aux yeux bleus, avec des cheveux souples qui lui arrivaient aux épaules, elle avait un sourire presque aussi lumineux que celui de Stevie.

— Appelez-moi Flick, leur dit-elle après que Lachlan l'eut présentée sous le nom de Felicity. Felicity, c'est pour les agents du fisc ou la police.

— Tu as eu maille à partir avec la police, toi ? Non, ne me dis rien... Je préfère laisser travailler mon imagination.

Lachlan lança un léger clin d'œil à son frère, mais cette plaisanterie ne fit qu'aggraver le sentiment de trouble étrange en Josh. Lachlan avait organisé cette soirée pour remercier Stevie et Flick, non ? Alors, pourquoi avait-il tout à coup l'impression de participer à un double rendez-vous amoureux ? Impression qui se renforça lorsqu'ils commandèrent leurs entrées. Josh et Stevie choisirent tous les deux des champignons de Paris farcis tandis que Lachlan et Flick prirent des coquilles Saint-Jacques fumées. Une fois le repas commencé, au grand soulagement de Josh la conversation s'orienta sur un terrain professionnel.

— Comment va le garçon ? Le plexus brachial ?

— Très bien...

Tout en portant sa fourchette à sa bouche, Josh regardait Stevie. Il ne lui avait pas menti, il raffolait de ses sandwichs au fromage grillé, mais il fallait bien avouer que ces champignons étaient à tomber par terre. D'ailleurs, à en juger par ses yeux brillants, elle était du même avis. Et ce plaisir était augmenté par le fait qu'ils l'éprouvaient ensemble et en présence d'autres personnes, sans avoir à s'en cacher. Mine de rien, Josh en éprouvait un délicieux frisson.

— J'ai essayé de le revoir, mais mon emploi du temps est blindé en ce moment, dit Lachlan avec un soupir.

Il posa sa fourchette sur le rebord de son assiette à peine entamée.

— En ce moment, j'enchaîne les conférences et les chirurgies, et par-dessus le marché il a fallu que je file à deux reprises à Londres.

Josh fronça les sourcils.

— Ça a l'air stressant, tout ça.

Lachlan en prenait-il trop sur ses épaules ? Cela expliquerait le fait qu'il ait maigri, qu'il ait mauvaise mine... Sans doute Lachlan avait-il deviné son inquiétude, car il afficha un large sourire, comme pour le rassurer.

— Au moins, je n'ai pas de souci à me faire pour ce qui se passe à la maison.

Il leva son verre à l'adresse de Flick.

— Tu fais un boulot fabuleux. Cela ne m'étonne pas que l'agence de placement soit aussi dithyrambique à ton sujet. Je te serai à jamais reconnaissant. Pour tout...

Flick baissa les yeux, apparemment gênée par ces compliments. Ou s'agissait-il d'une sorte de message caché ? D'un moment de complicité comme celui que Josh venait de partager avec Stevie ?

— Depuis quand travailles-tu comme vacataire, Flick ? demanda Josh.

Elle se tourna vers lui en souriant.

— Oh ! des années. J'adore l'excitation de la nouveauté. Rencontrer de nouvelles personnes, découvrir de nouveaux lieux. Relever de nouveaux défis...

Lachlan émit un bruit narquois, comme si le mot « défi » était, en l'occurrence, un euphémisme.

— Il fait un peu chaud ici, non ?

Il essuya son front luisant de sueur et ébouriffa ses cheveux d'ordinaire si bien coiffés avant de reculer sa chaise pour se lever.

— Vous voulez bien m'excuser un instant ? J'ai besoin d'un peu d'air.

Alors que Lachlan se dirigeait vers des portes-fenêtres non

loin de leur table, une lueur alarmée traversa le regard de Flick. Elle abandonna son assiette et esquissa le geste de le rejoindre, mais Josh la devança.

— J'y vais, dit-il calmement.

Les portes-fenêtres ouvraient sur un jardin potager où les petites haies de buis étaient agrémentées de guirlandes lumineuses. Il faisait frisquet dehors, mais Lachlan tira sur le nœud de sa cravate et ouvrit le col de sa chemise comme s'il étouffait.

— Ça va ?

— Oui, oui. Je vais bien.

— Si ça n'allait pas, tu me le dirais, n'est-ce pas ?

— Bien sûr, répondit Lachlan avec un sourire un peu trop large. Tu es mon frère, non ? On est une famille, toi et moi. Une *vraie* famille, s'entend.

Il avait dit cela en regardant Stevie et Flick, occupées à discuter. La présence de l'infirmière de sa mère lui rappelait-elle que la famille à laquelle il avait cru appartenir n'avait été qu'un leurre ? Non, il ne s'agissait pas de cela… L'espace d'une seconde, il y eut dans le regard de Lachlan, dans son langage corporel, un sentiment que Josh ne reconnaissait que trop bien. Lui-même se tourna vers Stevie, comme mû par une attirance irrésistible. Il avait du mal à imaginer sa vie sans Stevie. D'ailleurs, il ne voulait pas envisager une chose pareille. Au contraire, il désirait plus que tout faire confiance à cette connexion extraordinaire qui l'unissait à elle. Jusqu'alors, il avait toujours refusé de s'engager dans une « vraie » relation, mais c'était pourtant ce qui se passait avec Stevie. De là à aller plus loin avec elle… À fonder une famille, peut-être ? Pour cela, il aurait fallu qu'il soit bien sûr que sa relation avec elle était suffisamment solide. Quoi qu'il en soit, les barrières qu'il avait érigées autour de son cœur semblaient à présent reposer sur des fondations précaires. Lachlan avait-il, lui aussi, du mal à faire face à sa vie personnelle ? Il y avait de quoi. D'autres auraient été stressés à moins…

— Je crois que Flick se fait du souci pour toi.

— Je me demande bien pourquoi. Ne vous inquiétez pas pour moi, ni toi, ni elle encore moins. Elle n'est là qu'à titre temporaire, jusqu'à ce que j'organise un arrangement pérenne pour ma mère. Par exemple, la confier à une maison de retraite. Ce qui ne devrait pas tarder, au train où vont les choses.

— Justement, elle aimerait sans doute rester un peu plus. Ça a l'air de coller, entre vous. C'est dommage que tu ne t'accroches pas davantage à quelque chose qui en vaut vraiment la peine.

Josh parlait doucement, le regard à nouveau attiré par Stevie. Il se rendit soudain compte qu'il aurait pu reprendre ces propos à son compte. Mais Lachlan répondit par une sorte de rire étouffé et finit de retirer sa cravate.

— Tu plaisantes ? Et moi qui pensais qu'on était sur la même longueur d'onde en ce qui concerne les femmes. Enfin, tu sais comme moi que la vie de couple, la vie de famille, ce n'est qu'un ramassis de fadaises.

— Sauf qu'on est une famille, à présent, toi et moi.

Mais Lachlan se détourna.

— C'est différent, marmonna-t-il. Dès qu'une femme se projette dans le long terme, c'est plus fort que moi, j'ai envie de fuir. L'avenir, c'est un gros mot pour moi. Ça va à l'encontre de tout… tout…

La phrase resta en suspens car Lachlan s'effondra comme un pantin désarticulé, et Josh n'eut que le temps de ralentir sa chute. Il renversa la tête de Lachlan en arrière pour dégager les voies respiratoires, puis chercha un pouls sur son cou tout en s'assurant qu'il respirait. Les portes-fenêtres s'ouvrirent sur Flick et Stevie.

— Qu'est-ce que je peux faire ? demanda cette dernière.

Flick, pâle comme un linge, se laissa tomber sur les genoux à côté de Lachlan.

— Oh ! mon Dieu… *Non…*

Josh croisa le regard de Stevie.

— Il respire, et son pouls est fort et régulier. Ce n'est sans doute qu'un malaise, mais il vaut mieux appeler les secours.

Le maître d'hôtel passa les portes-fenêtres à cet instant et entendit la fin de la phrase.

— Je viens de le faire, dit-il. Ils arrivent d'un moment à l'autre.

10

Lachlan était conscient à l'arrivée des secours, quoique somnolent, et tenait des propos légèrement incohérents. On l'aida donc à monter à l'arrière de l'ambulance pour lui faire passer des tests. Par bonheur, l'électrocardiogramme, la tension et la saturation en oxygène étaient tous normaux.

— Il a bu combien de verres ? demanda un ambulancier.

— Pas assez pour le mettre dans cet état, répondit Josh. À mon avis, il y a quelque chose qui ne va pas.

Lachlan, cependant, essayait de se relever.

— Il faut que je rentre... Ma mère... C'est elle qui est malade...

— Ta mère va bien, dit Flick, postée devant la portière ouverte de l'ambulance. Je viens d'appeler Mme Tillman pour la prévenir que je t'accompagne à l'hôpital et que je risque de revenir plus tard que prévu.

Mais Lachlan secoua la tête.

— Mais pourquoi ? Ça ne sert à rien, je te dis. Je vais bien. Tu es payée pour t'occuper de ma mère, pas de moi. Je peux me débrouiller tout seul.

Flick prit sur elle, mais Josh vit bien que la réaction de Lachlan l'avait blessée.

— Je pars avec Lachlan, lui dit-il.

Ne t'inquiète pas, il ne restera pas tout seul, faillit-il ajouter.

Flick hocha la tête.

— Très bien. Je peux reconduire Stevie chez elle, dans ce cas.

— Non, elle habite à l'opposé.

Josh se tourna vers Stevie. Il aurait voulu lui demander de l'accompagner à l'hôpital de Cheltenham, où Lachlan allait être emmené. Il aurait voulu, aussi, partager avec elle l'attente avant qu'on lui dise ce qui n'allait pas, à supposer, bien sûr, que quelque chose n'aille pas. Mais il en aurait sans doute pour des heures, et Mattie ne pouvait pas passer la nuit seul. Il fallait qu'elle rentre chez elle.

— Je pars avec Lachlan, lui dit-il. Je suivrai l'ambulance avec ma voiture. Ça t'embête si j'appelle un taxi pour qu'il te remmène ?

Elle secoua la tête en le regardant fixement.

— Non, bien sûr. Appelle-moi dès que tu as du nouveau.

— Ça risque d'arriver tard dans la nuit.

— Ce n'est pas grave, je serai encore debout. Téléphone-moi, peu importe l'heure.

Elle allait attendre son appel. Malgré la situation, il se surprit à sourire, et il souriait encore lorsque le taxi emmena Stevie et qu'il prit sa voiture pour suivre l'ambulance. Au fond, ce n'était pas grave si Stevie ne pouvait pas être avec lui jusqu'à ce qu'ils aient des nouvelles, bonnes ou mauvaises. Elle allait veiller jusqu'à ce qu'il lui téléphone et, mine de rien, c'était presque comme de l'avoir à ses côtés pour lui tenir la main.

Lorsque Josh arriva à l'hôpital de Cheltenham, Lachlan se trouvait dans une salle d'observation attenante aux urgences. Il était presque aussi blanc que les oreillers qui le soutenaient.

— Ils veulent me garder la nuit. Si je m'écoutais, j'insisterais pour qu'ils me laissent partir, mais je suis... Je suis tellement fatigué. Je n'ai même pas la force de bouger.

— Ils savent à quoi était due cette syncope ?

— Non, ils attendent les résultats de la prise de sang. D'après le chef de service, il pourrait s'agir d'un virus. J'ai un peu de fièvre, et ça collerait avec le fait que je ne me sens pas dans mon assiette depuis une ou deux semaines.

Debout au pied du lit de Lachlan, Josh fronça les sourcils.

— Comment ça, « pas dans ton assiette » ? Je me disais bien que tu avais l'air fatigué. Tu as perdu du poids aussi, non ?

— Un peu…

Lachlan ferma les yeux.

— J'ai mal au ventre par intermittence et pas beaucoup d'appétit. Enfin, merci d'être là, dit-il avec un sourire contraint. Qui sait, s'il s'avère que j'ai besoin d'un nouveau rein ou de quelque chose de ce genre, ça pourrait m'être utile d'avoir un frère jumeau.

Josh lui rendit son sourire, puis son visage se fit grave. Les liens qui l'unissaient à son frère s'étaient renforcés d'un cran, voire de plusieurs. Comment avait-il pu croire qu'il n'avait pas besoin, pas envie d'une famille ? Lachlan était son frère, et même son frère jumeau. Josh n'avait aucun mal à s'imaginer dans ce lit, à sa place, et dans une telle situation il aurait aimé pouvoir compter sur le soutien de ses proches.

Ce fut Lachlan qui rompit le silence.

— Je mettais mon état sur le compte de ces dernières semaines complètement folles. J'avais l'impression qu'on m'avait arraché la vie pour la retourner sens dessus dessous, la bousculer, la piétiner… Apprendre que j'avais été adopté, que celle que je croyais être ma mère ne voulait pas de moi, ça m'a complètement pris de court. Mais j'ai un frère jumeau, et ça, eh bien… c'est formidable.

Josh, la gorge serrée, hocha la tête.

— Et Flick… Je suis content de pouvoir compter sur elle aussi. Même si tout à l'heure tu m'as fichu la frousse en parlant de relation durable.

— Oui, je l'ai bien vu, répondit Josh en soupirant. Mais c'est une idée qui me fait un peu peur, à moi aussi. J'étais à deux doigts de penser que…

À deux doigts d'avouer qu'il était en train de revenir sur son aversion envers l'engagement, Josh fut interrompu. Le rideau qui entourait le lit de Lachlan s'ouvrit.

— J'espère que je n'interromps rien, dit le nouveau venu en tendant la main à Josh. Je suis Graham, un médecin du service. On m'avait parlé de vous deux, mais c'est vrai que vous êtes la photocopie l'un de l'autre.

— On vous aura peut-être dit que je suis le plus mignon des deux, dit Lachlan.

Malgré ce trait d'humour, il s'était figé à la vue de la feuille que le médecin tenait à la main. Lorsqu'il reprit la parole, Graham ne souriait plus.

— Cela ne va pas du tout, Lachlan. Votre numération sanguine part dans tous les sens. Le taux de leucocytes est beaucoup trop élevé, et pour les hémocytes et les plaquettes il est assez bas pour être inquiétant.

Josh sentit un frisson glacé lui dévaler le dos. Il avait trop souvent observé un tel tableau chez ses patients en pédiatrie. Souvent, il les adressait aussitôt au service oncologie, et chaque fois qu'il le pouvait il était présent lorsque les parents recevaient la terrible nouvelle : leur enfant souffrait d'une leucémie. Lachlan était aussi vite que lui arrivé à la même conclusion et il s'efforçait tant bien que mal de dissimuler son choc.

— Ce n'est donc pas juste un virus, c'est ça ?

Graham hocha la tête, conscient qu'il avait affaire à des médecins parfaitement au fait de la gravité de la situation.

— Nous avons d'ores et déjà programmé des tests supplémentaires pour demain matin.

— Une biopsie de moelle osseuse ? demanda Lachlan d'une voix calme.

Graham fit à nouveau « oui » de la tête.

— J'ai pris contact avec l'équipe qui va s'occuper de vous. Le responsable du service d'hématologie est quelqu'un de très bien. Il a proposé de venir en discuter avec vous dès ce soir, si vous voulez.

Mais Lachlan secoua la tête.

— Non, pas ce soir. Je suis trop fatigué, vraiment. Je voudrais dormir.

Graham prit congé et les laissa seuls. Josh, assis au pied du lit, était sous le choc, mais il savait comment ne pas le laisser transparaître dans sa voix.

— Tu as besoin de quelque chose ?

— Non, merci, répondit Lachlan sans ouvrir les yeux. Tu devrais rentrer chez toi, Josh. Ton chien attend sans doute sa promenade.

— Je peux rester encore un peu. Enfin, si tu en as envie.

Mais Lachlan se détourna.

— Rentre chez toi, Josh. Je voudrais dormir.

— Bon. Dans ce cas, je reviens demain.

Toutefois, Josh hésitait, sûr et certain que Lachlan ne trouverait pas le sommeil. Or son frère préférait manifestement être seul. Peut-être, comme lui-même, avait-il toujours dû affronter seul les difficultés.

— Appelle-moi si tu as besoin de parler, dit-il d'une voix douce. Peu importe l'heure.

Josh rejoignit sa voiture en serrant son téléphone dans sa main. À peine quelques heures plus tôt, Stevie était assise à la place du passager dans l'attente, comme lui, d'une belle soirée dans un restaurant fabuleux. Et tout à coup, sa vie basculait une fois encore. Il aurait aimé qu'elle soit là en ce moment. Il aurait voulu lui dire qu'il se faisait un souci monstre pour Lachlan et pour sa santé. D'ailleurs, qu'est-ce qui l'en empêchait ? Après tout, elle attendait son coup de fil. Oui, mais, s'il commençait à lui raconter tout ce qui lui pesait sur le cœur, il n'était pas sûr de pouvoir s'arrêter. Allait-il ouvrir la vanne aux paroles ? Lui avouer qu'il avait peur de perdre son frère juste après l'avoir retrouvé ? Lui dire, aussi, à quel point il aurait voulu qu'elle soit là pour lui tenir la main, lui offrir compagnie et soutien. Sentir ses bras autour de lui... L'entendre lui dire que tout allait bien se passer... Ou que, dans le pire des cas, elle serait toujours à ses côtés. Que plus jamais il ne serait seul.

Oui, mais... Et si elle ne lui disait rien de tout cela, justement ? Par ailleurs, Lachlan n'avait pas encore reçu de diagnostic définitif. Pour cela, il leur faudrait patienter jusqu'au lendemain, après une batterie de tests plus ciblés. Et puis, il aurait amplement l'occasion de parler à Stevie lorsqu'il la verrait au travail. Si le temps le permettait, ils pourraient sans doute déjeuner dans le jardin sur le toit. Il ne pouvait toutefois pas se dispenser de donner un signe de vie à Stevie. Elle attendait son appel, après tout

Une fois installé au volant, il lui envoya un texto.

Toujours rien de vraiment nouveau. Je te parle demain, lorsqu'on aura les résultats d'autres tests. On pourrait peut-être déjeuner ensemble ?

La réponse de Stevie arriva si vite qu'elle devait avoir attendu, son téléphone à la main.

Oui, bien sûr. À demain. D'ici là, essaie de dormir.

Josh aurait dû ranger son portable et démarrer, mais une autre idée lui vint. Il ouvrit son navigateur et trouva un site qu'il avait l'habitude de consulter lorsqu'il était en quête d'articles médicaux fiables et à jour. Dans la barre de recherche, il tapa « leucémie », « adulte », « diagnostic, traitement et pronostic ».

Le jardin sur le toit de l'hôpital général de Gloucester était devenu le théâtre de tous les moments de bascule de la nouvelle vie de Stevie Hawksbury. C'était là qu'elle avait pu aplanir les conséquences de sa première rencontre désastreuse avec Josh. Là qu'ils avaient partagé tant de secrets, tant de conversations privées lors de leurs pauses déjeuner. Là, aussi, que s'était cimentée leur amitié. Stevie adorait venir ici, mais aujourd'hui elle était à peine consciente de l'endroit où elle se trouvait. Lorsque Josh la rejoignit, ce qui la frappa tout d'abord, ce fut sa pâleur et ses traits tirés. Elle aurait voulu l'envelopper dans ses bras et le serrer fort, très fort. Mais elle se contenta de lui tendre une boîte en plastique triangulaire qui contenait les sandwichs qu'elle venait d'acheter à la cafétéria. Ce faisant, toutefois, elle effleura sa main, et leurs regards s'accrochèrent une seconde. Ce fut tout. Un groupe d'internes étaient installés à proximité pour profiter du soleil lors de leur pause repas, et, même si Josh l'avait invitée dans un restaurant chic pas plus tard que la veille, Stevie était quasiment sûre qu'il n'avait pas envie que des rumeurs circulent à leur sujet dans l'hôpital. Surtout pas aujourd'hui. Il avait l'air exténué, tellement que le simple fait d'ouvrir une boîte en plastique semblait représenter un effort excessif.

— Tu es resté toute la nuit avec Lachlan ?

— Non, il m'a demandé de rentrer. Il m'a dit qu'il avait besoin de sommeil, mais à mon avis il désirait surtout être seul. Par contre, j'ai passé la matinée avec lui. J'étais là lorsqu'il a reçu les résultats de sa biopsie de moelle osseuse.

Stevie avait sorti son sandwich, mais, en entendant ces mots, son appétit s'envola aussitôt, remplacé par un sentiment de peur. Peur pour Lachlan, bien sûr, mais plus encore pour Josh. Cela lui fendait le cœur de le savoir dans une telle inquiétude. Elle n'eut pas besoin de poser la question qui lui brûlait les lèvres.

— C'est bien une LAM, dit-il d'une voix douce. Une leucémie aiguë myéloïde.

— Oh ! mon Dieu, non !

Instinctivement, elle s'empara de la main de Josh et la tint serrée dans la sienne, indifférente au fait que l'on pouvait les voir.

— À vrai dire, on s'en doutait un peu tous les deux dès hier soir, dit-il. Ça collait avec les résultats de l'analyse sanguine et d'autres symptômes récents : cette fatigue extrême, ces hématomes fréquents, la fièvre, etc. L'urgentiste a même proposé que l'hématologue en discute avec lui tout de suite, mais le diagnostic n'était pas encore officiel. Pour cela, il a fallu attendre les résultats de la biopsie de ce matin.

Il ferma les yeux et se frotta le front.

— Normalement, la moelle osseuse doit contenir moins de 5 % de blastes : des leucocytes immatures. Dans le cas de Lachlan, on est à plus de 20 %.

— Je suis désolée, Josh, murmura-t-elle. Et Lachlan ? Comment a-t-il pris la nouvelle ?

Il plissa davantage les paupières comme pour s'empêcher de pleurer.

— Il a commencé par me conseiller de me faire tester. S'il existe un facteur de risque génétique, je suis exposé, moi aussi.

La peur de Stevie revint à la charge avec une telle intensité qu'elle dégagea sa main pour ne pas communiquer cette sensation à Josh. Mais les paroles qui lui échappèrent trahirent malgré tout son angoisse.

— Mais c'est faux… N'est-ce pas ?

Il ouvrit les yeux, puis se tourna vers elle. Il ne souriait pas, mais ses yeux s'étoilèrent de légères pattes d'oie, comme s'il était touché de la voir s'inquiéter autant pour lui.

— Crois-moi ou pas, mais j'ai passé la nuit à me renseigner sur tous les types de leucémie possibles et imaginables. Je suis notamment tombé sur un article assez récent à propos de frères jumeaux ayant chacun reçu un diagnostic de LAM à quelques jours d'intervalle. On appelle ça une leucémie concordante.

— Et ? demanda-t-elle comme il s'interrompait.

— C'étaient des enfants, mais ils avaient un frère qui leur a servi de donneur compatible. Ils ont pu bénéficier d'une greffe de moelle osseuse qui leur a sauvé la vie. Ils n'ont même pas fait de GVHD.

— Une quoi ?

— Une réaction du greffon contre l'hôte. C'est une complication grave des greffes de moelle osseuse.

Il libéra son souffle en un long soupir.

— Je crois que j'ai révisé l'intégralité de mes cours d'hématologie entre 4 et 6 heures du matin.

Elle sentit son cœur se serrer. Elle aurait dû être présente à ses côtés pour lui apporter quelque chose à manger, ou du café, pour parler avec lui… Enfin, pour être là, tout simplement.

— Je vais me faire dépister, dit-il encore. Pas pour vérifier si mes analyses sanguines sont normales ou pas, mais pour déterminer mon degré de compatibilité dans l'optique d'un don de moelle osseuse. Mais cela ne devrait pas poser trop de problèmes. Je suis son frère jumeau, après tout, fit-il avec un demi-sourire.

— Tu l'as dit à Lachlan ?

— Non, pas encore.

— Pourquoi ?

— La question d'une greffe de moelle osseuse a été évoquée, bien sûr, mais ce n'est pas une priorité. Pour l'instant, il s'agit surtout de définir à quel stade en est sa leucémie afin d'organiser sa chimiothérapie. Il faudrait qu'elle commence le plus tôt possible, dès demain si tout va bien. Et…

Le visage sombre, il laissa sa phrase en suspens. Un peu plus tôt, elle avait pensé que son cœur ne pouvait pas sombrer plus bas, mais elle s'était trompée.

— Et quoi ?

— Quelque chose d'autre est arrivé. Entre Lachlan et Flick, cette fois-ci. Elle était là ce matin, elle aussi. Tu aurais dû voir son visage, Stevie.

Il se tut pour s'éclaircir la gorge et prendre une profonde inspiration.

— On aurait dit que le monde s'écroulait autour d'elle. Elle a dit qu'elle était désolée, mais qu'elle n'avait pas la force de revivre une chose pareille. Et elle est partie.

— Comment ça, revivre une chose pareille ?

— Eh bien, Lachlan m'a raconté ensuite que son mari est mort il y a longtemps d'un cancer du pancréas qui l'a emporté en juste six semaines. Elle n'a jamais quitté son chevet. Mais elle ne s'en est jamais remise. Depuis, elle passe sa vie à fuir.

— Mais j'ai bien vu la façon dont elle le regardait hier, au restaurant, dit-elle d'une voix douce. Et j'ai discuté avec elle pendant que tu parlais à Lachlan, dans le jardin. Je sais qu'elle est amoureuse de lui.

Autant qu'elle-même était amoureuse de Josh...

— Peut-être, mais pas assez pour faire face à ce coup dur.

Stevie était pourtant sûre de ne pas s'être trompée au sujet des sentiments de Flick. Pour qu'elle abandonne Lachlan de la sorte, il fallait vraiment qu'elle soit hantée par d'effroyables démons. Pauvre Lachlan, comme ce devait être dur pour lui...

— Et Lachlan, comment a-t-il réagi ?

Josh se frottait à nouveau le front avec le majeur, comme pour atténuer le chagrin que lui causaient ses pensées.

— Bof, il a minimisé la chose. Il a dit qu'il ne lui en voulait pas, après tout ce qu'elle avait vécu. Mais il en souffre, c'est évident. Je lui ai dit qu'il pouvait compter sur moi, mais... Tu sais quoi ?

Elle ne dit rien et se contenta de soutenir son regard.

— Je m'en veux de dire une chose pareille, mais je comprends pourquoi elle fuit.

— Oui, moi aussi. Je n'imagine même pas à quel point ce doit être terrible pour elle. Ou pour toi. Mais vous avez eu une chance inouïe de vous retrouver, toi et Lachlan. Tu ne dois pas l'oublier.

— Ah bon ?

Il ferma à nouveau les yeux.

— Oui, bien sûr, tu as raison. Simplement, je suis... Enfin, c'est... Ça m'atteint ici, dit-il en posant une main sur sa poitrine. Je n'ai rien éprouvé de tel pour personne depuis mon enfance. J'ai toujours fait en sorte de me préserver parce que c'est toujours pareil. Je sais que Lachlan n'y est pour rien, mais le résultat est le même.

Il s'exprimait d'une voix si basse qu'il donnait l'impression de se parler à lui-même.

— Il n'y a pas de garanties dans la vie. Il est illusoire de se figurer que les autres seront toujours présents, y compris dans les moments importants.

Elle sentit son cœur se briser. Ils ne s'en sortiraient donc jamais. Toute sa vie, il avait refusé de baisser la garde et de prendre le risque d'aimer ou d'être aimé.

— Non, ça arrive parfois, plaida-t-elle en désespoir de cause. Je suis là, Josh, et je ne pars pas.

— Merci.

Il regardait la boîte en plastique qu'il tenait toujours dans la main.

— Et merci de m'avoir apporté de quoi déjeuner, mais... je ne pense pas être capable d'avaler quoi que ce soit en ce moment. Bon, il faut que j'y aille. Je dois rattraper les visites que j'aurais dû faire ce matin.

— Garde tes sandwichs, tu les mangeras plus tard. Tu ne t'aides pas et tu n'aides pas Lachlan si tu ne prends pas soin de toi.

Il hocha la tête, puis se leva lentement.

— Je vais dire à Mattie que tu ne peux pas assister à votre séance de cette semaine, dit-elle.

— Non... Ne fais pas ça.

Il se redressa et prit une profonde inspiration.

— Ça aussi, c'est important.

— Il comprendra, tu sais.

Josh secoua la tête.

— Mattie a l'air de grandir très vite, mais il reste un enfant et je ne veux pas le décevoir. Et puis, ça me fera du bien à moi aussi. On ira dans un coin sympa avec Lucky pour oublier un moment le reste du monde.

— Oh... Puisqu'on en est à parler de Lucky, Mattie voudrait savoir quand il pourra vivre avec nous. Il s'est mis en tête de passer sa première nuit dans notre nouvelle maison avec le chien au pied de son lit. Je lui ai dit qu'on devrait attendre d'être un peu mieux installés, mais il n'en démord pas.

— OK, dit-il en souriant. Il a hâte de déménager, on dirait.

— Comme moi. Au fait, il sait que tu as un frère dont tu ignorais tout il y a peu. À tous les coups, il aura un million de questions à ce sujet. Désolée...

— Pas du tout. Ne t'inquiète pas, je survivrai.

Le visage adouci, il resta un instant immobile à la regarder comme s'il mourait d'envie de l'embrasser. À présent, elle se fichait complètement d'être vue, ou des rumeurs qui risquaient de circuler. Josh pensait sans doute qu'il n'avait besoin de rien d'autre que de son amitié, mais, ce qu'il lui fallait vraiment, c'était de savoir qu'il comptait pour quelqu'un. Et que ce quelqu'un était prêt à remuer ciel et terre pour l'aider à affronter les épreuves qui l'attendaient.

Elle abolit l'espace qui les séparait et l'enveloppa de ses bras. À son grand soulagement, il ne la repoussa pas, apparemment indifférent, lui aussi, aux éventuels témoins et curieux. Il se pencha vers elle et s'abandonna à son étreinte. Stevie le serrait fort contre elle, si fort qu'elle percevait les battements de leurs cœurs, et il lui sembla qu'il se libérait quelque peu de ses tensions. Ce soulagement n'était évidemment qu'éphémère, mais ce serait déjà cela.

Avec un peu de chance, ce bref réconfort lui donnerait à comprendre tout ce qu'il devait savoir.

11

Josh avait toujours su cloisonner sa vie et se concentrer sur une catégorie précise à l'exclusion de toutes les autres, mais jamais cette capacité ne lui avait été aussi utile qu'à présent, et Dieu sait qu'il en avait eu besoin depuis un jour ou deux. Posté à côté du chariot qui contenait l'ensemble des dossiers des patients hospitalisés dans le service, il voulait se renseigner sur le cas d'un enfant qu'il avait examiné lors de sa tournée du matin. Jayden, quatre ans, s'était électrocuté en enfonçant une dent de fourchette dans une prise électrique, et sa mère, complètement paniquée, avait déboulé aux urgences avec lui. Le petit avait été admis aussitôt pour des brûlures aux doigts, aux mains et au torse, ainsi que pour une arythmie cardiaque potentiellement inquiétante.

Aujourd'hui, Josh avait requis une consultation en cardiologie et en chirurgie, et il passait son dossier en revue pour prendre connaissance des résultats d'examen les plus récents. À son grand soulagement, les constantes vitales étaient normales, de même que le score de Glasgow ou les analyses sanguines. Le changement des pansements s'était bien déroulé, et la douleur était prise en charge correctement. Une note spécifiait qu'il faudrait organiser une consultation de chirurgie plastique s'il s'avérait nécessaire de procéder à une greffe de peau sur un doigt. Cette mention de chirurgie plastique ne fit toutefois pas dévier ses pensées vers Lachlan. Josh s'intéressait davantage aux résultats de l'ECG et de l'échocardiogramme de l'après-midi. L'arythmie était due à des extrasystoles atriales qui semblaient déjà s'atténuer, et les collègues de cardiologie avaient bon espoir que l'anomalie ne tarderait pas à disparaître.

Josh eut un soupir de soulagement et il s'autorisa enfin à ouvrir une brèche dans le mur mental derrière lequel il s'était abrité toutes ces dernières heures. Son regard revint à la note relative à un éventuel recours à une chirurgie plastique : justement la spécialité de Lachlan. Dire que son frère aurait pu être chargé de l'intervention... Dire qu'ils auraient pu, tous les deux, examiner ce cas, réfléchir à des stratégies thérapeutiques... À cette pensée, il fut saisi d'un regret tel qu'il en éprouva une douleur physique à la poitrine. D'un geste vif, il glissa le dossier de Jayden sur le chariot, ferma les yeux et prit une profonde inspiration. Heureusement, il pouvait s'occuper l'esprit de diverses manières, grâce au travail ou grâce à un petit chien blanc qui avait besoin d'être nourri et promené. Lachlan, lui, n'avait pas le luxe de ces distractions. Une fois passé le choc initial, la réalité de la situation s'était imposée à lui dans tout ce qu'elle avait de terrible et, quand Josh lui avait rendu visite la veille au soir, Lachlan lui avait peu ou prou ordonné de ne plus venir. Les yeux fermés, Josh fit défiler dans sa tête leur conversation de la veille, quasiment mot pour mot.

— *Tu n'es pas obligé de venir. Je sais que je ne suis pas franchement un joyeux drille.*

— *Je veux être là.*

— *Arrête, Josh. Tu t'es très bien débrouillé sans moi pendant trente-six ans. Tu ne devrais pas avoir trop de mal à t'y remettre.*

— *Je ne veux pas m'y remettre, justement. Tu es mon frère, ma seule famille.*

— *Pourtant, tu risques de devoir t'y faire*, avait répondu Lachlan avec un rire sans joie. *Prends exemple sur Flick : elle est partie sans que cela lui pose de cas de conscience.*

— *Tu en es sûr ? Elle t'a quitté pour de bon ?*

— *Oui et non... Elle s'occupe encore de ma mère le temps qu'on lui trouve un remplaçant. C'est Mme Tillman, l'intendante, qui s'occupe de tout ça. Elle est passée me voir, et tu ne vas pas me croire, mais elle prétend que Josephine s'inquiète pour moi. Des larmes de crocodile, oui...*

— *Ne sois pas si dur. Les gens ont parfois besoin d'un électrochoc pour se réveiller et voir ce qui compte vraiment pour eux.*

— *Ah bon ? Eh bien, moi, j'ai eu un choc, et tu sais quoi ? Plus rien n'a d'importance. Va-t'en, Josh. Vis ta vie et marie-toi avec cette gentille fille aux cheveux splendides.*

Pour enfoncer le clou, Lachlan avait même ajouté avec un sourire :

— *Allez… Sois heureux pour nous deux.*

Josh ne lui en voulait pas. Il comprenait que c'était une réponse instinctive au choc occasionné par un diagnostic effrayant, rendu encore plus compliqué par le désordre que connaissait sa vie personnelle depuis quelque temps. Quoi qu'il en soit, il ne laisserait pas tomber son frère. D'ailleurs, pourquoi ne pas se rendre dès maintenant à l'hôpital de Cheltenham ? Il aurait de toute façon le temps de retrouver Mattie pour leur séance, à 16 h 30, comme d'habitude. Un coup d'œil à sa montre l'informa qu'elle était déréglée. Il prit son portable et s'aperçut que la batterie était morte : il avait oublié de la recharger la veille. Il consulta alors la pendule dans l'aire de réception du service et se figea avec un coup au cœur. Bon sang, 6 heures du soir ! Comment avait-il pu laisser passer l'heure ? Jamais il n'avait été en retard à ses rencontres avec Mattie. Jamais. Là, c'était encore pire puisqu'il n'avait aucune excuse valable : leur rendez-vous lui était complètement sorti de la tête. Stevie lui avait pourtant proposé d'annuler leur séance d'aujourd'hui. Elle savait qu'il avait des problèmes en ce moment, mais que lui avait-il répondu à ce propos ? Ah, oui… Que ses séances avec Mattie étaient importantes. Que Mattie avait l'air de grandir vite, mais qu'il restait encore un gosse au fond de lui.

Nom de nom… Il fallait qu'il répare les dégâts. *Tout de suite.*

Lorsqu'elle entendit la sonnerie de la porte d'entrée, Stevie devina tout de suite qu'il s'agissait de Josh. Elle ne doutait pas une seconde qu'il devait avoir une très bonne raison pour expliquer son retard, mais peu importait : le mal était fait.

— Je suis désolé, dit-il. J'ai laissé passer l'heure.

Stevie le dévisagea avec incrédulité. Non, sérieusement, c'était cela, son excuse ? Il n'avait pas été mobilisé pour une urgence à l'hôpital ? Il n'avait pas reçu des nouvelles qui l'avaient obligé à se précipiter au chevet de son frère ? Il avait simplement... *oublié* Mattie ?

— Il t'a attendu plus d'une heure. Il a fini par rentrer à pied, et devine quoi ? Il s'est fait attaquer par ce groupe de garçons qui l'embêtent depuis qu'on est arrivés dans le quartier.

— Oh ! non ! Ils lui ont fait du mal ?

— Il s'en est tiré avec quelques bleus, et ils lui ont volé son cartable.

Elle s'interrompit et respira profondément pour contrôler sa voix.

— Enfin, il en est quitte pour une grosse frayeur.

— Je peux entrer ? Lui parler ?

— Je ne sais pas... Avec le déménagement, l'appartement est sens dessus dessous. Je suis en plein dans les paquets, et on a à peine la place de se déplacer entre les cartons. Mattie ? Tu peux venir un moment ?

La voix du garçon leur parvint, étouffée, de derrière la porte de sa chambre.

— Pas maintenant, je suis occupé.

Oui, avec un jeu vidéo, songea Stevie. Comme lorsqu'ils étaient arrivés à Gloucester et qu'il passait des heures sur ces engins.

— S'il te plaît, insista-t-elle sans hausser la voix, du ton qu'elle employait toujours avec lui pour les sujets importants.

Quelques instants plus tard, Mattie sortit dans le couloir étroit, les yeux baissés.

— Je suis vraiment désolé, Mattie. Je rattraperai le coup, promis.

Le regard obstinément fixé sur ses pieds, Mattie ne répondit rien.

— J'ai une journée de libre demain, ajouta Josh. Ça te dirait de visiter ton nouveau village et de chercher les meilleurs coins pour promener Lucky ?

— Si tu veux, dit Mattie en haussant les épaules.

Il retourna dans sa chambre et referma derrière lui, sans

claquer la porte, mais son attitude signifiait clairement qu'il n'avait rien d'autre à ajouter. Josh se tourna vers Stevie comme s'il attendait qu'elle répare les pots cassés et lui sauve la mise. Franchement, il lui en demandait trop. Elle se sentait tiraillée entre deux attachements et elle lui en voulait de la mettre dans une telle situation.

— Pourquoi n'as-tu pas appelé ? Ou simplement envoyé un texto ? J'aurais pu le raccompagner à la maison et faire en sorte qu'il ne te rende pas responsable de ce qui lui est arrivé.

— Mon téléphone ne marchait plus. J'aurais dû le recharger hier soir, mais je me suis endormi sur le canapé. J'essayais de me renseigner sur les derniers essais cliniques concernant la LAM. Écoute, je suis navré d'avoir fait de la peine à Mattie, et plus que navré qu'il ait eu des ennuis à cause de moi. Tu le sais bien, non ?

Bien sûr, elle le savait. Elle savait également que Josh avait une bonne raison pour avoir agi ainsi. Il n'empêche que son fils se sentait trahi, tenu pour quantité négligeable, une fois de plus. Une fois de trop. Oui, elle était bien consciente des difficultés que Josh traversait en ce moment, mais là il s'agissait de Mattie, la prunelle de ses yeux. Son fils, autour de qui tournait sa vie tout entière depuis qu'elle avait appris sa grossesse. Le garçon qu'ils s'étaient engagés tous les deux à préserver, quoi qu'il arrive. Or Josh n'avait pas respecté cette promesse, de même qu'elle n'avait pas été capable de protéger son fils.

— Il n'a pas simplement de la peine, Josh. Il est blessé. Tu comptes pour lui plus que tu n'en es sans doute conscient. Tu es devenu une véritable figure paternelle dans sa vie, et il te faisait totalement confiance. Tu l'as déçu alors que tu avais promis que tu ne ferais jamais une chose pareille. Que tu ne lui ferais jamais du mal.

Josh se frotta le front comme il le faisait toujours lorsqu'il tentait de rassembler ou de préciser ses pensées.

— C'est toujours comme ça, marmonna-t-il. On se rapproche des autres, on leur fait confiance et ils vous font confiance. Au bout du compte, tout le monde finit blessé.

Elle eut soudain l'impression que des murs se levaient tout autour d'elle et que l'air se raréfiait. Cette barrière derrière laquelle Josh s'était toujours retranché, allait-il la dresser à nouveau et les laisser de l'autre côté, elle et Mattie ? Elle ne pouvait pas le laisser faire une chose pareille. Encore, s'il ne s'agissait que d'elle, ce n'était pas bien grave. En revanche, qu'il fasse souffrir Mattie, cela, non : elle ne le permettrait pas.

— Tu ne peux pas le laisser tomber comme ça, dit-elle lentement. Tu n'imagines pas la peine que tu vas lui causer.

— Bien sûr que si. Je ne le sais que trop bien, au contraire.

Il secoua la tête.

— C'était une erreur. Je n'aurais jamais dû m'inscrire dans ce programme. Mattie a tort de me considérer comme une figure paternelle, Stevie. Je ne suis pas son père. Tu sais très bien que je n'ai jamais voulu devenir le père de qui que ce soit, dit-il en se détournant.

Elle sentit son cœur se fêler.

— Va-t'en.

C'était déjà dur de le voir la repousser hors de sa vie, mais, l'entendre dire que sa relation avec Mattie était une erreur, c'était tout simplement insupportable. Comment allait-elle l'expliquer à Mattie ? Elle n'avait pas eu de mal à lui cacher le fait que son père biologique n'avait pas voulu de lui, mais là c'était complètement différent, et autrement plus grave, parce que le petit s'était attaché à Josh. Elle devrait prendre le temps de réfléchir à la meilleure manière d'aborder le problème avec Mattie. Et ce serait à elle de le faire, parce qu'il n'était pas disposé à écouter Josh, et peu importait ce qu'il avait à lui dire.

Elle redressa le menton d'un air résolu.

— Je vais tâcher de régler ça, dit-elle sèchement. Je n'ai pas le choix, moi : je suis sa mère, et c'est comme ça. D'ailleurs, je ne veux pas qu'il en soit autrement.

Elle prit une brève inspiration.

— Va-t'en, Josh. On n'a pas besoin de ton aide. On n'a pas besoin de toi, tout court.

Mais Josh restait immobile comme s'il n'avait pas l'intention de partir, et Stevie n'eut d'autre choix que de lui refermer la porte au nez.

Elle ne tenta pas de discuter avec Mattie tout de suite, sachant qu'elle aggraverait les choses en le forçant à parler alors qu'il n'était pas prêt. D'ailleurs, elle non plus n'était pas prête, et elle se félicitait presque d'avoir encore de nombreux cartons à remplir dans la cuisine. Cette corvée expédiée, elle alluma le four et sortit une marmite qu'elle avait emballée par erreur.

— Quand on aura déménagé, ce sera fini, les plats préparés et les frites. Une nouvelle vie va commencer, et ça va marcher. Je vais tout faire pour m'en donner les moyens.

Au bout de quelques minutes, le plat réchauffé dégagea une bonne odeur dans la cuisine, et Stevie frappa à la porte de Mattie.

— Le dîner est prêt. Tu vas te laver les mains, mon chéri ?

Comme Mattie ne répondait pas, elle poussa la porte.

— Mattie ?

Mais il n'était pas là. En cet instant, et avant même d'appeler son fils, de le chercher partout dans le petit appartement et dans l'escalier de l'immeuble et de sonner chez la voisine, elle sut qu'elle ne le trouverait pas ici. Une immense sensation de vide s'abattit sur elle. Un vide qui ne tarda pas à céder la place à la peur.

12

Lorsque Stevie repoussa Josh et referma la porte de l'appartement sur lui, il eut l'impression d'avoir été giflé. Il s'était fait congédier, ni plus ni moins. OK, message bien reçu : sa présence n'était pas désirée.

Il tourna les talons pour redescendre et emprunta l'escalier. La perspective d'être enfermé dans une cabine d'ascenseur lui était insupportable. Par ailleurs, il avait besoin de se dépenser. Cela n'empêchait pas son esprit de turbiner sans relâche comme un hamster dans sa roue, mais au moins, tant qu'il bougeait, il avait le sentiment d'avancer. Il ne cessait de penser à l'expression de Mattie lorsqu'il s'était détourné pour retourner dans sa chambre. Elle avait ramené Josh vers sa propre enfance, vers ces moments tellement blessants où il s'était senti oublié, délaissé. Il s'en voulait de lui avoir fait de la peine, et Stevie avait raison d'être en colère contre lui, mais il ne l'avait pas fait exprès, bon sang. Il en avait trop sur les épaules, voilà tout. Pour pouvoir se concentrer sur son travail, il avait eu besoin d'occulter le souci qu'il se faisait pour Lachlan, mais, ce faisant, il avait fait l'impasse sur tout ce qui ne touchait pas à son métier. Et il avait oublié son rendez-vous.

Arrivé à sa voiture, il s'installa au volant et resta assis une minute, les yeux fixés sur les fenêtres de l'appartement de Stevie. Devait-il retourner chez elle ? Essayer de plaider sa cause ? Non. Mattie n'était pas décidé à l'entendre, et Stevie lui avait fait savoir de manière suffisamment éloquente qu'elle ne voulait plus le voir. Il alluma donc le contact et démarra. Il fallait qu'il rentre, de toute façon. Il ne savait pas si Lucky avait été promené cet après-midi et il était en retard pour lui donner son repas : encore une défaillance à ajouter à son passif. Insensiblement, le souci que lui donnait son frère, ses remords vis-à-vis de Mattie, tout cela se coagulait en une émotion beaucoup plus brutale.

Josh était en colère. Pas contre Lachlan, bien sûr, ni contre Mattie, ni même Stevie après qu'elle l'avait repoussé de la sorte. Il comprenait sa réaction, de même qu'il comprenait très bien pourquoi tout déraillait. Il était allé à l'encontre de toutes ses règles de vie. Il avait baissé la garde et s'était approché trop près des autres, jusqu'à y laisser des plumes, exactement comme lorsqu'il était trop jeune pour se défendre. Bien fait pour lui, cela lui servirait de leçon.

Alors qu'il quittait Gloucester et s'engageait sur la petite route sinueuse de campagne qui menait chez lui, il laissa libre court à sa rage. Pourquoi s'était-il imaginé que rejoindre ce programme Big Brother serait une bonne idée ? Il était pourtant évident qu'il formerait des liens avec le jeune dont il serait le mentor, surtout si ce jeune, à l'instar de Mattie, lui rappelait le gamin qu'il avait été.

Mais ce n'était pas tout, loin de là. Il était devenu trop proche de Stevie, aussi. Comment avait-il pu croire tenir avec elle ses distances comme il l'avait fait dans toutes ses relations précédentes ? Stevie n'avait strictement rien à voir avec les femmes qu'il avait fréquentées avant elle. Les liens qu'ils avaient noués ne ressemblaient à rien de ce qu'il avait connu jusqu'alors. À vrai dire, jamais il n'aurait pensé connaître une intimité aussi riche avec une femme.

Par bonheur, Lucky lui réserva un accueil exubérant. Le pauvre chien avait terriblement besoin de sortir pour ses besoins naturels. Après l'avoir promené dans le jardin, Josh lui prépara sa gamelle, mais lui-même n'avait pas envie d'avaler quoi que ce soit. En revanche, il n'aurait pas dit non à un petit whisky. Seulement, à la vue de la bouteille qu'il avait quasiment vidée avec Lachlan la nuit où ils avaient discuté jusqu'à pas d'heure, il eut un autre coup au cœur. Était-ce justement cela, le pire ?

Il s'était trouvé une famille, un frère, et pas n'importe lequel : un jumeau, un vrai de vrai. Ils ne se connaissaient que depuis peu, mais leurs quelques moments passés ensemble lui avaient ouvert les yeux sur un pan de lui-même dont il n'avait jamais soupçonné l'existence. Ce lien était précieux. Précieux, mais menacé. Et il en était ébranlé au plus profond de son être. Les systèmes de défense qu'il avait soigneusement construits autour de lui en prenaient un sacré coup, et... bon sang, ça faisait mal. Très mal, même.

Incapable de tenir en place, il se mit à déambuler dans la maison. Lucky avait terminé son repas et le suivait partout.

— Ça ne va pas se passer comme ça, dit-il au petit chien collé à ses pas. Je ne vais pas le laisser m'écarter de sa vie de la sorte. Il déteste sans doute autant que moi l'idée d'avoir besoin des autres, mais il n'a pas le choix.

Quel que fût le voyage auquel Lachlan devrait se préparer, il ne le ferait pas seul. Josh sélectionna le numéro de son frère sur son portable, mais le téléphone sonna dans le vide, puis la voix enregistrée de Lachlan l'invita à lui laisser un message. Au lieu de cela, Josh raccrocha et baissa les yeux vers Lucky.

— Je vais à l'hôpital. Ça te dit, une petite promenade en voiture ?

Quelques instants plus tard, alors qu'il accrochait sa ceinture de sécurité, son téléphone sonna. Partant de l'idée que Lachlan le rappelait, il décrocha sans regarder l'écran. Au bout du fil, ce n'était pas son frère, mais Stevie.

— J'ai eu tort, Josh. On a vraiment besoin de toi.

En entendant sa voix étranglée par l'angoisse, il sentit son cœur se briser. En cet instant, il comprit qu'il avait besoin de Stevie dans sa vie, autant, sinon plus, que de son frère. Il lui était impossible de ne pas l'aimer. Et il ne pouvait pas l'abandonner dans cet état.

— J'arrive tout de suite. Que s'est-il passé, ma chérie ?

— C'est Mattie, dit-elle avec un sanglot étranglé. Il s'est enfui...

Quelques instants plus tard, Josh sortait de voiture, et Stevie se précipita vers lui. Il était là, à ses côtés. Certes, cela ne diminuait en rien l'angoisse dans laquelle elle se trouvait, mais il lui offrait au moins un point d'ancrage pour ne pas sombrer complètement dans ce maelström inattendu et effrayant.

— Tout ça, c'est ma faute, dit-elle en sanglotant. Je savais qu'il était bouleversé, mais je l'ai quand même laissé tout seul. Au lieu de lui parler, j'ai préféré faire des cartons, emballer de la vaisselle dans la cuisine. Je me disais que, le mieux, c'était qu'on déménage le plus vite possible, loin de ce quartier, loin de ces jeunes qui lui font peur.

Hors de souffle, elle s'interrompit et respira profondément.

— Je faisais tant de bruit avec mes paquets que je ne l'ai pas entendu partir en cachette.

— On va le retrouver, lui dit-il d'une voix douce. Et je t'assure que plus jamais je ne perdrai de vue aucun de vous deux.

Autrefois, elle aurait rêvé d'entendre de telles promesses, mais à présent elles glissaient sur elle sans l'atteindre et s'évaporaient dans la nuit.

— Allons-y.

— Oui, mais par où commencer ?

— Je ne sais pas, dit-elle en s'installant sur le siège du passager. N'importe où. J'ai besoin d'action, de faire quelque chose.

La police était sur l'affaire et joignait ses efforts aux leurs, même si la disparition de Mattie était trop récente pour justifier des recherches de large envergure. Mme Johnson, quant à elle, devait monter la garde et les avertir si jamais il revenait à la maison.

— À ton avis, où a-t-il bien pu aller ? Avec qui discute-t-il quand il a du chagrin ?

— Sa grand-mère.

— Il est peut-être allé à la gare pour prendre un bus et la retrouver. Tu sais s'il lui a téléphoné ?

Elle secoua la tête.

— Elle me l'aurait dit. Je ne veux pas la mettre au courant tout de suite pour ne pas l'inquiéter si jamais on le retrouve entre-temps.

Alors qu'ils faisaient route vers le centre-ville, Josh aperçut un panneau signalant une autoroute.

— Tu crois qu'il aurait essayé de se rendre à ta nouvelle maison ? Ou à la mienne, peut-être, pour voir Lucky ?

En entendant son nom, le petit chien se redressa sur le siège arrière et agita la queue. Stevie, toutefois, secoua de nouveau la tête.

— Ça m'étonnerait. Il ne connaît même pas le nom du village. Mais oui, il adore Lucky, dit-elle en se retournant pour le caresser.

— On n'est pas loin de la clinique vétérinaire où on avait amené Lucky ensemble. Je me rappelle que Mattie était ravi de pouvoir aider à soigner son chien.

Un sourire trembla sur les lèvres de Stevie.

— C'est vrai. C'était la première fois que je le voyais aussi heureux depuis notre arrivée à Gloucester. Lucky et toi, vous avez changé notre vie.

Josh ralentit la voiture et s'arrêta.

— Et le parc, là ? C'est là qu'on a promené Lucky pour la première fois. On le portait à tour de rôle parce qu'il n'était pas encore capable de marcher.

Ils mirent pied à terre et empruntèrent le chemin sur une courte distance. Stevie tenait la main de Josh et la serrait si fort qu'il sentait ses doigts s'engourdir.

— Mattie ! Tu es là ?

— *Mattie*... Où es-tu, mon grand ?

Ils s'arrêtèrent pour écouter le silence des grandes ombres du parc.

— Il n'est pas là, murmura-t-elle. Je le sens, de la même manière que je sentais qu'il n'était plus dans l'appartement. Tout est trop... vide...

— Je sais.

Josh lui pressa la main, et elle posa la tête contre son épaule pour prendre une longue inspiration.

— Merci.

— De quoi ?

— D'être ici.

Il se tourna vers elle pour capturer son regard.

— Où voulais-tu que je sois ? Je t'aime, Stevie. Et j'aime aussi Mattie.

Oh ! cette façon qu'il avait de la regarder... L'amour dont il parlait n'avait rien à voir avec l'attachement qu'on pouvait éprouver en amitié. Non, c'était un sentiment unique, qui venait du fond du cœur, assez fort pour unir deux êtres toute une vie. Le genre d'amour qu'elle s'était efforcée, en vain, de ne pas ressentir pour Josh. Mais elle retenait surtout ses dernières paroles : il aimait Mattie.

— Il t'adore, tu sais.

Elle prit une profonde inspiration pour lutter contre les larmes et déloger la boule qui lui bloquait la gorge.

— Tout à l'heure, je n'ai pas dit la vérité. C'est avec toi qu'il souhaiterait discuter en cas de problème, plus encore qu'avec sa grand-mère. Il s'en voulait peut-être de ne pas t'avoir parlé lorsque tu lui as présenté tes excuses. Il essaie peut-être de te chercher...

— Chez moi ? Mais il ne sait pas où j'habite.

— Non, mais il sait où te retrouver. Tous les jeudis, rappelle-toi.

— Oui, les locaux de l'association. C'est juste au bout de la rue. On y va.

À cette heure tardive, le centre-ville était beaucoup plus calme et la large rue était quasiment déserte. Josh roulait au pas et se gara non loin du bâtiment où il retrouvait Mattie tous les jeudis après-midi.

— C'est lugubre à cette heure-ci, dit-il. Tu penses vraiment qu'il serait venu ici ?

Pourtant, une ombre se détachait sur une marche devant la porte. À première vue, on aurait pu croire qu'il s'agissait d'un sac de vieux vêtements, mais, en y regardant mieux, c'était la silhouette d'une personne de petite taille, recroquevillée sur elle-même, la tête entre les bras. Stevie et Josh bondirent hors de voiture, et une exclamation soulagée jaillit en même temps de leurs lèvres.

— Mattie !

Assis de part et d'autre de Mattie, Stevie et Josh avaient chacun un bras autour du garçon, et ils demeurèrent ainsi tous les trois un long, très long moment, avec un réverbère pour seul témoin. Josh et Stevie échangèrent un regard par-dessus la tête de Mattie. Finalement, ils en étaient quittes pour une énorme frayeur, mais désormais rien ne pourrait plus les séparer. Ils ne disaient rien, mais leurs regards étaient chargés de promesses. Il leur faudrait sans doute attendre d'être seuls dans les bras l'un de l'autre pour les traduire en paroles, mais pour l'heure cette complicité suffisait plus qu'amplement. Jamais Stevie n'avait éprouvé un tel bonheur. Jamais.

Une pensée soudaine la fit sursauter.

— Oh ! il faudrait prévenir la police pour qu'ils arrêtent les recherches.

— J'ai laissé mon téléphone dans la voiture.

— OK, je m'en charge, dit-elle en sortant son portable.

Mattie la regarda fixement tout au long du court appel.

— La police me cherchait ? demanda-t-il une fois l'appel passé.

— Bien sûr, qu'est-ce que tu crois ? Je n'avais aucune idée de l'endroit où tu étais. Tu m'as fait peur, Mattie.

— Désolé, maman.

Mattie enfonça la tête dans les épaules et se pencha pour caresser Lucky, assis à ses pieds.

— Pourquoi t'es-tu enfui, mon grand ? demanda Josh d'une voix douce.

— C'est à cause de ce que tu as dit… Que tu n'es pas mon père…

Mattie, tête baissée vers Lucky, ne vit pas dans les yeux de Josh à quel point il était sincèrement désolé. Mais Stevie le vit, elle.

— Je te demande pardon, Mattie. Je n'ai qu'une excuse bidon à t'offrir, mais la journée a été dure. La semaine aussi, en fait. Tu sais que j'ai un frère dont j'ignorais tout jusqu'à peu ?

— Oui, maman m'a dit. Comment ça se fait, que tu ne le connaissais pas ?

— C'est une longue histoire que je réserve pour une autre fois. En quelques mots, lui et moi avons été confiés à des familles différentes à la naissance parce que notre mère biologique ne voulait pas de nous. Ou alors elle ne pouvait pas s'occuper de nous. En tout cas, elle ne devait pas être aussi courageuse que ta mère.

Enfin, Mattie leva les yeux vers Josh.

— C'est super cool d'avoir un frère. J'aimerais bien en avoir un, ou même une sœur. Mais maman ne peut pas avoir un autre bébé, dit-il avec un gros soupir.

Elle le regarda avec étonnement.

— Ah bon ? Et pourquoi ?

— Tu n'as pas de petit ami.

— Si, elle en a un, dit Josh avec douceur et conviction. Ta mère a un petit ami qui l'aime énormément.

— Mais tu as dit toi-même que tu ne voulais pas être mon père… Que tu ne voulais être le père de personne.

Josh accusa le coup et baissa la tête, si près qu'elle touchait presque celle de Mattie, comme s'il s'apprêtait à lui faire une confidence. Le silence s'étira, et Stevie retint son souffle.

— J'ai dit ça parce que j'avais peur, répondit-il enfin. Mais sois sûr que, si je devais être le père de quelqu'un sur cette planète, ce serait toi.

— Pourquoi ? demanda Mattie dans un murmure presque inaudible.

— Parce que je t'aime, et parce que j'aime ta mère. Vraiment. Ce que je ressens pour vous deux, c'est quelque chose de profond, qui va rester jusqu'à la fin des fins.

Il leva vers Stevie un regard doux comme une caresse, et elle cligna des yeux pour lutter contre les émotions qui menaçaient de déborder.

— C'est vrai ? insista Mattie.

— Tout à fait vrai.

Mattie prit une grande inspiration avant de se pencher vers Josh.

— Tu pourrais devenir mon père si tu te mariais avec maman, chuchota-t-il.

— Rien ne me ferait plus plaisir, répondit Josh sur le même ton. Mais seulement si ta mère est d'accord.

— Sa mère en serait ravie, dit-elle en souriant à travers ses larmes.

À nouveau, Josh la dévisagea avec cette expression d'amour dont elle ne se lasserait jamais. Un amour vrai, digne de confiance.

— Du coup, tu vas venir habiter chez nous ? Je veux dire, avec nous et Lucky dans notre nouvelle maison ?

Les lèvres de Josh esquissèrent un sourire.

— Ne vaudrait-il pas mieux que vous veniez chez moi ? C'est un peu plus grand.

— Mais... Et notre maison, alors ?

— On en reparlera plus tard, dit Stevie. Mais je me dis que, si on arrive à l'arranger, ta grand-mère pourrait peut-être y habiter.

Josh hocha la tête.

— Oui, excellente idée.

Mais Mattie fronçait les sourcils d'un air dubitatif.

— Tu disais que tu avais peur, dit-il lentement. Et que tu ne voulais pas avoir d'enfants à cause de ça. Mais tu es une grande personne. Qu'est-ce qui te fait peur ?

— Ah... De quoi j'ai peur ? Eh bien, de perdre les gens que j'aime. Mon frère, par exemple. Il s'appelle Lachlan et... Et il est très malade.

— Il va mourir ?

Comme Josh peinait à formuler une réponse, Stevie tendit le bras par-dessus la tête de Mattie pour le toucher.

— On espère que non, dit-elle à sa place. Josh pourrait sans doute l'aider à aller mieux grâce à une technique spéciale qui s'appelle une transplantation de cellules souches. Mais pour ça, il faudrait déjà qu'il en parle à Lachlan.

— Oui, c'est vrai.

Josh se leva.

— Tellement vrai que je devrais le faire dès maintenant. Rien ne vaut le présent, non ? Et je suis sûr qu'il sera content d'apprendre que Mattie va avoir un père, parce qu'il va devenir oncle du même coup.

Mattie ouvrit de grands yeux.

— Tu crois ? Il ne me connaît pas. On ne s'est même pas rencontrés, lui et moi.

— Alors, viens. Ce sera l'occasion.

Stevie se leva à son tour.

— Mais, Josh, c'est toi que Lachlan a envie de voir. C'est une conversation privée, en famille.

— Tout à fait, dit-il en lui tendant la main. Mais vous faites partie de ma famille tous les deux.

Sa main dans celle de Josh, Stevie se dirigea vers la voiture. Mattie prit Lucky dans ses bras et se leva d'un bond.

— Hé, attendez-moi. Moi aussi, je viens.

Stevie et Josh échangèrent un regard amusé. Comme s'ils allaient le laisser seul… C'était Mattie qui les avaient rapprochés l'un de l'autre. D'une certaine manière, il avait créé les conditions qui les avaient convaincus tous les deux de faire confiance aux sentiments qui les unissaient.

Ils regagnèrent tous ensemble la voiture en silence. Alors que Mattie bouclait sa ceinture, Josh ordonna à Lucky de rester couché sur le plaid qui protégeait la banquette arrière. Stevie allait s'installer à son tour lorsque Josh la prit par une épaule pour la faire pivoter vers lui, puis il l'attira dans ses bras.

— Je t'aime, dit-il d'une voix douce.

— Je sais…

Elle aurait voulu lui sourire, mais un trop-plein d'émotion l'en empêchait.

— Moi aussi, je t'aime.

Il s'empara alors de ses lèvres en un baiser d'une infinie tendresse.

— Beurk… Vous êtes vraiment dégoûtants, tous les deux, dit Mattie, le visage contre la vitre. C'est bon, on y va ?

Josh et Stevie éclatèrent de rire, puis leurs regards s'accrochèrent à nouveau et Josh effleura les lèvres de Stevie en un baiser léger comme une plume. Ensemble, ils parlèrent au même moment, ou plutôt chuchotèrent pour que Mattie ne les entende pas.

— Pas tout de suite…

ALISON ROBERTS

Le secret du Dr McKendry

INTÉGRALE
LES JUMEAUX SECRETS

Traduction française de
C. DUTEIL

SAGAS
HARLEQUIN

Titre original :
A SURGEON WITH A SECRET

Ce roman a déjà été publié en 2021.

1

— *Non...* Vous ne pouvez pas faire ça..., protesta Lachlan McKendry.

— Je crains qu'on en arrive là, mon garçon. Je ne crois vraiment pas pouvoir en supporter davantage.

— Mais vous faites partie de la maison depuis aussi loin que je me souviens, dit Lachlan en se massant les tempes. Elle s'écroulera si vous partez.

— C'est déjà fait. Votre mère a licencié sa troisième infirmière depuis le début de l'année. Elle est odieuse avec elles. Elle a traité la dernière d'imbécile et lui a dit qu'elle devait s'estimer heureuse de travailler comme infirmière à domicile car elle ne risquait pas de trouver un mari avec sa tête de chameau. La pauvre était en larmes en quittant la maison ce matin...

— J'imagine... mais, madame Tillman, nous ne pouvons pas vous perdre aussi, dit Lachlan, dont l'anxiété allait croissant.

Si la loyale gouvernante partait, il ne pourrait plus aller travailler à New York. Pour le moment il habitait Londres, non loin des Cotswolds et du vieux manoir où il avait grandi. Son père était mort quelques années plus tôt, et il n'avait pas de frères et sœurs avec qui partager le fardeau qui pesait sur ses épaules en la personne de sa mère, dont il était désormais l'unique responsable.

Non seulement Josephine McKendry était une femme irritable et difficile, mais ses problèmes de santé exigeaient des soins à plein temps. Elle aurait été mieux dans une maison de repos pour pensionnaires fortunés, mais elle affirmait qu'elle ne quitterait sa demeure que les pieds devant.

— Elle m'a ordonné de lui faire ses injections d'insuline, dit Mme Tillman d'une voix proche de l'hystérie. Moi qui ne peux même pas insérer un thermomètre dans la dinde de Noël sans me trouver mal... !

— Ma mère est parfaitement capable de s'administrer son insuline elle-même.

Sauf si elle avait une crise d'asthme ou d'angine de poitrine, bien sûr...

— Peut-être, admit Mme Tillman. Mais, comme vous le savez, elle ne fait que ce qu'elle *veut*. Elle adore être le centre de l'attention. Elle s'ennuyait avec la dernière infirmière, c'est tout. La pauvre se laissait facilement intimider, mais il n'est pas question que j'en fasse autant.

— Et vous avez raison...

Il leva les yeux vers sa secrétaire, qui passait la tête dans la salle de consultation. D'un geste, il lui fit signe de patienter.

— Écoutez, je vais appeler immédiatement l'agence de placement pour voir quand ils peuvent envoyer une nouvelle infirmière pour ma mère. Et je viendrai au manoir ce soir, après mes consultations. Je réglerai le problème, c'est promis. Mais je vous en supplie, ne partez pas, Tilly...

L'usage de l'affectueux surnom faisait partie de l'entreprise de séduction qui marchait toujours quand Lachlan enfant rentrait de pension pour les vacances et venait en cuisine quémander une friandise interdite à la fidèle gouvernante.

— Et... Comment va Jack ?

Mme Tillman vivait dans un cottage du domaine familial avec son époux Jack, jardinier en chef de la propriété.

— Il ne rajeunit pas non plus. Son dos le fait souffrir. Le moment est peut-être venu de prendre notre retraite.

— Oh... Pas encore. *Je vous en prie...* Vous savez quoi ? Il est grand temps que nous envisagions de vous augmenter, tous les deux. Pour que vous puissiez vous préparer une retraite vraiment confortable...

Le silence s'étira, puis Lachlan perçut un long soupir.

— Vous m'avez toujours menée par le bout du nez, jeune homme, dit Mme Tillman en secouant la tête. Je vous préparerai à dîner ce soir, mais je ne vous promets rien.

Il raccompagna Mme Tillman en lui assurant qu'elle était un ange, puis il rejoignit sa secrétaire-réceptionniste.

— Encore quelques minutes, Sally, lui glissa-t-il. Une urgence personnelle à régler.

Elle cilla. *Sérieusement ?*

— Seigneur..., bredouilla-t-elle. Aucun problème, monsieur McKendry. La chargée des relations publiques de l'hôpital demande à vous voir, mais elle comprendra si vous avez une urgence.

— Merci. Pouvez-vous chercher le numéro de l'agence de placement et me le passer, s'il vous plaît ? C'est assez pressé.

— Je m'en occupe.

Sally retourna hâtivement à la réception, et Lachlan regagna son bureau pour attendre l'appel qui arriva peu après.

Il croisa les doigts et décrocha.

Quand le téléphone sonna, Felicity Stephens, dite Flick, était en plein chaos. Elle fut tentée d'ignorer l'appel et de défaire ses valises – et d'aérer son appartement sous les toits qui empestait le renfermé après des mois d'absence.

Mais une infirmière digne de ce nom n'ignorait jamais un appel.

— Flick ? J'espère que je ne te dérange pas.

— Pas du tout, Julia. Je suis en train de contempler mes bagages en attendant d'avoir l'énergie de les défaire.

— Oh... j'appelle au bon moment, alors. Ne les défais pas, j'ai un autre boulot pour toi.

— Vraiment ? J'espère que j'ai le temps de faire un somme pour récupérer du décalage horaire.

— Non. C'est urgent. En fait, j'ai un célèbre chirurgien plastique en ligne qui souhaite désespérément que tu acceptes ce poste sans attendre.

— Urgent à quel point ? demanda Flick.

Elle écarta une mèche de son visage. Ses cheveux étaient ternes et mous, un peu comme elle après l'interminable vol depuis l'Australie.

— Tu commences dès ton arrivée dans les Cotswolds. De préférence cet après-midi.

Flick ricana.

— Tu plaisantes.

— Il te paiera le double de ton salaire normal. C'est une affectation temporaire, le temps qu'il trouve une infirmière permanente. Mais il paraît que sa mère est un vrai dragon, et ça risque de durer. Tu es la meilleure pour t'occuper des cas difficiles, alors j'ai pensé à toi.

Flick admit qu'elle était intriguée. Et puis elle n'avait jamais eu l'occasion d'explorer les Cotswolds, une des plus belles régions d'Angleterre, semblait-il.

— Qui est ce célèbre chirurgien ?

— Il s'appelle Lachlan McKendry et fait parler de lui depuis des années. J'imagine que j'ai remarqué les articles sur lui parce qu'il est… disons, plutôt mignon. Bref, il a grandi dans les Cotswolds. Il a fait sa formation médicale à Londres, puis il est allé aux États-Unis pour des études de troisième cycle. C'est un chirurgien plastique pédiatrique spécialisé dans la reconstruction nerveuse, poursuivit Julia. On se l'arrache dans les conférences internationales, et la Richmond International Clinic, branche privée du St. Bethel's Hospital, lui a offert un pont d'or pour qu'il revienne à Londres. Il partage son temps entre le privé et le public. C'est sa mère qui a besoin de soins à plein temps.

— Elle a quels antécédents médicaux ?

Julia énuméra les affections complexes de la patiente qui réclamaient une surveillance étroite et des traitements continus. Cela ressemblait à un défi, et Flick était tentée.

— Alors, je lui dis quoi ? demanda Julia. Je te rappelle qu'il patiente en ligne alors qu'il a probablement une salle d'attente bondée. Il est désespéré.

Flick considéra sa valise. Elle contenait encore tout le nécessaire pour une mission temporaire. Un peu d'argent serait certainement le bienvenu après les vols hors de prix qui l'avaient ramenée du bout du monde, et sa voiture avait besoin de rouler après ces longs mois au garage.

— Bon. Écoute, Julia. Il me faut deux heures pour me retourner, puis je prendrai la route pour rencontrer ce dragon femelle et, alors seulement, je prendrai ma décision. Tu peux dire à ce M. McKendry que, si sa mère n'est pas trop détestable, je resterai jusqu'à ce qu'il m'ait trouvé une remplaçante.

— Oh ! merci Flick. Tu es la meilleure.

— Hé, je ne te promets rien. Envoie-moi l'adresse par SMS. Je pense arriver là-bas autour de 18 h 30.

Jennifer, du service des relations publiques, était une quadragénaire tirée à quatre épingles, comme si elle était toujours prête à affronter les caméras pour informer le public d'une nouvelle importante concernant le St. Bethel's Hospital ou la Richmond International Clinic. Assise dans le bureau de Lachlan, elle ouvrit son attaché-case et en sortit une liasse de documents.

— Je dois vérifier plusieurs choses avec vous avant d'annoncer que vous vous chargez du projet de formation spécialisée de troisième cycle dans le grand Gloucester.

Lachlan acquiesça et consulta sa montre ; il espérait pouvoir quitter Londres avant l'heure de pointe. Puis il songea au problème de sa mère et se dit que le timing de cette formation n'était pas si mauvais, en fin de compte.

— En fait, je vais peut-être devoir m'attarder quelque temps dans la région pendant ce programme de… douze semaines, c'est ça ? Il se peut même que je m'installe là-bas, et que je revienne à Londres seulement quand nécessaire.

— Douze semaines, oui. Vous avez une raison particulière de vouloir résider si loin de Londres ?

— Ma mère habite près de Gloucester. Elle… ne va pas très bien en ce moment.

— Oh ! je suis navrée de l'entendre, fit Jennifer, qui avait visiblement d'autres soucis en tête. Mais j'espère que vous n'allez pas devoir renoncer à vos engagements à Londres ? Vous commencez l'enregistrement de ce documentaire, la semaine prochaine...

— Effectivement. On suit le jeune Dexter depuis l'opération de sa tumeur au cerveau il y a deux ans. Et je vais réaliser un transfert chirurgical du nerf masséter pour traiter sa paralysie faciale.

— Oui, monsieur. Ils veulent filmer votre consultation initiale, quand vous lui expliquerez le déroulement de l'intervention. Ce sera le moment d'évoquer la présence des caméras et de l'équipe de tournage qui assisteront à l'opération. Je serai à cette réunion. J'ai déjà parlé à la famille de Dexter et à l'équipe de neurochirurgie qui s'occupe de lui. Tout le monde est très excité de participer à ce documentaire.

— Pas de problème, répondit Lachlan. C'est déjà dans mon agenda, et je m'occuperai également des cas en cours. Mais si je pouvais réduire ma charge de patients pendant la durée du programme de formation, ça me laisserait plus de temps à consacrer aux cours. Je veux être disponible pour opérer *et* donner mes conférences, ce qui bénéficiera aux chirurgiens désireux de se perfectionner.

— Oui, dit Jennifer avec enthousiasme. Ce sera aussi précieux pour les relations inter-hôpitaux. Je vais revoir moi-même vos tableaux de service et vos consultations externes ici, puis je contacterai de grands hôpitaux de la région, comme l'hôpital général de Gloucester et l'hôpital central de Cheltenham, qui seront ravis de profiter de votre expertise.

— J'en serai heureux, dit Lachlan. Même un changement minime peut faire une grosse différence, en pédiatrie. Si le chef de clinique d'un service d'urgence apprend une nouvelle technique de suture – pour une grave morsure canine, par exemple –, un enfant peut avoir des cicatrices limitées et ne pas avoir besoin d'opérations ultérieures.

— Je préparerai un communiqué de presse après avoir parlé aux administrateurs d'hôpitaux qui souhaitent intégrer ce programme, dit Jennifer en prenant des notes. C'est la première fois qu'un médecin est aussi demandé. Vous allez être très occupé les prochains mois.

— Ça me plaît, fit Lachlan en haussant les épaules. Et ces déplacements seront une bonne chose. Ma nouvelle voiture a besoin d'être un peu poussée sur l'autoroute.

S'il s'installait loin de la capitale pour trouver une solution définitive au problème de sa mère, ses fréquents voyages à Londres lui permettraient de souffler un peu en prenant ses distances avec elle, ce qui serait bon pour elle comme pour lui. Vital même…

Une autre pensée lui traversa l'esprit. Un souci mineur dont il retardait depuis trop longtemps la résolution. Cet éloignement de Londres serait l'occasion idéale pour mettre un terme amical à sa liaison avec Shayna, la charmante kinésithérapeute rencontrée quelques semaines plus tôt. Ou était-ce quelques mois ? Trop longtemps en tout cas, à en juger par l'attachement excessif qu'elle lui témoignait.

Elle avait même demandé à avoir son propre tiroir dans la commode de sa chambre ! Il lui avait pourtant précisé dès le début les règles en F : une relation avec lui n'était que du Fun. Pas de Forcing. Pas de Futur. Pas de Famille.

Il regarda de nouveau sa montre.

— Il faut que j'y aille, dit-il à Jennifer. Si vous avez des questions, envoyez-moi un mail ou laissez-moi un message, et je vous rappellerai.

Comme à point nommé, son portable tinta, annonçant l'arrivée d'un SMS. Il se leva en jetant un coup d'œil à l'écran. C'était un message de Julia de l'agence de placement, et il déchiffra le début :

Felicity est en route pour rencontrer votre mère. Bonne chance. C'est la meilleure…

Il n'ouvrit pas le message pour lire la suite. Julia lui avait dit au téléphone que l'infirmière ne prendrait sa décision qu'après s'être entretenue avec sa mère, mais le plus dur était fait. Avec les années, il avait appris à obtenir presque tout ce qu'il voulait en usant de son charme et de sa fortune.

Il esquissa un sourire à la pensée que le problème de sa mère serait bientôt résolu.

— Vous savez quoi, Jennifer ? J'ai déjà pris des dispositions pour que tout se passe le mieux possible. Il se peut même que je sois de retour demain matin, auquel cas nous pourrons régler les derniers détails du programme de formation. Et vous pourrez peut-être me donner quelques conseils pour travailler avec cette équipe de tournage.

Jennifer lui adressa un regard indéchiffrable.

— Vous vous débrouillerez très bien, monsieur McKendry. Vous semblez tout contrôler à la perfection.

Oui…

Il maîtrisait la situation. Gérer un vieux parent revêche était dans ses cordes, et il comptait le faire avec patience et gentillesse. Après tout, Josephine McKendry était sa mère, et on n'en avait qu'une, n'est-ce pas ?

Comment ne pas être heureux quand on filait comme le vent sur la voie rapide, en laissant tous les autres véhicules loin derrière ? Il s'enfonça voluptueusement dans le siège en cuir beurre frais de sa toute nouvelle Porsche Carrera argentée qui passait en quelques secondes de zéro à cent kilomètres à l'heure. Il n'avait pas encore essayé, mais ce serait amusant…

Il fallait deux heures en moyenne pour aller de Londres à Gloucester, mais Lachlan n'allait pas aussi loin, le domaine de sa famille était situé sur une parcelle boisée au sein des Cotswolds. Il allait gagner au moins quarante minutes sur le trajet normal. Son GPS recalculait déjà son heure d'arrivée tandis que l'aéroport d'Heathrow passait comme un éclair. Il arriverait à destination vers 18 h 30. Juste à temps pour l'apéritif, avant un délicieux dîner de Tilly.

Un système vocal permettait de régler le volume des enceintes de la chaîne stéréo dernier cri, et Lachlan choisit un morceau plus rythmé, en accord avec son humeur du moment, résolument optimiste.

— Joue *Living on a Prayer* de Bon Jovi, ordonna-t-il.

Elle avait dû se tromper…

Au volant de sa Coccinelle jaune vif, Flick ralentit en franchissant la monumentale grille en fer forgé avant de suivre une allée bordée d'arbres si longue qu'on n'en voyait pas le bout. On aurait dit l'entrée d'un parc national. Ou d'une résidence royale ? Mais Mme McKendry n'avait pas le sang bleu. Elle portait le titre de lady parce que son défunt mari avait été fait chevalier pour services rendus à la Couronne dans le domaine de la chirurgie cardio-thoracique. D'après Julia, la famille était très fortunée, et leur demeure abritait probablement des McKendry depuis des siècles.

— *Tu vas adorer, Flick. Tu vas rencontrer la vieille aristocratie anglaise. Légèrement différent de ce que tu as connu en grandissant en Australie...*

C'était peu de le dire. En débouchant enfin des arbres, Flick sentit sa mâchoire se décrocher. Derrière une allée circulaire entourant un jardin orné d'une élégante fontaine se dressait un énorme manoir. Était-ce la vue de la splendide bâtisse de pierre, des innombrables fenêtres serties de plomb ou du toit d'ardoise pluri-centenaire ? L'envoûtant parfum d'histoire qui se dégageait de l'ensemble lui arracha un frisson involontaire.

Employée depuis des années par diverses agences de placement situées à Londres et à Sydney, Flick avait été envoyée dans des endroits très différents. Elle avait travaillé avec des services sanitaires d'évacuation aérienne dans des hôpitaux publics et privés, dans des cliniques de médecine générale, des résidences privées et même sur de luxueux yachts, mais jamais elle n'avait éprouvé cette impression de plonger dans le temps.

En garant sa petite voiture devant la majestueuse volée de marches descendant du perron, elle s'imagina en longue robe bouffante, arrivant dans un attelage tiré par des chevaux et accueillie par un majordome très distingué qui l'introduisait dans... un boudoir ? Une bibliothèque ? Plantée au pied des marches, elle contempla l'impressionnante demeure, et sourit.

Elle se retourna en entendant des pneus crisser sur le gravier. Son sourire s'effaça quand une luxueuse voiture métallisée s'immobilisa soudain devant elle dans une projection de cailloux. Le conducteur en jaillit comme un diable de sa boîte.

Waouh…

Lachlan n'avait pas de mots. Juste une sensation qui partait des yeux pour envahir tout son corps. Une sensation irrésistible mais ô combien justifiée par le fait qu'il avait devant lui la femme la plus belle qu'il ait jamais vue.

Son carré blond souple effleurait ses épaules, encadrant de façon exquise un visage simplement parfait. D'immenses yeux bleus. Un adorable petit nez mutin. Une bouche généreuse qui semblait faite pour le rire.

Le reste de sa personne était tout aussi remarquable. Il embrassa d'un coup d'œil les jambes minces gainées dans un jean délavé, les élégantes bottes de cuir, et la grande chemise blanche, souple sur les hanches. Le gilet *oversize* en jean et les chaînes en argent à son cou indiquaient qu'elle avait un style et une personnalité bien à elle.

Le regard de Lachlan revint vers son visage, et il lui décocha un sourire, son arme infaillible de séduction.

— Ma journée vient de s'améliorer considérablement, si vous êtes la Felicity Stephens envoyée par l'agence de placement, dit-il, charmeur.

Elle le regardait fixement.

— Si vous êtes celui que je pense, vous êtes médecin ?

— Exact. Je suis Lachlan McKendry et…

— Chirurgien plasticien, n'est-ce pas ? interrompit-elle.

— Encore exact, répondit-il, un peu décontenancé par son regard direct. Pourquoi cette question ?

— Eh bien, je me demandais si c'était par déformation professionnelle que vous scrutiez aussi ouvertement mon corps, dit-elle avec un sourire en se détournant. Je suis parfaitement satisfaite de mes seins, merci.

Il voulut répondre qu'il était aussi de cet avis, mais jugea préférable de tourner sa langue dans sa bouche avant de parler. Jamais il n'avait reçu une telle claque en lançant une offensive de charme. Quel homme n'aurait pas voulu flirter en rencontrant la plus belle femme du monde ? Mais justement, avec ce physique, elle devait souvent être en butte aux avances dans son travail.

Il devait se racheter. Et vite.

Felicity Stephens était la solution potentielle à son problème avec sa mère, il ne pouvait pas se permettre de se la mettre à dos. Gravissant les marches deux à deux, il la rattrapa alors qu'elle s'apprêtait à actionner le heurtoir en cuivre à tête de lion.

— Excusez-moi, Felicity, dit-il calmement. Je me suis laissé emporter en vous voyant, mais j'ai eu une journée difficile et vous pourriez bien être la réponse à mes prières.

Elle soutint son regard, comme pour jauger sa sincérité.

— J'ai probablement eu une réaction excessive. Peut-être à cause du décalage horaire, je suis arrivée d'Australie en milieu de journée. Ou bien parce que vous m'avez appelée Felicity, fit-elle, ses yeux bleus pétillants d'humour. On m'appelle Flick, sauf sur mon passeport.

Flick… Un nom aussi original qu'elle. De plus en plus intrigué par cette femme, il ne dit rien, se contentant d'acquiescer en ouvrant la lourde porte de la demeure familiale.

— Entrez, je vous en prie. Je suis sûr que ma mère va être aussi enchantée que moi de faire votre connaissance…

2

— Qui êtes-vous ? demanda Lady Josephine McKendry qui n'avait absolument pas l'air ravie, contrairement aux affirmations de son fils Lachlan.

— Je te présente Felicity Stephens, maman, dit-il en se redressant après avoir embrassé sa joue froide. Une des meilleures infirmières de l'agence, à ce qu'il paraît. Nous avons de la chance qu'elle soit disponible et qu'elle ait accepté de venir te rencontrer. Oh ! et elle préfère qu'on l'appelle Flick.

Lady Josephine renifla peu élégamment.

— C'est un nom de pompe à incendie, pas de personne, fit-elle en marmonnant, effleurant Flick de ses yeux perçants avant de les tourner vers la fenêtre. Vous pouvez disposer. Je ne suis pas d'humeur à être exhibée comme un spécimen de foire.

Elle semblait absorbée par le spectacle du magnifique parc qui commençait à être envahi par les ombres du crépuscule.

Flick regarda Lachlan. Il était clair qu'on ne voulait pas d'elle. Mais il s'agissait de sa mère, et il était là pour s'occuper d'elle, que cela l'arrange ou pas.

Cependant, Flick était intriguée. La tension entre la mère et le fils était palpable, comme si Josephine le détestait, mais quelle mère était capable d'une chose pareille ? Flick sentait aussi à quel point la froideur de la vieille dame blessait Lachlan. Lady Josephine aurait dû être fière de ce fils qui avait si bien réussi. Un fils célèbre, extrêmement séduisant, et... sophistiqué ?

L'adjectif traduisait-il le charme, le charisme, même, que cet homme dégageait ?

Mais autre chose intriguait Flick. Elle avait l'impression qu'il présentait une image de lui très différente de ce qu'il était réellement. Elle ne l'aurait sans doute pas deviné si elle-même ne s'était pas forgé un personnage pour se protéger. Quand il s'était excusé d'avoir flirté avec elle, elle avait fugitivement vu dans ses yeux quelque chose qui n'avait rien à voir avec le séducteur superficiel qu'il prétendait être.

Elle avait eu une autre révélation lorsque Lady Josephine l'avait foudroyée du regard avant de se détourner : cette frêle vieille dame avait peur.

Appréhendait-elle de mourir ? C'était compréhensible, avec sa santé fragile. Mais elle n'était pas très âgée. Lachlan avait dans les trente-cinq ans, et Lady Josephine ne devait guère avoir plus de soixante-dix ans.

Sa peur avait-elle des origines plus profondes ? Redoutait-elle de mourir seule à cause de l'évident fossé qui s'était creusé entre son fils et elle ?

En dépit de l'immense fatigue du décalage horaire et de la faim qui tenaillait son estomac vide, Flick brûlait d'en savoir plus sur ces gens énigmatiques. En apparence ils avaient tout – la plus belle demeure qu'elle ait jamais vue, dans un cadre absolument idyllique, et une fortune illimitée pour entretenir un train de vie de rêve –, mais ils étaient malheureux. Ce qu'aucun d'eux deux n'aurait probablement admis.

Elle s'approcha du fauteuil de Lady Josephine.

— Je ne resterai pas longtemps, dit-elle calmement. Mais vous pourriez avoir besoin d'assistance en attendant de trouver votre nouvelle infirmière. Je peux vous aider à prendre vos médications du soir, peut-être ?

Lady Josephine émit un grognement.

— Vous êtes bien trop jolie pour rester coincée au milieu de nulle part à vous occuper de vieillards malades.

— Je prends ça pour un compliment, répondit Flick sans oser regarder Lachlan.

Lady Josephine tourna la tête vers elle.

— Pourquoi n'êtes-vous pas mariée ? demanda-t-elle, abrupte.

Les yeux de Flick s'agrandirent.

— Et vous ? Vous êtes mariée ?

— Cela ne vous regarde pas.

— Exactement, rétorqua Flick avec un sourire en coin.

Les lèvres de la vieille dame frémirent, comme si cette réaction l'amusait. Mais elle n'en avait pas fini.

— Qui était votre dernier patient ?

— Un vieux monsieur de Sydney, en Australie. Il s'appelait Stanley.

— Qu'est-ce qui n'allait pas chez lui ?

— Il souffrait de plusieurs affections. Un peu comme vous, je crois.

— Que lui est-il arrivé ? Pourquoi êtes-vous partie ?

— Il est mort, répondit Flick avec calme.

Lady Josephine renifla.

— Vous ne vous êtes pas bien occupée de lui, alors ?

— *Maman...*

Les deux femmes ignorèrent la protestation de Lachlan.

— Il était plutôt satisfait de mes soins, répondit Flick. Remarquez, c'était difficile à dire car il dissimulait ce qu'il ressentait derrière une attitude revêche et tyrannique. Un peu comme vous, je suppose, Lady Josephine.

Lachlan eut un rire étouffé. Plus surprenant encore, Lady Josephine semblait avoir du mal à garder son sérieux.

— Vous ferez l'affaire, dit-elle en se tournant de nouveau vers la fenêtre. Vous n'avez pas froid aux yeux, j'aime ça. Allez ranger le désordre que ma gouvernante a laissé dans mes médicaments, sur cette table, là. Cette idiote n'a même pas pu se résoudre à contrôler ma glycémie.

— Eh bien, commençons par ça, dit Flick en se dirigeant vers la table, et en décochant au passage un regard à Lachlan pour le prévenir que rien n'était encore décidé. Une glycémie basse peut affecter l'humeur. Autant me rendre utile pendant que je suis là.

— Merci, dit Lachlan avec un sourire sincère. Moi aussi, je

vais me rendre utile en allant voir ce que Tilly a prévu pour le dîner. Il en vaudra la peine, je vous le promets.

Tilly avait préparé le repas favori de Lachlan, un rôti de bœuf fondant accompagné de légumes du jardin, dont de croustillantes pommes de terre, de tendres morceaux de potiron, des *Yorkshire puddings* et une délicieuse sauce crémeuse. En voyant qu'elle avait dressé la table dans la salle à manger d'apparat, Lachlan protesta.

— Nous dînerons dans la cuisine, décréta-t-il. C'est beaucoup plus intime, et... j'espère persuader cette infirmière de rester. J'ai l'impression qu'elle a déjà mis maman dans sa poche.

— J'aimerais bien voir ça, répondit Tilly en gloussant. Vous voulez lui monter son plateau ou je m'en charge ?

— Je vais le faire. Si Flick n'a pas fini de trier les médicaments, je lui donnerai un coup de main. Elle doit être morte de fatigue. Elle arrive directement d'Australie.

— Ma cuisine va la requinquer. Avec une bonne nuit de sommeil. Je lui ai préparé la chambre d'invité, le lit est très confortable.

Épouse du jardinier et gouvernante, Mme Tillman était également la cuisinière et la blanchisseuse de la maison, ainsi qu'une figure maternelle pour Lachlan. Il l'étreignit affectueusement.

— Vous êtes la seule personne sur laquelle j'ai toujours pu compter, vous savez ?

— Filez, gronda-t-elle tendrement en le repoussant.

Éclatant de rire, il se retourna pour découvrir Flick qui venait d'entrer. *Au secours...* Avait-elle entendu ses dernières paroles ? Et cela avait-il de l'importance ? Pour une raison inconnue, il tenait absolument à l'impressionner, et admettre que la gouvernante de son enfance comptait plus pour lui que quiconque pouvait sembler un peu... pathétique, non ?

Mais Flick souriait gentiment.

— Ça sent très bon, dit-elle. J'ai pris mon dernier repas dans l'avion, tout était emballé de plastique et je ne me rappelle même pas à quand il remonte. Au fait, je m'appelle Flick, dit-elle en tendant la main à la gouvernante. Je devine que vous êtes madame Tillman ?

Tilly s'essuya les mains sur son tablier avant de serrer chaleureusement celle de Flick.

— En effet, dit-elle, puis elle sortit un plat fumant du four. Madame vous a probablement dit que j'étais nulle car je ne supportais pas les aiguilles ni la vue du sang…

Flick se contenta de humer les odeurs d'un air appréciateur.

— Elle a dit qu'elle attendait son dîner, et je comprends pourquoi elle est si impatiente. Waouh, des *Yorkshire puddings* ! J'ai essayé d'en faire une fois, on aurait dit des pneus crevés…

Ils rirent en chœur, et Lachlan songea que jamais la cuisine ne lui avait paru aussi agréable et accueillante.

— Asseyez-vous, dit Mme Tillman. Je vais vous servir, puis je monterai son plateau à madame, et je rentrerai retrouver mon Jack. Lachlan, vous montrerez sa chambre à Flick ?

— Avec plaisir, répondit-il, souriant à la jeune femme. Tilly vous a préparé la plus belle suite de la maison.

— Mais… Je n'ai pas encore décidé si je restais.

— Vous ne pouvez pas rentrer à Londres ce soir dans votre état de fatigue. D'ailleurs, fit-il en souriant, il se trouve que j'ai un excellent vin australien au réfrigérateur, c'est le moment ou jamais de le déboucher.

Le visage de Flick se figea, et elle soutint son regard. Incapable de détourner les yeux, il se sentit prisonnier de ce qu'il voyait dans ses prunelles bleues, quelque chose d'indéfinissable qui avait un étrange effet sur lui mais n'était pas la forte attirance qu'il ressentait pour elle. Quoi que ce soit, cela le rendait triste et heureux à la fois. Que diable lui arrivait-il ?

Elle rompit le contact la première.

— Allez-y alors, dit-elle d'une voix amusée. Je crois que c'est la meilleure offre que j'aie reçue de la journée.

Réprimant un sourire, il se dirigea vers le réfrigérateur. Il avait beaucoup mieux à lui offrir, et il ferait ce qu'il fallait pour qu'elle reste. Aussi longtemps que possible. Pas seulement parce qu'elle était la plus belle femme du monde. Mais parce qu'elle semblait savoir comment prendre sa mère, un petit miracle en soi. Ou peut-être parce que le trouble qu'elle instillait en lui paraissait important, presque vital...

— C'est le meilleur repas que j'aie mangé de ma vie.

Piquant au bout de sa fourchette un petit chou rond et salé enrobé de sauce, Flick s'interrogea. Avait-elle encore vraiment de la place pour une dernière bouchée ? Avec un soupir, elle enfourna le *Yorkshire pudding*, et ferma les yeux pour mieux le savourer.

Elle sentait la chaleur du vieux four dans son dos et les dalles irrégulières sous ses pieds ; d'exquises odeurs de cuisine flottaient dans l'air, et la suavité du vin s'attardait sur sa langue. Mais surtout, elle avait conscience de l'homme assis au bout de la vieille table en chêne, qui dégageait une énergie déconcertante, impossible à ignorer.

Elle ouvrit les yeux.

— Je crois que les médications de votre mère sont désormais à jour, mais je revérifierai. De quelle autre assistance a-t-elle besoin le soir ?

Lachlan posa sa fourchette et prit son verre.

— En réalité, elle n'a pas besoin d'assistance *du tout*. Elle n'a que soixante-trois ans et elle est parfaitement capable de s'occuper d'elle. Elle refuse simplement de prendre en charge son traitement médical. Après plusieurs crises, notamment une acidocétose diabétique pour ne pas avoir pris son insuline, un coma pour en avoir trop pris, et une crise d'asthme qui lui aurait été fatale si Tilly ne l'avait pas trouvée à temps, j'ai décidé qu'une infirmière à plein temps lui était nécessaire. Il aurait été plus pratique de la mettre dans une maison de repos puisque je vivais à New York à l'époque, mais ma mère refuse catégoriquement de quitter cette maison.

Il grimaça un sourire.

— Je me demande parfois si c'est de mon père qu'elle est tombée amoureuse, ou du manoir familial dont il avait hérité...

Il avait dix-huit ans de plus qu'elle et, en toute logique, il est parti le premier.

— Il y a longtemps qu'il est mort ?

Il vida son verre et prit la bouteille pour servir Flick, mais elle secoua la tête.

— Je vais être K-O si je bois plus.

Malgré la fatigue, elle n'avait pas envie de dormir, fascinée qu'elle était par cet homme étonnant dont elle voulait tout savoir.

Il se resservit du vin.

— J'étais chef de clinique, et ça remonte à quelques années. Je venais de commencer une rotation en chirurgie cardio-thoracique, et mon père était si content qu'il avait réservé sa table préférée au Ritz pour fêter ça en famille. Il s'est effondré avant les entrées, victime d'une attaque cardiaque massive.

— Oh ! non...

— On avait la chance d'être en ville ; en quelques minutes, il était à l'hôpital pour recevoir les meilleurs soins. Il a paru se remettre, mais le muscle cardiaque avait été très endommagé. Il est mort d'un arrêt cardiaque foudroyant une semaine plus tard.

Pensive, Flick garda le silence.

— Ça vous a fait changer d'avis sur la spécialisation que vous vouliez faire ? demanda-t-elle enfin.

— Grands dieux non. Ça m'a donné la liberté de faire ce que je voulais. Avant, mon destin était scellé. Je suis entré en pension pour mon sixième anniversaire ; le directeur me présentait à tous comme le garçon qui suivrait les pas de son père et deviendrait un grand chirurgien.

Elle en resta bouchée bée.

— Vous avez été envoyé en pension à l'âge de *six* ans ?

Il détourna les yeux, comme s'il était gêné d'en avoir trop dit.

— Ce n'était pas si terrible. Je rentrais à la maison pour les vacances. Si j'avais de bons résultats, mon père était heureux. Et si père était heureux, mère l'était aussi, et je pouvais faire ce que j'aimais.

Le cœur de Flick se serra à la pensée du petit garçon envoyé loin de chez lui qui avait appris à travailler dur à l'école pour gagner l'approbation de ses parents... Et leur affection ?

— Alors, qu'est-ce que vous aimiez faire ? demanda-t-elle d'un ton léger, consciente qu'il n'aurait pas apprécié sa compassion.

Il haussa les épaules.

— J'aidais Jack dans le jardin. Je quémandais des gâteaux à Tilly. Je lisais beaucoup, et... je crois que je connais chaque centimètre carré de notre domaine forestier. C'est le plus bel endroit du monde, même si je n'y ai pas mis les pieds depuis des années.

— Quand êtes-vous parti à New York ?

— Dès que j'ai pu. Je suis passé de la chirurgie cardio-thoracique à la chirurgie plastique et j'ai suivi des études de troisième cycle. Ce domaine m'avait toujours fasciné. Pour la plupart des gens, la chirurgie esthétique se résume à des augmentations mammaires et autres opérations de ce genre, mais ça ne m'intéresse pas. Je veux que mes réparations changent *vraiment* la vie des gens. Améliorer un défigurement handicapant. Utiliser la magie de la microchirurgie pour restaurer une fonction plutôt qu'une apparence.

Il avait une passion indéniable pour son métier, et elle s'en voulut de s'être montrée aussi désinvolte.

— Mais je ne devrais pas vous ennuyer avec mes petites histoires. Ni avec l'histoire de ma famille.

— Il est important que j'en sache plus sur votre mère, si je prends ce poste.

Elle vit une lueur d'espoir briller dans son regard.

— Que voulez-vous savoir ?

— Est-il présomptueux de penser que son mauvais caractère pourrait être dû à une dépression ?

— Elle n'a jamais été particulièrement heureuse, répondit-il lentement. Mais sa vie a beaucoup changé après la mort de mon père. J'ai mis ça sur le compte de son diabète tardif et de son angine de poitrine, en plus de l'asthme dont elle avait toujours souffert, mais je crois que sa vie sociale s'est arrêtée à cette époque. Elle adorait être l'épouse d'un éminent chirurgien. Une *lady*. Une célébrité locale. Elle faisait des apparitions publiques, adorait les soirées et les réceptions. Elle était aussi la marraine de nombreuses associations. Mais c'est du passé.

Il fronça les sourcils.

— Vous avez peut-être raison, dit-il, songeur. Une dépression expliquerait son désintérêt pour ses soins. Et si c'est ça, un traitement changerait tout.

Elle vit de nouveau cette lueur d'espoir dans ses yeux. L'espoir qu'il y avait peut-être un moyen d'aider Lady Josephine à retrouver une vie plus heureuse. Si dysfonctionnelle que soit la relation de Lachlan McKendry avec sa mère, il tenait à elle.

Le petit garçon solitaire envoyé en pension avait-il souffert du rejet de sa mère alors qu'il avait tant besoin de son amour ? Rien d'étonnant à ce qu'il se cache derrière l'image d'un play-boy charismatique et gâté n'inspirant guère la compassion. Une image qui aurait fait horreur à Flick, si elle n'avait pas eu l'occasion d'apercevoir la personne très différente qui se dissimulait dessous.

Une personne qui avait su rallumer quelque chose qu'elle croyait éteint en elle depuis longtemps : une petite flamme faite à la fois d'intérêt et de désir.

Elle la sentait maintenant brûler au creux de son ventre, réveillant des souvenirs poignants…

Ridicule. Elle était simplement épuisée.

— Il faut vraiment que j'aille dormir, dit-elle.

— Bien sûr. Je vais vous montrer votre chambre, répondit-il en se levant d'un bond. Avez-vous… ? Je ne veux pas vous mettre la pression mais…

Il voulait savoir si elle allait s'occuper de sa mère. Normal. Si elle partait le lendemain matin, il devrait prendre d'autres dispositions et bouleverser son planning. Il n'était pas raisonnable qu'elle reste, songea-t-elle. Pas après la révélation inattendue qu'elle venait d'avoir, aussi peu professionnelle que le comportement flirteur de Lachlan lors de leur rencontre.

Mais ici, il y avait une femme malheureuse qui se désintéressait des traitements dont elle avait besoin pour rendre sa vie plus douce. Un fils qui tenait profondément à sa mère, même s'il avait été mal aimé dans son enfance. Et il y avait cette magnifique demeure entourée de bois, le plus bel endroit du monde selon Lachlan.

Peut-être était-ce l'effet du vin combiné au décalage horaire, mais elle avait l'impression d'avoir pénétré dans un conte de fées moderne et d'être plongée dans un environnement magique. À l'étage se trouvait la méchante reine, Tilly était une loyale domestique, et Lachlan pouvait aisément endosser le rôle du prince.

Et elle, dans tout ça ?

Était-elle une bonne fée ? Une princesse en puissance ?

Ou seulement trop fatiguée pour penser clairement ? C'était sans doute cela, car, lorsqu'elle se leva, ses jambes flageolèrent et elle dut se retenir à la table.

Elle vit l'inquiétude dans les yeux de Lachlan, avec la question à laquelle elle n'avait pas répondu.

— J'ai pris ma décision, dit-elle, soutenant son regard.

Elle lisait au fond de ses yeux bruns maintenant. Il avait besoin de son aide. Comment la lui refuser ?

Impossible.

— Je reste, dit-elle. Si c'est le souhait de votre mère.

— J'en suis certain, répondit-il, soulagé, en souriant. Elle vous a trouvée téméraire, et elle vous aime bien.

Elle sentait que lui aussi l'aimait bien.

C'était réciproque. Non qu'il fût question de franchir les limites, une perspective inacceptable maintenant que Lachlan McKendry devenait son employeur.

Elle soupira.

— Dois-je aller voir comment va votre mère avant de me coucher ?

— Elle a une alarme, dit-il en ramassant un boîtier de bip posé sur un vieux buffet en pin. Prenez-la. Elle sonnera si elle a besoin de quelque chose.

Et ainsi, Flick fut engagée comme infirmière privée de Lady Josephine sans avoir la moindre idée de ce qui l'attendait. Mais qu'importait. Elle aimait les défis. C'était ce qui l'avait sauvée, de nombreuses années plus tôt, ce qui avait fait que sa vie valait la peine d'être vécue. Elle aimait les nouveaux endroits. Les lieux différents. Et celui-ci ne pouvait pas l'être plus. À défaut d'un conte de fées, elle nageait en plein mystère, et elle n'allait sûrement pas s'ennuyer.

3

Lachlan McKendry n'avait jamais été impressionné par le feu des projecteurs.

Peut-être parce qu'il avait grandi avec des parents qui vivaient constamment sous l'œil des médias. Ou qu'il avait travaillé dur à l'école et s'était fait remarquer autant pour ses brillants résultats que pour les relations de sa famille, avant que ses talents ne soient reconnus et salués dans le monde entier. Mais, pour être tout à fait honnête, il avait toujours apprécié le regard qu'on posait sur lui, comme s'il était spécial. Surtout celui des femmes.

Comme en ce moment même, alors qu'une équipe le filmait pour la première séquence du documentaire sur Dexter Thompson. En arrière-plan, Jennifer, la chargée de relations publiques, ne le quittait pas des yeux, et une jeune preneuse de son le dévisageait de façon éhontée avec un sourire insolent. Même la productrice, qui allait l'interviewer sur son point de vue personnel à propos du cas traité, le scrutait avec intérêt pendant qu'il procédait à un examen physique du garçon pour montrer la gravité de sa paralysie faciale.

— Tu peux hausser les sourcils, Dexter ? Très bien… Maintenant, ferme les yeux et garde-les fermés si tu peux.

Avec deux doigts, Lachlan tira la peau de ses paupières vers le haut et vers le bas pour éprouver leur résistance. À l'évidence, Dexter n'avait presque aucun contrôle sur la moitié de son visage.

— Bon… Gonfle les joues maintenant. Et enfin, montre-moi tes dents…

Il questionna le garçon sur l'irritation de son œil due à la paralysie de la paupière, les fréquents ulcères de sa muqueuse buccale, et ses difficultés à manger et à boire du fait de sa bouche partiellement figée. Dexter, en raison de sa mauvaise élocution, préférait souvent hocher ou secouer la tête pour répondre, mais, au moment d'admettre qu'il bavait et laissait échapper des aliments en mangeant, il baissa les yeux, admettant tacitement combien sa vie était affectée par son problème.

En entendant le gémissement de détresse de Bridget, Lachlan envisagea d'interrompre le tournage, mais le garçon soutint le regard de sa mère, puis se tourna vers Lachlan, prêt à continuer.

Bridget était la seule femme de l'assistance à ne s'intéresser à Lachlan que parce qu'il pouvait aider son fils. Elle ne le regardait d'ailleurs même pas, toute son attention était focalisée sur Dexter. Il y avait de la fierté sur son visage, mais surtout un amour absolu, inconditionnel, et Lachlan ressentit une émotion étrange, comparable à ce qu'il avait éprouvé quand il avait rencontré Felicity Stephens pour la première fois, un curieux mélange de tristesse et de joie.

Il s'empressa de chasser cette pensée. Il devait se préoccuper de choses plus importantes ; il était temps d'aborder son rôle dans le traitement de Dexter.

— Voici un schéma de tous les nerfs de ton visage, Dexter, dit-il, impressionné par le magnifique schéma colorisé et plastifié réalisé par le service d'imagerie médicale du St. Bethel's Hospital. Ces lignes jaunes représentent le nerf facial et ses ramifications. Voici le tronc principal, et cette partie-là est ce qu'on appelle le noyau moteur.

Un cameraman s'était approché pour faire un gros plan du schéma. Dexter hochait la tête, comme s'ils n'avaient pas déjà répété cette scène, et Lachlan, conscient que l'émission serait surtout regardée par des personnes sans formation médicale, s'efforçait d'adopter un langage simple.

— Le bon côté d'un névrome acoustique – la tumeur cérébrale qu'on t'a retirée il y a deux ans –, c'est qu'il est bénin, c'est-à-dire non cancéreux. Mais on ne peut pas le laisser où il est, car il grossit sans cesse et peut causer des complications, comme la perte d'équilibre et l'accumulation de fluide à l'intérieur du crâne, que tu as toi-même connues.

Quand Lachlan s'entretiendrait avec la productrice, il soulignerait la dangerosité de la tumeur du fait de sa proximité avec le tronc cérébral, et l'issue fatale qui pouvait en découler.

— Cependant, reprit-il, le névrome acoustique pousse très près du nerf facial, et son ablation chirurgicale peut causer des dommages, des gonflements, et entraîner une paralysie faciale. C'est ce qui t'est arrivé. Mais comme tu as subi cette opération il y a moins de deux ans, les cicatrices sont moins nombreuses sur le nerf facial, et on a de bien meilleures chances de réussir un transfert de nerfs.

Dexter leva la tête, la caméra zooma sur son visage, et l'adolescent lui retourna son sourire. Lachlan sut que la scène allait toucher le cœur des spectateurs.

À quinze ans, Dexter aurait dû connaître les premiers émois de l'adolescence, mais, défiguré par la lésion de son nerf facial, il ne pouvait même pas sourire à une fille car seul un côté de sa bouche se relevait tandis que l'autre s'affaissait, l'œil du même côté restant grand ouvert et fixe, comme maintenant. Plus poignant encore, le côté intact du visage de Dexter rayonnait d'espoir.

Lachlan lui-même avait la gorge serrée. C'était cette émotion qui l'avait incité à choisir cette branche de la médecine, pour faire une vraie différence dans la vie des enfants et des jeunes comme Dexter. Nul ne pouvait y rester insensible, mais Lachlan savait gérer ses sentiments. Il utilisait son talent pour obtenir le meilleur résultat possible, et le succès lui procurait une intense satisfaction, qui était une forme de bonheur en soi.

Bridget tendit la main pour prendre un mouchoir en papier.

— C'est tellement dur, murmura-t-elle, essuyant ses larmes. Les enfants peuvent être si cruels entre eux. Les brimades et tout... Pardon, articula-t-elle silencieusement à l'adresse de Lachlan avec un pâle sourire.

On couperait peut-être cette séquence au montage. Le tournage s'arrêta là pour le moment. Lachlan devait ensuite expliquer le déroulement de l'opération de transfert du nerf masséter, et il aurait une brève conversation avec la productrice à propos du bouleversement que la vie de Dexter allait subir avec cette procédure. Ensuite, Lachlan soufflerait un peu. Depuis son retour à Londres deux jours auparavant, il avait réglé les cas dont il s'occupait et réorganisé son planning pour y caler ses cours de troisième cycle ; il n'avait pas eu une minute à lui.

Comme Dexter et sa mère s'apprêtaient à quitter la salle de consultation, Bridget s'arrêta pour jeter ses mouchoirs usagés dans la poubelle. La pensée fugace que sa propre mère n'avait jamais versé une larme pour lui éveilla chez Lachlan une souffrance qu'il se refusa à explorer. Mais il se demanda ce qui se passait en ce moment dans le vieux manoir familial.

Il s'était arrangé pour que le généraliste de sa mère lui rende visite la veille, afin de lui faire un examen complet et de s'entretenir avec la nouvelle infirmière. Mais Lachlan était surtout curieux de savoir comment Flick se débrouillait avec sa difficile patiente. Il craignait qu'elle ne fasse ses valises et s'en aille comme tant d'autres avant elle, même si la veille au téléphone Tilly lui avait assuré que la jeune femme s'en sortait plutôt bien. Qu'avait-elle dit déjà ? Ah oui… Que Lady Josephine « lui mangeait dans la main ».

Il était curieux de voir ça. Il s'inquiétait pour sa mère, et se sentait coupable de ne pas faire plus pour elle. Il fallait qu'il rentre au manoir pour voir comment ça se passait.

Il *voulait* rentrer. Le plus tôt possible…

Rendez-vous avait été pris le lendemain pour les tests d'électromyographie qui montreraient l'activité nerveuse encore en fonction dans la partie paralysée du visage de Dexter, mais Lachlan n'avait plus de rôle à jouer avant le jour de l'intervention, et Jennifer devait encore obtenir des autorisations pour que l'équipe de tournage puisse entrer au bloc opératoire.

— On n'a pas encore arrêté de date pour l'opération ? demanda-t-il.

— Pas encore. Compte tenu des dispositions à prendre, notamment auprès du comité d'éthique de l'hôpital concernant le tournage et la publicité, ça ne pourra pas se faire avant la semaine prochaine. C'est un problème ?

— Pas du tout. Je me disais que nous pourrions peut-être planifier les premières conférences du programme de formation pour les prochains jours. L'hôpital central de Cheltenham voulait commencer par quoi ? Les techniques de suture ?

— Oui. Avec des références spécifiques pour les morsures de chien. Ils en ont beaucoup, apparemment, dit Jennifer.

— Elles peuvent laisser des cicatrices dévastatrices chez un enfant. J'ai fait une conférence sur le sujet aux États-Unis. Je n'aurai pas de mal à l'adapter aux données du Royaume-Uni. Vous avez des suggestions de dates ?

— Oui, répondit Jennifer, ouvrant une nouvelle fenêtre sur sa tablette. Bon... Il y a une possibilité demain, mais c'est trop tôt. Sinon on a après-demain, jeudi. Qu'en dites-vous ?

— Ça peut être l'un ou l'autre, dit Lachlan, inclinant la tête à l'adresse de la productrice qui lui signalait qu'ils pouvaient reprendre le tournage. Je compte retourner dans les Cotswolds ce soir et y rester quelques jours, le temps d'organiser les choses avec ma mère. Je vous laisse régler tout ça ?

— Absolument. Ils seront ravis que les cours commencent si tôt. Ils projettent de filmer les sessions pour ceux qui ne pourront pas être présents. Ça ne vous dérange pas ?

Il secoua la tête. Il allait de toute évidence devoir s'habituer à la présence des caméras.

— Serez-vous aussi disponible pour les opérations ?

Il acquiesça.

— Monsieur McKendry ? Vous êtes prêt ?

— Oui, répondit-il, prenant conscience que l'équipe de tournage n'attendait plus que lui.

Il était prêt à tout. Y compris à faire face à un planning surchargé avec des engagements supplémentaires, et à passer encore plus de temps dans la maison de son enfance. En fait, il avait hâte d'y être, ce qui ne lui était pas arrivé depuis très longtemps... Depuis ses premières vacances de pensionnaire, en fait, quand il espérait encore que le retour au domaine si cher à son cœur lui apporterait le bonheur tant désiré.

Il y avait longtemps qu'il ne croyait plus aux contes de fées, où une baguette magique permettait d'échapper aux dures réalités de la vie. À l'âge de Dexter, il avait cessé d'espérer et s'était résigné, avant qu'il décide, poussé par une détermination nouvelle, de se construire une vie à lui. Qu'il pourrait contrôler. Qui lui offrirait le bonheur auquel il aspirait tant.

Il s'assit à son bureau et renversa la tête en arrière, fermant les yeux pendant que la preneuse de son lui accrochait son micro.

Plus tôt l'interview serait finie, plus vite il prendrait la route des Cotswolds. Il avait hâte d'achever ce tournage, car il était tenaillé par un sentiment troublant. Un sentiment qu'il avait vu quelques minutes plus tôt sur le visage de Dexter, et que lui-même n'avait pas ressenti depuis très, très longtemps.

Un sentiment qui ressemblait étrangement à de l'espoir…

Il y avait de la magie dans ce lieu magnifique.

Au second étage du manoir, la vue depuis l'appartement de Lady Josephine avait une époustouflante beauté classique, et Felicity prit tout son temps pour l'admirer. Aux abords de la maison, les allées pavées traçaient des lignes bien droites entre les haies soigneusement entretenues. Plus loin s'étendaient des jardins et d'immenses pelouses entourées de bois qu'elle n'avait pas encore eu le temps d'explorer. Mais, quand elle regardait par la fenêtre, elle se sentait irrésistiblement attirée par cette forêt de conte de fées.

Chaque fois, la voix de Lachlan résonnait plus fort dans sa tête. « Je connais chaque centimètre carré de notre domaine forestier. C'est le plus bel endroit du monde… »

L'écho de ces paroles et l'attraction de la mystérieuse forêt hors du temps éveillaient en elle une sensation trouble proche du désir. Une aspiration secrète. Comme si elle commençait à prendre conscience de la solitude qui allait de pair avec le mode de vie qu'elle s'était choisi.

— Que regardez-vous, Felicity ? On ne vous paye pas pour bayer aux corneilles, que je sache.

En butte aux réflexions acerbes de Lady Josephine depuis deux jours, Flick avait trouvé une stratégie qui marchait plutôt bien. Elle ignorait simplement la teneur de ses propos et tentait de comprendre *pourquoi* elle parlait ainsi.

— Vous avez besoin d'aide pour vous habiller, Lady Josephine ?

— Ne soyez pas ridicule. Je ne suis plus une enfant.

La vieille femme se tenait sur le seuil de sa salle de bains dans sa sempiternelle tenue un peu vieillotte, jupe de tweed, chaussures confortables, twin-set pastel et rang de perles. Sauf que le collier était dans sa main.

— Il y a un problème avec le fermoir, dit-elle.

— Faites voir.

Prenant le bijou, Flick remarqua que Lady Josephine tremblait légèrement, ce qui expliquait qu'elle n'ait pas pu le fermer. S'agissait-il d'une baisse de sa glycémie ? Flick réprima un sourire en songeant que l'irritabilité était un autre indice d'hypoglycémie.

— Voilà... À présent, testons votre glycémie, si vous voulez bien.

— Inutile. Je n'ai pas d'étourdissements, ni de picotements dans les mains ou les pieds, et mon élocution est claire, répondit Lady Josephine en se dirigeant vers le salon où elle s'assit dans un fauteuil droit, près d'une petite table. J'ai déjà pris mes cachets et mon insuline. À présent, j'aimerais rester seule pour faire mes mots croisés, merci.

— Il vaut mieux contrôler sa glycémie avant de se retrouver inanimée par terre, victime d'hypoglycémie.

Sans se démonter, Flick ouvrit le petit étui contenant le lecteur de glycémie, les lancettes, les compresses désinfectantes et les bandelettes.

— Nous en avons parlé hier, lors de la visite du médecin. Ça fait partie des nouvelles dispositions que nous avons arrêtées pour mieux gérer votre diabète.

— Dispositions qui visent à démontrer mes manquements, vous voulez dire, répondit Lady Josephine avec un regard noir. C'est l'idée de Lachlan, n'est-ce pas ? Il n'avait aucun droit de planifier cette visite dans mon dos. Il veut me voir enfermée dans une maison de repos pour vieux, c'est ça ?

Tenant le doigt de Lady Josephine, Flick perça la peau avec la lancette, essuya la première goutte de sang avec une compresse, et recueillit la seconde sur une bandelette.

— Au contraire, répondit-elle. Il veut que vous maîtrisiez vos traitements, pour que vous puissiez retrouver une vie agréable et faire ce qui vous plaît. Tilly m'a dit que vous aimiez beaucoup promener votre chien.

— Il est mort, répondit la vieille dame d'un ton sec. D'ailleurs, l'exercice me donne de l'asthme. Et de l'angine de poitrine.

— Au contraire, il est prouvé qu'il aide à renforcer le système cardiovasculaire. Et avec le temps, vous aurez de moins en moins de crises, dit Flick.

La conversation qu'elle avait eue la veille avec le médecin avait été révélatrice.

— *Je ne suis pas convaincu qu'elle ait de l'angine de poitrine*, lui avait-il confié. *Elle refuse de faire un test d'effort ou même un électrocardiogramme. Elle a peut-être de l'asthme, mais, en dehors d'un incident isolé il y a longtemps, il n'a jamais été sévère au point de nécessiter un autre traitement que l'usage ponctuel d'un bronchodilatateur. Je n'ai jamais eu besoin de la mettre sous corticoïdes. Le diabète est plus problématique, et nous devons déterminer s'il est vraiment déréglé ou s'il résulte de la mauvaise gestion d'une patiente indisciplinée.*

Flick nota le taux de glycémie affiché sur le lecteur.

— Alors ?

— C'est un peu élevé, répondit-elle.

— Je devrais prendre plus d'insuline. Je vous l'ai dit quand vous m'avez testée avant le petit déjeuner.

— Ce n'est pas assez élevé pour être un problème. Mais nous vous testerons plus souvent les jours prochains.

Flick se fiait au lecteur. Aujourd'hui, elle comptait examiner les données sauvegardées dans l'appareil pour trouver d'éventuelles constantes. Elle commencerait aussi à tenir un journal alimentaire précis pour Lady Josephine.

— Vous avez compris tout ce que le docteur a dit ?

— Je ne suis pas une imbécile.

Flick sourit.

— Pendant ma formation, il m'a fallu du temps pour bien saisir certaines choses, comme le phénomène de l'aube – cette augmentation du sucre dans le sang au petit matin – et l'effet rebond, qui peut être causé par un excès d'insuline, et...

— Cessez de jacasser, la coupa Lady Josephine. Rendez-vous plutôt utile. Rangez mon peignoir et descendez le plateau du petit déjeuner. Dieu seul sait ce que fabrique Mme Tillman... Pas ce qu'elle est censée faire, de toute évidence.

Le service ne faisait pas partie des attributions de Flick, mais elle n'y attacha pas plus d'importance qu'au caractère revêche de Lady Josephine, qui n'était sans doute qu'une attitude défensive.

Pourtant son chien avait dû l'aimer. Avait-elle souffert de sa disparition ?

— Je pense qu'on devrait intégrer des exercices doux dans votre routine quotidienne, dit-elle calmement en ramassant le peignoir abandonné. Je vous accompagnerais en professionnelle, et nous serions à même de gérer une éventuelle crise d'asthme ou d'angine de poitrine... J'adorerais découvrir vos jardins.

— Si j'ai besoin de votre avis, je vous le demanderai.

Ignorant la réplique acerbe, Flick alla dans la chambre et chercha un endroit où accrocher le peignoir. Tentée de le laisser au pied du lit, elle eut envie de jeter un coup d'œil à ce qui devait être un débarras, contigu à la salle de bains. Elle resta bouche bée devant l'immense dressing. D'un côté, il y avait les jupes et les twin-sets vieillots, les chaussures robustes et les tailleurs habillés. De l'autre étaient suspendues des quantités ahurissantes de robes de toutes couleurs, protégées de la poussière par des housses en plastique. *Des robes de bal ?*

Elle regagna le salon dans l'intention de questionner Lady Josephine à leur sujet, mais la vieille dame avait ouvert le journal à la page des mots croisés. Renonçant à la déranger, Flick ramassa le plateau du petit déjeuner pour le descendre.

Il y avait un temps pour tout.

Surprise par l'entrée de Lachlan, Flick lâcha sa fourchette, qui tomba avec un bruit métallique sur les dalles de la cuisine.

— Pardon. Je ne voulais pas vous effrayer.

Ils se penchèrent en même temps pour la ramasser et se retrouvèrent nez à nez, les yeux dans les yeux. Le cœur battant, elle détourna la tête, attrapa la fourchette et se redressa.

— Vous devriez éviter de vous approcher furtivement comme ça. La prochaine fois, je pourrais utiliser ma fourchette comme une arme pour me protéger des intrus.

— Alors, je vais vous donner une fourchette propre pour limiter le risque d'infection, répondit-il avec malice. Et j'en prendrai une pour moi. On dirait la succulente tourte à la viande de Tilly, et j'ai une faim de loup.

Il ouvrit un tiroir pour sortir des couverts et prit une assiette dans un placard.

— Désolé de ne pas vous avoir prévenue de mon arrivée, mais je me suis décidé à la dernière minute après une journée chargée. Je participe à un film documentaire, et ça prend un temps fou, entre les répétitions, les tournages et les séquences à refaire. J'ai passé la journée à me prendre les pieds dans des câbles et à me faire repoudrer le nez.

Elle prit la fourchette qu'il lui tendait. Elle adorait savourer son dîner seule dans la magnifique vieille cuisine. Mme Tillman laissait toujours un plat appétissant dans le four après avoir monté son plateau à Lady Josephine. Flick n'avait plus qu'à se servir après avoir rédigé ses notes sur sa patiente, s'être douchée et avoir troqué la jupe sage, le chemiser et le cardigan qu'elle portait la journée pour un jean et un sweat-shirt confortables.

La cuisine était vite devenue sa pièce préférée du manoir ; elle y avait dîné avec Lachlan le premier soir et avait l'impression d'y sentir un écho de sa présence. Mais ce soir, il était là en chair et en os, et la pièce semblait prendre vie, la chaleur de la cuisinière paraissait plus intense, les parfums des bons petits plats de Tilly étaient exacerbés.

Lachlan avait rempli son assiette de tourte garnie de puré

maison. Se levant soudain de table, il alla fouiner dans l'énorme réfrigérateur et revint avec une bouteille de ketchup.

— Pas un mot à Tilly. Elle serait horrifiée que j'aie gardé cette manie. Elle le tolérait quand j'étais petit, mais m'interdisait de le faire dans la bonne société.

— Qui a dit que je faisais partie de la bonne société ? répondit Flick en riant, s'emparant de la bouteille sur la table. Je vais en prendre aussi. J'ai toujours trempé mes frites dans un bol de ketchup.

Elle secoua le flacon. Elle se sentait à l'aise, comme s'ils dînaient ensemble depuis toujours. Ils n'avaient pas de mal à trouver des sujets de conversation, et elle s'intéressait beaucoup à ce qu'il racontait. Comme cette histoire de documentaire sur les enfants confrontés à de lourds défis médicaux.

— Quand le film sera-t-il diffusé à la télévision ? demanda-t-elle.

— Pas tout de suite. Ils vont suivre Dexter au moins six mois après l'opération pour montrer comment il apprend à utiliser ses nouveaux nerfs, et voir le changement radical opéré sur son visage… et dans sa vie.

— Ça changera tout, dit-elle, la gorge serrée.

— C'est mon travail, répondit-il d'un ton égal.

Il n'y avait aucune arrogance dans son affirmation, c'était un simple constat. La suffisance superficielle qu'elle croyait indissociable de son charme lors de leur première rencontre avait disparu. Il savait simplement qu'il était doué dans ce qu'il faisait et il aimait à l'évidence son travail. Elle avait déjà eu un aperçu du vrai Lachlan caché derrière les apparences, mais là…

Elle frissonna, profondément troublée. L'attirance qu'elle ressentait pour lui allait bien au-delà du physique.

Elle ne voulait pas être attirée par Lachlan. Pas corps et âme. Elle ne s'attendait pas à être aussi bouleversée par une rencontre. Depuis des années, elle était convaincue que sa capacité à tomber amoureuse était morte avec l'amour de sa vie. L'homme qu'elle avait choisi comme époux et père de ses futurs enfants. Depuis, elle avait enterré ses rêves de famille et fini par trouver la paix avec ce que l'existence avait à lui offrir.

Cette paix venait de voler en éclats. Et cela menaçait les fondements de la nouvelle vie qu'elle s'était construite.

N'osant pas regarder Lachlan, elle l'écouta expliquer qu'il allait donner des conférences et des cours de formation dans la région, et qu'il séjournerait au manoir les prochains jours. Heureusement, elle avait fini de dîner et put prendre congé.

— Je vais monter voir Lady Josephine. Nous mesurons plus fréquemment sa glycémie, et je veux voir son plateau pour savoir ce qu'elle a mangé. J'ai commencé un relevé quotidien de son alimentation, que je vais comparer avec la courbe de sa glycémie dans l'espoir de mieux contrôler son diabète.

Parler de sa patiente suffit à créer une distance professionnelle rassurante entre eux.

— Bonne idée, répondit Lachlan en se servant une nouvelle part de tourte à la viande. J'ai un travail à finir ce soir avant ma première conférence à Cheltenham demain, mais dites-lui que je passerai la voir avant de partir.

— Bien sûr, dit-elle en mettant son assiette et ses couverts dans le lave-vaisselle.

Elle avait recouvré son sang-froid, et il lui fut facile de sourire à Lachlan en quittant la cuisine.

Elle n'avait qu'à laisser les choses se tasser ; en attendant, elle préférait éviter les perturbations.

Si elle restait sur ses gardes, elle n'aurait aucun mal à le faire. Car elle ne voulait plus jamais éprouver ces émotions dérangeantes. Elles étaient trop violentes. Et si séduisantes soient-elles, elles risquaient de lui faire trop mal.

4

Pour Lachlan, la cuisine avait toujours été la pièce la plus accueillante du manoir familial. Le seul endroit combinant la chaleur et la sécurité que seul un vrai foyer pouvait offrir, quoi qu'il arrive.

Toutefois, il ne s'y était jamais senti vraiment chez lui. Peut-être parce qu'il n'était pas à sa place dans ce qui était le domaine réservé de la cuisinière et des domestiques. Enfant, il y avait grignoté des gâteaux juste sortis du four avec l'affectueuse complicité de Tilly, mais quand, devenu adulte, il rendait visite à ses parents, il n'y prenait jamais ses repas. La présence de sa mère à l'office était tout simplement impensable. Pourtant, ce n'était pas pour cette raison qu'il avait longtemps évité cette pièce.

Il se demandait pourquoi en prenant la direction de la cuisine, de retour d'un nouveau séjour à Londres. Peut-être parce que la cuisine éveillait en lui ce curieux sentiment contradictoire de bonheur et de tristesse mêlés qui le perturbait tant. Un sentiment qui le hantait souvent, ces temps-ci… Depuis que Felicity Stephens avait fait irruption dans sa vie, en fait.

S'il voulait régler son problème, il devait d'abord l'identifier clairement, songea-t-il en passant devant le grand escalier circulaire. Mais c'était comme un fragment de rêve qu'on tente de saisir au réveil. Comme entrevoir une chose qu'on cherche depuis toujours à l'instant précis où elle s'évanouit et vous échappe.

L'objet de sa quête lui procurait une sensation de bonheur intense, sa perte une profonde tristesse.

Quand le couloir se rétrécit pour desservir l'aile réservée au service, Lachlan ne tourna même pas la tête vers l'ostentatoire salle à manger d'apparat. Il savait d'instinct qu'un dîner formel au bout de l'immense table en acajou ne l'aurait pas aidé à convaincre Flick de s'occuper de sa mère. En revanche, le succulent repas de Tilly arrosé de vin australien dans la chaleureuse cuisine avait été parfait, et pas seulement parce qu'elle avait accepté de rester.

— Timing impeccable, fit-elle quand il pénétra dans la cuisine. Vous avez le chic pour arriver pile au moment où le dîner est prêt.

Son sourire accueillant le renforça dans l'idée qu'il était chez lui dans cette pièce conviviale. La veille, il avait très bien dîné dans un restaurant local prestigieux, invité par des pontes de l'hôpital central de Cheltenham et de l'hôpital général de Gloucester qui lui avaient confié la section chirurgie plastique du programme de formation, mais il avait hâte de retrouver les bons petits plats de Tilly. Son succulent poulet rôti, peut-être ?

Il regarda fixement le plat sur la table.

— Qu'est-ce que c'est ?

— Une quiche aux asperges, répondit Flick, qui en avait pris une part et se servait de la salade. Votre mère a demandé un dîner léger. Je l'ai convaincue que noter tout ce qu'elle mange au quotidien était une bonne motivation pour apporter des changements sains dans ses habitudes alimentaires.

Une lueur malicieuse passa dans ses yeux bleus.

— Même si sa formulation était plutôt du style : *Si vous voulez jouer les preux chevaliers et traquer les aliments riches et les calories que j'absorbe, que voulez-vous que j'y fasse,* dit Flick avec un sourire espiègle. Prenez une assiette. Ça sent drôlement bon.

Il souleva le couvercle d'un coffre à pain en terre cuite, laissant s'échapper une délicieuse odeur de pain frais. Avec un grand sourire, il posa sur la table la planche, la miche tiède, le couteau à pain et une grosse plaquette de beurre. Puis son sourire s'effaça. Il se figea.

— Vous… portez un uniforme.

Un uniforme élégant, il devait l'admettre, composé d'une

tunique blanche stylée avec boutonnage latéral et encolure en V gansée de bleu assorti au pantalon marine.

— Je le fais toujours quand je travaille, répondit-elle. Je ne l'avais pas apporté car j'ignorais si j'allais prendre le poste. Mais je me suis fait envoyer mes affaires de Londres pour avoir un look plus professionnel. Votre mère approuve. Normalement, je me change avant le dîner, mais j'avais trop faim ce soir...

Il approuvait aussi, cela signifiait qu'elle s'installait à son poste et n'allait pas disparaître. Tenté de faire un commentaire sur son goût pour les femmes en uniforme, il jugea plus sage de se taire. Il devait aussi se montrer professionnel. Il s'assit en bout de table, mais, en découpant une épaisse tranche de pain, il ne put s'empêcher d'observer Flick à la dérobée.

Elle avait noué ses cheveux en queue-de-cheval, et ramenait sans cesse les mèches blondes rebelles derrière ses oreilles, comme si elle sentait son regard sur elle.

— Comment ça se passe, avec ma mère ? demanda-t-il pour penser à autre chose.

— Je crois que notre décision de tester plus souvent sa glycémie et de noter tout ce qu'elle mange est en train de payer. Sa glycémie est plus stable.

— Génial.

— En revanche, j'ai du mal à la convaincre de faire de l'exercice. Depuis que je suis là, elle n'est pas descendue une seule fois au rez-de-chaussée et, d'après Tilly, elle n'a pas mis les pieds dehors depuis des mois. Et avant, elle ne sortait que pour promener son chien. J'ai proposé de l'accompagner, mais elle... hum... n'était pas emballée par cette idée.

— Elle vous rembarre, hein ? demanda-t-il, compatissant, en secouant la tête. À propos de chien, j'ai passé la journée à parler de morsures.

— Ah ?

— J'ai donné une conférence dans un hôpital privé de Gloucester, et à l'hôpital central de Cheltenham cet après-midi. Ce programme de formation chirurgicale de troisième cycle vise à étendre les techniques de chirurgie esthétique à d'autres domaines de la pédiatrie, lorsque c'est possible.

— Quel rapport avec les chiens ?

— Les enfants sont les principales victimes d'attaques de chiens, et leurs blessures peuvent être épouvantables. On ne peut pas toujours les transférer dans un centre de traumatologie pédiatrique spécialisé comme ma base londonienne du St. Bethel's Hospital, et, en cas de lésions moins graves, les chirurgiens ne sont pas toujours disposés à apprendre les dernières techniques de débridement et de suture.

— J'imagine, dit-elle, visiblement intéressée.

Elle ne le lâchait pas du regard. Cette discussion professionnelle lui faisait baisser la garde, et il se félicita de ne pas avoir fait de remarque sexiste sur les femmes en uniforme. Elle devait être magnifique quoi qu'il arrive, même vêtue d'un sac de pommes de terre.

Ou sans rien du tout…

Il baissa les yeux à la hâte et, conscient de la tension ambiante, se concentra sur son assiette.

— Les morsures de chiens sont une gageure pour les chirurgiens plasticiens, reprit-il. Et plus de la moitié sont au visage. Un chien ne se contente pas de mordre, il plante ses mâchoires dans la chair et secoue la tête. Il peut y avoir une combinaison d'écrasement, de déchirure et d'arrachement, parfois avec une fracture pour compliquer les choses.

Elle le fixait, les yeux écarquillés.

— Finalement je n'insisterai pas pour que votre mère prenne un nouveau chien afin de faire de l'exercice…, dit-elle.

Il éclata de rire.

— Nos adorables goldens retrievers n'auraient pas fait de mal à une mouche. Le dernier, Brie, une femelle, a atteint le grand âge de dix-sept ans. Une balade avec elle n'aurait pas été un exercice très fatigant pour ma mère, dit-il avant de prendre une dernière bouchée de quiche. Autrefois, mère était en pleine forme. Dans sa jeunesse, elle a même participé à des compétitions de danse de salon.

— Ah... Ça explique les robes.

— Quelles robes ?

— Son dressing est plein de tenues magnifiques. J'ai d'abord cru que c'étaient des robes du soir, mais elles sont trop courtes.

— Elle enseignait les danses de salon. C'est comme ça qu'elle a connu mon père. Elle est venue ici lui donner des cours particuliers dans la salle de bal.

La mâchoire de Flick se décrocha.

— Vous avez une *salle de bal* ?

— Vous n'avez pas exploré la maison ?

— J'en avais très envie, mais je ne voulais pas avoir l'air de fouiner, avoua-t-elle avec un sourire malicieux. Tilly dit que la plus grande partie du manoir est fermée car on ne s'en sert pas et ça coûte très cher à chauffer.

— Fermée peut-être, mais pas à clé. Vous avez assez mangé ?

— Oui, merci... Pourquoi ?

— Je vais vous faire visiter les lieux, dit-il en se levant.

— Maintenant ?

— Eh bien, la visite des jardins et des bois tapissés de campanules devra peut-être attendre qu'il fasse jour, mais le manoir est bien éclairé le soir. À moins que vous n'ayez autre chose à faire ?

— Vous plaisantez ? Je n'attendais que ça !

Ah, ce *sourire*... Il illuminait la pièce, et le monde semblait plus beau à Lachlan, rempli de joies secrètes. La compagnie de Felicity Stephens était un enchantement, il en arrivait presque à croire qu'elle était prête à embarquer avec lui dans toutes sortes d'aventures.

Il ne lui fit pas visiter l'étage, essentiellement composé de chambres avec leurs salles de bains. Il aurait été amusant de lui montrer les anciens logements des domestiques, sous les toits, mais l'endroit était probablement poussiéreux et mal éclairé. Il y avait suffisamment de pièces à explorer au rez-de-chaussée, la salle à manger d'apparat par exemple, et l'immense salon et son jardin d'hiver.

Il y avait aussi le bureau de son père, resté en l'état depuis sa mort, la bibliothèque avec ses fauteuils en cuir et ses murs tapissés de livres et pourvus d'échelles pour accéder aux rayonnages élevés, la galerie de portraits des McKendry dont certains remontaient à plusieurs siècles, et bien sûr la salle de bal avec son magnifique parquet à chevrons, son plafond richement orné et ses hautes fenêtres cintrées donnant sur la terrasse et le parc. Étonnamment, les lustres scintillaient toujours malgré la poussière accumulée au fil des années.

— J'ai l'impression d'avoir fait un saut dans le temps, murmura Flick, émerveillée. Je m'imagine en longue robe démodée, tandis que l'orchestre attaque *Le Beau Danube bleu*...

— Classique, fit-il avec un sourire taquin en se dirigeant vers un meuble à l'entrée de la salle. Avant sa mort, mon père avait fait installer une chaîne hi-fi dernier cri. Je me demande si elle marche encore...

Il alluma l'appareil et regarda le disque de musique classique sélectionné se mettre en place, puis il régla le volume lorsque les premières notes de violon jaillirent des douzaines d'enceintes judicieusement réparties pour donner l'impression que le son venait de partout, ou d'un orchestre symphonique invisible. Il monta le son et, s'inclinant devant Flick, il lui offrit sa main.

— Puis-je avoir le plaisir de cette danse, mademoiselle ?

— Je ne sais pas danser, répondit-elle en riant.

— On m'a obligé à apprendre quand j'avais sept ans, répondit-il. Ce sera un bon test pour voir si je sais encore guider une partenaire.

Comme elle hésitait, il soutint son regard pour lui faire comprendre qu'il n'avait aucune arrière-pensée et voulait seulement lui montrer qui il était vraiment. Ce qui avait façonné l'homme qu'il était devenu. De même, il avait envie de savoir qui était la vraie Felicity Stephens, et pourquoi elle avait choisi de vivre ainsi, sans attaches.

Elle ne pouvait sans doute pas lire en lui, mais elle secoua la tête en souriant. Mieux, elle prit sa main tendue.

— Bien. Posez la main gauche sur mon bras, gardez ma main droite, et on y va..., murmura-t-il, la dirigeant lentement. Reculez le pied droit, déplacez le gauche de côté, puis comblez la distance avec le pied droit.

Farouchement concentrée, elle suivit ses instructions avec application et, après avoir répété le mouvement plusieurs fois, elle avait à peu près compris.

Lachlan sentait la tiédeur de son corps lui brûler les doigts. Il avait posé une main légère au creux de son dos, mais il avait conscience du mouvement de ses muscles, de sa chaleur, de sa douceur, comme s'il était pénétré par elle.

— Vous vous débrouillez bien. À présent, voyons si on peut le faire en rythme avec la musique, d'accord ?

Il n'alla pas beaucoup plus vite, mais cela suffit pour que Flick perde complètement le fil. Elle lui écrasa les orteils, se trompa de pied, jura à plusieurs reprises, et finit par éclater de rire.

Il la tenait toujours tandis que, pliée en deux, elle laissait libre cours à un fou rire inextinguible. Elle finit par se ressaisir et leva les yeux.

— Pardon... Je vous avais prévenu...

— C'est vrai, admit-il de bonne grâce.

Il voulait lui dire que ses orteils s'en remettraient et qu'il avait apprécié cette leçon de danse impromptue. Il s'aperçut qu'il y avait pris vraiment beaucoup de plaisir. Qu'il avait adoré tenir cette femme dans ses bras.

Le temps sembla se suspendre tandis qu'ils se regardaient, les yeux dans les yeux. Tout pouvait basculer. Il suffisait qu'il voie dans son regard un semblant d'invitation, et il embrasserait à perdre haleine cette belle femme ardente.

La musique romantique emplissait la salle, mais un autre bruit leur parvint, et ils se rendirent compte qu'on les observait. Depuis combien de temps Lady Josephine se tenait-elle sur le seuil, enveloppée dans son peignoir ?

Lachlan s'empressa d'éteindre la chaîne hi-fi. Flick semblait choquée, nerveuse même, dans le lourd silence retombé sur la salle de bal. Elle se ressaisit la première.

— Vous êtes descendue...

— De toute évidence, répondit sèchement Lady Josephine. Vous ne répondiez pas à votre bip, et j'ai décidé de découvrir par moi-même l'origine de ces bruyantes festivités.

— Oh ! non…, murmura Flick, horrifiée. J'ai dû laisser mon bip à la cuisine.

— Pardonne-nous, maman, dit Lachlan.

S'était-elle rendu compte qu'il était sur le point d'embrasser son infirmière ? Allait-elle se servir de ce prétexte pour licencier Flick ? Il essayait d'adoucir leurs vies, et les choses commençaient à aller mieux, mais cet incident pouvait tout compromettre.

— Nous ne voulions pas te déranger. Cela ne se reproduira plus, dit-il avec un regard à Flick.

— Tu as toujours causé du dérangement, malgré toi, dit sa mère, mais c'était Flick qu'elle regardait. Vous ne savez visiblement pas danser. Je considère que c'est une grosse lacune chez une jeune femme.

Flick eut un soupir amusé.

— Lachlan m'a dit que vous aviez été professeur de danse. Je suis peut-être au bon endroit, alors ?

Lady Josephine se détourna, et Lachlan aurait juré l'entendre marmonner : *Peut-être…*

Flick avait peut-être eu tort de se montrer aussi effrontée avec sa patiente, mais elle n'avait pas réfléchi, sur le moment. En emboîtant le pas à Lady Josephine pour l'aider à regagner l'étage, elle prit conscience qu'elle souhaitait presque être renvoyée.

Parce qu'elle le méritait ?

S'ils n'avaient pas été interrompus, elle aurait fini par embrasser Lachlan McKendry, elle le savait. Ignorer cette attirance ne servait à rien. Et elle avait senti que Lachlan la partageait. Mais, quand il avait promis à sa mère que cela n'arriverait plus, elle avait compris qu'il n'accepterait plus la moindre perturbation dans la bonne marche de la maisonnée.

Par une sorte d'accord tacite, ils avaient admis leur attirance en sachant qu'il ne se passerait rien. Et cela convenait parfaitement à Flick. Mais Lady Josephine semblait très contrariée par l'incident, à en juger par l'impétuosité avec laquelle elle gravissait le grand escalier sans accepter d'aide. Elle s'immobilisa sur le palier et, agrippant la rambarde d'une main, elle porta l'autre à sa poitrine.

— Qu'est-ce qu'il y a ? demanda Flick en s'approchant. Vous avez du mal à respirer ?

— Non... C'est ma poitrine... J'ai mal...

Flick lui prit le bras.

— Asseyez-vous sur une marche.

— Que se passe-t-il ? demanda Lachlan, montant les marches deux à deux.

— Douleur thoracique, répondit Flick avec calme.

— Montre-moi où, maman. Est-ce que ça irradie dans ton bras ?

Lady Josephine secoua la tête.

— Tu évalues la douleur à combien, sur une échelle de un à dix, dix étant le maximum ?

— ... *Neuf...*

— D'accord, dit Lachlan, et il la souleva dans ses bras.

— Repose-moi !

— Pas question. Je ne te laisserai pas regagner ta chambre pour y mourir d'une crise cardiaque. Je t'emmène à l'hôpital, dit-il en commençant à descendre l'escalier. Flick, vous pouvez aller chercher son spray de trinitrine, je vous prie ? On n'a pas le temps d'attendre une ambulance, et je vais avoir besoin de quelqu'un dans la voiture.

— Bien sûr.

— Je ne veux *pas* aller à l'hôpital, protesta Lady Josephine. Tu ne peux pas faire ça, Lachlan. Je ne le tolérerai pas.

— On va te faire un examen complet, cette fois. Et, Flick ?

La jeune femme s'immobilisa en haut des marches, elle était très touchée par l'inquiétude manifeste de Lachlan.

— Oui ?

— On peut prendre votre voiture ? Il n'y a pas de banquette arrière dans la mienne.

Le siège arrière de la Coccinelle n'était pas très spacieux, mais Flick était mince et put s'asseoir à côté de lady Josephine. Connaissant mieux les étroites routes de campagne, Lachlan prit le volant et ils foncèrent vers l'hôpital le plus proche. Attentive à tout signe d'aggravation, Flick gardait deux doigts sur le pouls de la vieille dame, rapide mais régulier.

— La trinitrine a fait effet ?

— Non.

— Nous essaierons une autre dose dans quelques minutes.

Lady Josephine ne montrait aucun autre symptôme d'attaque cardiaque. Sa peau tiède n'était pas moite, et elle ne semblait pas bouleversée outre mesure.

— Vous n'avez pas envie de vomir ? demanda Flick.

— Non. Je vous l'ai dit, je n'ai pas besoin d'aller à l'hôpital. Je suis en robe de chambre, bon sang. C'est très gênant…

Aux urgences, l'infirmière chargée du triage comprit son embarras.

— Vous êtes au bon endroit, madame McKendry… Pardon, Lady McKendry. Des examens sont indispensables en cas de douleurs thoraciques. Nous allons vous installer dans un box individuel et vous mettre sous monitoring pour voir ce qui arrive à votre cœur.

Il ne se passait apparemment rien d'anormal. Quelques minutes plus tard, Flick écoutait le consultant faire son compte rendu à Lachlan.

— Il n'y a pas de signe de dépression du segment ST ni rien d'inquiétant sur son ECG. Votre mère est en très bonne forme pour son âge.

— Mais elle a eu des douleurs thoraciques après avoir monté un escalier. Elle fait de l'angine de poitrine.

— Je ne vois aucune confirmation de ce diagnostic dans son dossier. Elle est venue ici pour une crise d'asthme il y a quelque temps. Elle est peut-être simplement oppressée ?

— C'est possible.

— Il n'y a rien d'inquiétant pour le moment. Sa saturation en oxygène est normale, et elle ne montre aucun signe de détresse respiratoire, en dehors d'une légère hyperventilation à son arrivée.

— Je vais lui parler, dit Lachlan. Mais peut-être est-il préférable que ce soit vous. Vous pourriez la persuader de faire certains examens, comme un test d'effort.

— Je vais voir ce que je peux faire. Oh… et bravo pour votre conférence d'aujourd'hui. Je l'ai trouvée extrêmement instructive.

Lady Josephine refusa tout net de faire les tests.

— Je vais très bien. Ramène-moi à la maison, Lachlan.

Une infirmière lui apporta un fauteuil roulant, et Flick fut estomaquée de voir la jeune femme faire les yeux doux à Lachlan.

— C'est bon de vous revoir, fit-elle tout bas avec un sourire éblouissant. Vous m'appelez un de ces jours ?

— Une de vos amies ? demanda Flick en poussant le fauteuil de Lady Josephine vers la sortie.

Elle était sidérée par le comportement ouvertement aguicheur de l'infirmière et ressentait quelque chose qui ressemblait à la jalousie.

— Je ne l'ai jamais vue, répondit Lachlan, perplexe.

Dans l'urgence, ils s'étaient garés sur une place de parking réservée aux médecins de garde, et personne n'avait demandé à Lachlan de déplacer le véhicule.

Quelqu'un attendait leur place, et Lachlan le salua rapidement en montant dans la voiture.

— Merci, Josh, répondit l'inconnu. Je suis pressé, mais on se voit un de ces jours.

Lachlan referma sa portière.

— C'est bizarre. On me traite comme si je travaillais ici depuis des années alors que c'est ma première visite aux urgences, dit-il comme pour lui.

— La première et la dernière en ce qui me concerne, grommela sa mère.

Lady Josephine resta silencieuse pendant tout le trajet de retour. Elle avait pris place à l'avant, et Flick avait insisté pour s'asseoir à l'arrière.

Elle était fatiguée, mais il lui suffit de poser les yeux sur le profil de Lachlan pour savoir qu'elle ne dormirait pas de sitôt ce soir. Trop de pensées tourbillonnaient dans sa tête. Ce troublant cours de danse, par exemple, et son fou rire inopiné. Il y avait longtemps qu'elle n'avait pas autant ri.

Trop longtemps.

L'inquiétude sincère de Lachlan pour sa mère la touchait. Il tenait visiblement beaucoup à elle, et Flick souffrait que ses sentiments ne soient pas partagés.

D'autres pensées plus profondes attendraient la solitude et l'obscurité de la nuit pour faire surface. Comme le trouble délicieux ressenti au contact des mains de Lachlan sur son corps.

Et la terrible déception d'avoir *failli* être embrassée…

5

Lachlan n'aurait jamais imaginé écouter *Le Beau Danube bleu* pendant que sa Porsche avalerait les kilomètres entre Londres et Gloucester, mais après sa journée bien remplie de la veille c'était exactement ce qu'il lui fallait.

Il savait désormais à quel point la présence d'une équipe de tournage dans sa salle d'opération pouvait lui compliquer la tâche. Il ne s'agissait pas seulement de veiller scrupuleusement à la stérilité des lieux – en protégeant notamment les caméras du même plastique qui recouvrait le microscope sur pied qu'il utilisait pour ses délicates opérations de microchirurgie. Il avait aussi dû expliquer chacun de ses gestes en termes simples et en détail, alors que seule une petite partie de l'opération de Dexter ne serait probablement diffusée à la télévision.

Les premières incisions pour accéder au nerf mandibulaire et à la section buccale du nerf facial étaient trop *gore* pour un public jeune ou non initié. Peut-être choisirait-on de ne montrer que ce qui apparaissait sur le grand écran, à savoir le champ que Lachlan voyait dans le microscope pendant qu'il réalisait la coaptation des terminaisons nerveuses avec des micro-sutures et de la colle de fibrine. D'ailleurs, avait-il bien précisé pour les néophytes qu'une coaptation était un raccordement ?

Il se remémora point par point l'opération pour voir s'il aurait pu améliorer quelque chose, puis revit sa visite du matin à Dexter, filmée elle aussi. Il lui avait déconseillé d'appuyer sur sa joue, de se brosser trop vigoureusement les dents, et de soulever du poids. Dexter serait suivi par ses médecins jusqu'à ce qu'il le revoie, et Lachlan pouvait d'ici là se consacrer à son intervention suivante, une opération similaire à celle de Dexter qu'on l'avait invité à diriger à l'hôpital général de Gloucester.

Plus tard dans la journée, Lachlan devait rencontrer une équipe d'orthopédistes et de neurochirurgiens ainsi que le chef du service pédiatrie pour discuter du cas d'un jeune garçon. Victime d'une fracture de la clavicule, il avait gardé des séquelles neurologiques impactant l'usage de son bras.

Avoir dû opérer devant des caméras constituait une pression supplémentaire, et Lachlan, fatigué, profitait du court trajet pour se détendre. Il aimait sentir sous ses mains la puissance et la réactivité de son merveilleux bolide, au son de la musique classique qui envahissait l'habitacle. Il se sentait bien.

Enfin, pas tout à fait. La valse de Vienne lui rappelait Flick et le plaisir qu'il avait pris à la tenir dans ses bras, l'autre soir. Un plaisir déplacé. Il n'avait pas eu besoin de l'irruption de sa mère – à temps pour l'empêcher d'embrasser Flick – pour se souvenir pourquoi celle-ci était là, et pourquoi elle devait rester. Le malaise de sa mère leur avait causé une frayeur, mais au moins avait-il fait comprendre à la vieille dame la chance qu'elle avait d'avoir Flick pour s'occuper d'elle.

Doux Seigneur. Sa mère avait même entrepris d'apprendre la valse à son infirmière ! La conversation entre les deux femmes, au lendemain de leur visite aux urgences, lui revint en mémoire, et il sourit.

— *Pourquoi faites-vous cette tête, Felicity ? C'est vous qui disiez être peut-être au bon endroit, en découvrant que j'avais enseigné la danse. C'est aussi votre idée, de me faire faire de l'exercice. Et je préfère arpenter la salle de bal qu'être dehors sous la pluie, les pieds dans la boue.*

— *Je... Hum... Je suppose que ce peut être utile, de savoir danser.*

— *C'est plus qu'utile. Ça fait partie d'une bonne éducation. Comme savoir manger correctement son potage.*

Flick avait alors lancé un impayable et très éloquent regard à Lachlan. « Il y a une façon correcte de manger la soupe ? » semblait-elle demander.

Cela faisait du bien, d'avoir Felicity Stephens dans cette maison. Le manoir prenait vie, tout simplement. Au point que Lachlan aurait aimé avoir déjà fini son rendez-vous de l'après-midi et être sur le chemin du retour. Qui sait ? Peut-être Flick encouragerait-elle sa mère à profiter de la vie ? À trouver une forme de bonheur ?

L'idée de prendre un autre chien n'était peut-être pas si mauvaise. Si quelqu'un pouvait persuader sa mère de dresser un chiot, c'était Flick. Après tout, elle se faisait donner des cours de danse par la vieille dame, l'arrachant ainsi à l'isolement qui l'emprisonnait dans ses appartements depuis des mois.

Il rit tout seul. Combien de fois Flick avait-elle déjà écrasé les pieds de lady Josephine ?

Il ne s'étonnait plus que l'agence de placement la considère comme l'une de ses meilleures recrues. En plus d'être une excellente infirmière, elle savait gérer les patients difficiles et améliorer leurs problèmes de santé. Toujours en parfaite professionnelle.

Enfin… Presque toujours. Danser avec son employeur sortait un peu du cadre, mais ce n'était pas comme si elle l'avait embrassé. Elle savait comme lui que c'était inacceptable.

Quittant l'autoroute, il prit la direction de l'hôpital général de Gloucester recommandée par le GPS en se questionnant. S'il avait le choix, préférerait-il garder Flick comme infirmière pour sa mère, ou être libre de l'embrasser tout son soûl ? Il aurait voulu les deux, bien sûr, mais ce n'était hélas pas une option.

Il arrivait à destination. Avec un soupir, il se gara et se résigna à quitter le doux cocon de sa voiture pour retrouver le monde réel.

— Hé, Josh ! s'écria une voix féminine. Je ne m'attendais pas à te voir ici.

Occupé à verrouiller sa voiture, il se retourna, la clé à la main. Il ne voyait pas à qui la femme s'adressait, mais elle semblait le regarder.

Il haussa les épaules.

— Sérieusement, tu m'ignores, maintenant ? Peux-tu me dire ce qui se passe, Josh ?

Il s'immobilisa et la dévisagea.

— C'est une manie, ou quoi ? Tout le monde veut m'appeler Josh. Et vous, vous êtes qui ?

Une très jolie femme, en tout cas. Elle avait de magnifiques boucles auburn, des yeux noirs, et semblait aussi fougueuse que Flick.

— Je m'appelle Stevie, répondit-elle. Excusez-moi de vous avoir interpellé aussi familièrement, mais… Enfin, vous ressemblez à s'y méprendre à un ami. Un ami qui travaille ici, justement. Et… Bref, je croyais qu'il m'ignorait.

— Ah…, fit Lachlan avec un sourire forcé. Et votre ami s'appelle Josh, c'est ça ?

— Oui…

— Je suis Lachlan McKendry. Puisque vous travaillez ici, peut-être pourriez-vous m'aider ? Je dois assister à une réunion au service pédiatrique.

— Oh… bien sûr. J'ai entendu parler de vous. Vous êtes le célèbre chirurgien plastique qui doit opérer Toby.

Embarrassé, il se tourna vers l'entrée de l'hôpital.

— Attendez… Je sais que c'est complètement dingue, mais… vous avez été adopté ?

Interloqué, il la fixa. La situation devenait carrément surréaliste.

— Je ne vois pas en quoi cela vous regarde, répondit-il lentement, mais la réponse est non.

— Désolée. Simplement, vous ressemblez tellement à Josh que vous pourriez être son frère. Son jumeau, même.

Éclatant de rire, il secoua la tête.

— Ce sont des trucs qu'on lit dans les contes de fées. Vous m'excuserez, mais je vais être en retard à ma réunion.

— Je connais le chemin, dit Stevie. Si vous voulez bien me suivre…

Elle le précéda dans un dédale de couloirs et d'escaliers, et, quand elle ouvrit enfin une porte et s'effaça devant lui, il se retrouva au dernier endroit auquel il s'attendait : le toit de l'hôpital.

C'était de plus en plus étrange.

— Attendez… On est où, là ?

— Restez ici, répondit-elle. Je vous en prie, faites-moi confiance…

Avant toute chose, vous devez absolument rencontrer quelqu'un : le responsable du service de pédiatrie. Je sais que vous allez le rencontrer à la réunion, mais…

Il aurait pu ignorer ses instructions et descendre en pédiatrie, mais le comportement de cette femme avait piqué sa curiosité et l'avait rendu nerveux. Comme si un événement majeur allait chambouler sa vie. Quelques minutes au grand air l'aideraient à reprendre ses esprits et, pour un toit d'hôpital, celui-ci était particulièrement intéressant. Il était couvert de parterres surélevés qui croulaient sous les fruits et les légumes, certaines jardinières accueillaient même de gros arbustes. Les sièges disposés tout autour semblaient attendre que les équipes de l'hôpital viennent y prendre leur pause. Pour déjeuner peut-être.

Il admirait encore ce lieu insolite quand Stevie reparut.

Elle n'était pas seule.

Ce fut alors que l'étrange tourna à l'inquiétant.

L'homme qui s'avançait vers Lachlan était son *double*. Même taille. Mêmes cheveux. Même *nez*…

— Josh ? Voici Lachlan McKendry. Lachlan, je vous présente Josh Stanmore, le responsable du service pédiatrie. Je, euh… J'ai pensé qu'il valait mieux vous laisser un peu de temps pour faire connaissance avant la réunion.

Et elle disparut. Lachlan n'arrivait pas à parler. Josh non plus, apparemment. Ils se regardaient fixement, et Lachlan avait l'intuition que Josh savait exactement ce qu'il ressentait. Que son univers aussi avait basculé sur son axe et que, comme lui, il avait la sensation vertigineuse de tomber dans un puits sans fond.

— Venez… Asseyons-nous.

Ils allèrent s'asseoir sur un banc entre deux massifs et se dévisagèrent. Un comportement qui aurait semblé grossier pour deux étrangers, mais qui leur paraissait tout naturel.

— Où êtes-vous né ? demanda Josh.

— À Cheltenham.

— Moi aussi. Quand ?

Lachlan lui donna sa date de naissance et vit le visage de Josh se vider de son sang.

— Pareil…, fit-il d'une voix à peine audible.

— Je ne comprends pas.

— Je crois que moi, si, répondit Josh, fermant les yeux et prenant une profonde inspiration. J'ai été adopté.

— Mais pas moi. Pourquoi ma mère aurait-elle abandonné un de ses bébés pour le confier à l'adoption ? Mes parents ont essayé pendant des années d'avoir un enfant. Et mon père m'a dit qu'il avait été le plus heureux des hommes quand il a enfin eu un héritier. Ma mère aurait fait n'importe quoi pour lui, et lui donner *deux* fils l'aurait comblé, non ? dit-il, un peu étourdi. La seule explication, c'est qu'elle ne savait pas que j'avais un frère.

Josh fronça les sourcils.

— Comment pouvait-elle ignorer qu'elle était enceinte de jumeaux ? La médecine prénatale et l'échographie existaient déjà, à l'époque.

— On lui a peut-être dit qu'un de ses jumeaux était mort. On vous a peut-être *kidnappé* à la maternité…

Lachlan avait conscience de le fixer toujours, mais c'était tellement incroyable. Il avait un *frère* ! Il aurait pu avoir un compagnon pendant sa longue enfance solitaire. Quelqu'un avec qui partager l'angoisse d'être envoyé en pension. Qui l'aurait aidé à construire des cabanes cachées dans les bois. Qui aurait rendu sa vie meilleure.

Une boule dans la gorge l'empêchait de déglutir.

— On va le découvrir, promit-il, sortant son téléphone de sa poche. Donnez-moi votre numéro, je vous contacterai dès que possible.

— Nous nous reverrons, répondit Josh en hochant la tête. Mais pas ici. Je vous donnerai mon adresse. La nouvelle va vite se répandre à l'hôpital, et nous devons décider comment gérer ça.

— La réunion aurait dû commencer il y a cinq minutes…, dit Lachlan avec un coup d'œil à sa montre.

— Je vais la reporter. L'opération de Toby n'est pas urgente, et nous ne sommes de toute façon pas en état de nous concentrer…

Il ne leur fallut qu'une minute pour échanger leurs coordonnées.

— Vous retrouverez la sortie ? demanda Josh. Il vaut mieux qu'on ne nous voie pas ensemble.

— Je suis d'accord. C'est une chance que votre petite amie m'ait vu sur le parking et conduit ici.

— Stevie est seulement une amie. Mais c'est bien qu'elle nous ait permis de nous rencontrer en tête à tête pour tenter de démêler cette histoire. Votre mère est probablement la seule personne à connaître la vérité.

— On ne tardera pas à le savoir, répondit Lachlan d'un air sombre.

— 14/9, annonça Flick en ôtant le stéthoscope de ses oreilles pour le suspendre à son cou. Pas mal, Lady Josephine. Votre médecin sera content d'apprendre que votre tension a un peu baissé. Il est bientôt l'heure de vérifier votre glycémie, et je...

La porte du salon s'ouvrit soudain à toute volée, les faisant sursauter. Lachlan surgit dans la pièce, avec une expression qui alarma Flick.

Il n'avait plus rien de l'homme qu'elle avait rencontré à son arrivée. Il avait perdu de sa superbe, et était bouleversé. Déstabilisé pour une raison inconnue et... en colère ?

— J'exige... la *vérité*..., dit-il, visiblement à vif.

Seule Flick perçut le changement dans la respiration de Lady Josephine. Sans surprise, la vieille dame contre-attaqua d'une voix acerbe :

— De quoi diable parles-tu, Lachlan ? Qu'est-ce qui te prend de faire irruption ici sans même avoir la politesse de frapper ? La vérité sur *quoi*, exactement ?

— Je veux savoir pourquoi tu as laissé quelqu'un me voler mon frère.

Flick, interloquée, tressaillit. La mère et le fils se mesuraient du regard en silence. Elle n'avait rien à faire au milieu de cette affaire strictement privée, mais elle était responsable de la santé de Lady Josephine, et le stress pouvait déclencher une crise. Elle ne bougea pas.

— Ou était-ce pire que ça ? reprit Lachlan. As-tu abandonné un de tes bébés parce que tu ne voulais pas de jumeaux ? L'as-tu confié à l'adoption ?

— Sors d'ici, Lachlan. Je n'ai absolument aucune idée de ce dont tu parles.

— Je vais vous laisser, dit Flick dans un murmure.

— Restez là et apportez-moi mon spray, ordonna Lady Josephine, qui porta la main à sa poitrine comme si elle souffrait.

Mais Lachlan n'était pas disposé à se laisser distraire.

— J'ai fait sa connaissance aujourd'hui, dit-il d'une voix rauque.

Il déglutit avec difficulté ; il était de toute évidence angoissé, confronté à quelque chose de si énorme qu'il ne savait pas par où commencer. Flick eut envie de lui offrir son soutien.

De lui tenir la main... ?

— Il s'appelle Josh Stanmore, dit-il. Il est né à Cheltenham le même jour que moi mais, avant même qu'il ne me le dise, j'ai su que nous étions jumeaux. Probablement de vrais jumeaux. C'était comme... me voir moi-même...

Flick écarquilla les yeux. Rien d'étonnant à ce qu'il soit aussi choqué. Elle chercha du regard le petit spray de trinitrine, au cas où Lady Josephine en aurait besoin. Il était sur le plateau de médicaments, à côté du nébuliseur pour l'asthme.

— Il m'a dit qu'il avait été adopté, reprit Lachlan. Il ne savait pas qu'il avait un jumeau.

— Tu ne peux pas me le reprocher, aboya Lady Josephine. On ne m'a pas dit qu'il s'agissait de jumeaux.

— Je ne te crois pas. Tu savais forcément que tu attendais plus d'un bébé.

— Oh ! pour l'amour du ciel, Lachlan, s'écria sa mère en détournant les yeux. Tu es vraiment bouché. Je n'ai jamais été enceinte. Toi aussi tu as été adopté.

Un silence de mort s'abattit sur le salon. Flick était consternée. Elle savait combien Lachlan tenait à sa mère. Et il venait d'apprendre que ce n'était pas elle qui lui avait donné la vie ! Que pouvait-il y avoir de pire ?

Pas mal de choses, apparemment.

— Même si j'avais su que tu avais un jumeau, je ne vous aurais pas pris tous les deux, déclara froidement Lady Josephine. Je ne voulais pas d'*un* bébé, et encore moins de deux. J'ai accepté cette adoption parce que c'était le seul moyen de sauver mon mariage. Ton père voulait un héritier encore plus qu'il ne me voulait *moi*.

Elle prit une inspiration qui ressemblait à un sanglot, mais pouvait également être un premier signe de détresse respiratoire. Attentive, Flick l'écouta respirer et perçut distinctement un sifflement. Elle alla chercher l'inhalateur sur le plateau.

Elle aurait voulu faire comprendre à Lachlan qu'elle était de tout cœur avec lui et soulager sa peine.

Le regard de Lachlan croisa brièvement le sien avant de revenir à sa mère. Durant un moment affreux, il ressembla à un petit garçon au bord des larmes, et Flick sentit son cœur se fendre. Mais Lady Josephine avait du mal à respirer, et Flick secoua l'inhalateur, ôta le chapeau, et l'approcha des lèvres de la vieille dame.

— Videz entièrement vos poumons. J'appuierai pour vous envoyer une bouffée dès que vous inspirerez.

Elle ne vit pas Lachlan quitter la pièce. Elle entendit seulement la porte claquer derrière lui.

Une minute plus tard, elle capta un mouvement du coin de l'œil à travers la fenêtre. Lachlan fonçait à grandes enjambées vers les bois entourant le domaine. Elle sentit son cœur se serrer douloureusement. Il devait se sentir bien mal pour s'enfuir ainsi, seul avec la terrible vérité qu'il venait d'apprendre.

Elle se tourna vers sa patiente.

— Ça va mieux, dit-elle. Essayez de respirer plus lentement. Je vais compter avec vous. Inspirez… un… deux… trois… Soufflez… un… deux… trois…

De l'autre côté de la fenêtre, Lachlan avait disparu sous les arbres. Le cœur de Flick sombra. La nuit n'allait pas tarder à tomber, et il n'avait même pas mis de manteau…

6

— Il ne craint rien, petite, ne vous inquiétez pas. Il connaît ces bois comme sa poche.

— Mais la nuit est tombée. Et il fait froid.

— Je sais, répondit Mme Tillman avec un soupir en s'essuyant les mains sur son tablier. Cette maison n'a jamais particulièrement respiré le bonheur mais, cette fois, c'est trop...

Elle alla régler le four où rôtissait un pavé de bœuf. Ne sachant que faire pour aider Lachlan, elle avait décidé de lui cuisiner son repas préféré.

— Vous saviez qu'il avait été adopté ? demanda Flick.

Mme Tillman secoua la tête.

— Non. Il devait avoir à peu près deux ans quand Jack et moi avons commencé à travailler ici. Il a eu de nombreuses nounous, dont Lady Josephine se débarrassait dès qu'elle découvrait que son mari couchait avec elles...

— Oh ! non...

— Comment va-t-elle ?

— Il a fallu un moment pour calmer sa crise d'asthme, évidemment due au stress. Je pense qu'elle ignorait vraiment que Lachlan avait un jumeau, mais... elle n'aurait pas dû lui dire qu'elle n'avait jamais voulu d'enfant.

Mme Tillman soupira.

— Je vais lui monter son dîner, mais elle n'aura probablement pas faim. Vous comptez manger quelque chose ?

— J'attendrai le retour de Lachlan. *S*'il rentre...

— Il rentrera. Il rentrait toujours quand il était petit, poussé par la faim. Au moins, vous serez là. Je dois aller m'occuper de mon Jack.

— Bien sûr. Je peux monter son plateau à Lady Josephine, si vous voulez.

— Avec plaisir, merci. Honnêtement, j'ai hâte de retrouver mon Jack.

Mme Tillman ne s'était pas trompée, Lady Josephine fit grise mine devant son dîner.

— Il faut que vous mangiez quelque chose pour stabiliser votre glycémie, dit Flick. Je vous laisse le plateau, je reviendrai tester votre taux de sucre.

Comme elle s'y attendait, quand elle revint dans la chambre où la vieille dame n'avait pas touché au plateau, la glycémie de Lady Josephine avait chuté.

Sa dose d'insuline avait été réajustée, et Flick voulait faire une nouvelle vérification avant qu'elle ne se couche, mais sa patiente la congédia en lui ordonnant de ne pas revenir avant le lendemain matin. Il n'y avait plus qu'à espérer que la vieille dame se servirait du biper si elle avait besoin d'elle d'ici là.

Plus inquiétant, Lachlan n'était toujours pas rentré.

Flick se mit à faire les cent pas, s'arrêtant régulièrement devant les fenêtres donnant sur les jardins et les bois pour sonder la nuit menaçante. Enfin, peu après 21 heures, une silhouette traversa la pelouse et la porte d'entrée claqua.

Hésitant sur la conduite à tenir, Flick se demandait si elle allait aller parler à Lachlan quand une porte se ferma à l'étage.

Elle se rendit dans la cuisine, où le four était éteint depuis longtemps. Lachlan ne dégusterait pas son plat préféré ce soir mais, comme elle, il devait avoir faim. Elle découpa des tranches de rôti et de pain maison, et prépara des sandwichs au rosbif. Elle posa une bouteille de vin sur le plateau et ajouta deux verres. Après tout, elle avait fait des sandwichs pour deux, et, si Lachlan n'avait pas envie de parler, il apprécierait sûrement d'avoir de la compagnie.

De savoir que quelqu'un se souciait de lui.

Lachlan fronça les sourcils en entendant frapper à la porte de sa chambre.

Qu'est-ce que… ? Sa mère n'était quand même pas venue lui faire de nouvelles horribles révélations ?

— C'est moi…

La voix étouffée de Flick ajouta encore à sa détresse, et un instant affreux il crut qu'il allait fondre en larmes. Craquer. Puis il ressentit de nouveau ce curieux mélange de tristesse et de joie. Il avait bien besoin de joie, en ce moment…

Il ouvrit la porte sur Flick qui tenait un grand plateau chargé d'assiettes, de vin et… de deux verres ? Il la débarrassa du lourd plateau, et elle le suivit dans la chambre.

— Je tombe d'inanition, et vous devez avoir faim après votre escapade dans les bois, alors j'ai préparé un pique-nique.

Un *pique-nique* ? Il ne put s'empêcher de sourire en posant le plateau sur une table.

— Il gèle, dit Flick avec un frisson en s'approchant de la cheminée. On peut allumer un feu sans risque ?

— Je crois. Le mari de Tilly fait ramoner la cheminée chaque année, et il y a toujours une réserve de petit bois et de bûches quand je rentre à la maison… Enfin, *ici*, corrigea-t-il. Car je ne peux plus guère prétendre que ce soit *ma* maison, n'est-ce pas ?

Ignorant l'amère remarque, Flick s'agenouilla devant l'âtre et craqua une allumette pour enflammer le papier journal tassé sous les brindilles. Elle avait troqué son uniforme pour un jean délavé et une chemise blanche sous un cardigan bleu marine doux et chaud.

— Qu'est-ce que c'est que ces chaussures ? demanda-t-il en scrutant ses pieds d'un air effaré.

— Des *UGG Boots*, très populaires en Australie, répondit-elle, soufflant sur les flammèches pour lancer le feu. Elles sont fourrées en peau de mouton, parfaites pour le climat anglais, en particulier ce soir. Vous devez avoir froid, vous êtes resté des heures dehors sans manteau.

Sa sollicitude le toucha ; il était effectivement glacé jusqu'aux os. Il s'accroupit près d'elle et tendit les mains vers les flammes qui dansaient joyeusement dans l'âtre.

— Ça fait du bien. On pourrait pique-niquer ici, dit-elle avec un sourire chaleureux. Ne bougez pas. Je vais chercher le plateau.

Elle joignit sur-le-champ le geste à la parole.

Lachlan n'avait pas envie de bouger. C'était réconfortant, d'observer le feu qui crépitait dans la cheminée et de savourer sa chaleur, douillettement installé sur l'épais tapis de laine.

Flick posa le plateau devant lui et attrapa des coussins pour plus de confort.

— C'est le grand luxe, dit-elle avec malice en lui tendant d'appétissants sandwichs. Servez-vous. Je vais chercher le vin… australien, comme mes bottes.

Lachlan n'avait pas pensé à manger pendant qu'il sillonnait les bois, en proie à un tourbillon d'émotions douloureuses, mais, dès qu'il eut le pain frais entre les mains et sentit l'odeur du rosbif, il prit conscience qu'il mourait de faim. Il mordit dans un sandwich, et en eut presque les larmes aux yeux.

— Ketchup ? demanda-t-il.

— J'en ai apporté une grande bouteille, répondit-elle avec le sourire en lui passant un verre de vin. Je savais que vous aimiez ça.

À la lumière fluctuante des flammes, les yeux de Flick étaient de la même couleur que son cardigan marine, et la lueur du feu projetait des éclats de lumière dans ses cheveux blonds, mais ce n'était pas l'extraordinaire beauté de cette femme qui le bouleversait tant. C'était sa tendre sollicitude à son égard. Elle tenait à lui. Et elle connaissait le pire, elle avait été là quand il avait appris avec horreur que sa vie n'avait été que mensonge.

La chaleur du feu et la nourriture le réconfortaient. Le vin aussi. Mais surtout, il se sentait bien en compagnie de Flick sans avoir besoin de lui faire la conversation.

— Je vais remporter le plateau, dit-elle quand ils eurent mangé les sandwichs jusqu'au dernier et vidé la bouteille.

— Ne bougez pas. C'est… hum… agréable d'avoir de la compagnie.

Il n'avait pas été très bavard, mais il voyait aux yeux de Flick qu'elle était prête à l'écouter. Et, à cet instant, elle était peut-être la seule personne au monde à qui il pouvait parler.

— Cet excellent dîner exige un dessert, dit-il. Je vais chercher de la glace ?

— Un pique-nique ne serait pas complet sans.

— Et je ne sais pas pour vous, mais après une journée pareille je pourrais faire honneur à une autre bouteille.

— Moi aussi, acquiesça-t-elle gravement, soutenant son regard. Je vous attends au chaud, alors ?

— Ce n'est que justice. Le pique-nique était votre idée, après tout, dit-il en enlevant les verres du plateau pour les poser près de l'âtre. Je reviens tout de suite.

Elle aurait dû aller voir la mère de Lachlan pour tester sa glycémie, mais elle savait qu'elle ne serait pas la bienvenue. Et la vieille dame était assez raisonnable pour utiliser son bip en cas de problème. Lachlan avait plus besoin d'elle. Il n'avait pas évoqué ce qui s'était passé, mais il appréciait sa présence, et elle voulait être là s'il éprouvait l'envie de se confier.

Au moins, la nourriture et la chaleur semblaient lui avoir fait du bien. Quand elle était entrée dans sa chambre, il avait l'air d'un spectre, et elle avait dû se faire violence pour ne pas le réconforter en le prenant dans ses bras.

Elle ajouta une bûche dans l'âtre. Quand Lachlan revint et referma la porte de la chambre derrière lui, elle réprima un frisson de plaisir.

Il tenait un pot de glace et deux cuillères dans une main, une bouteille de vin et un tire-bouchon dans l'autre. Parfum chocolat-caramel, nota-t-elle en ouvrant le pot.

Il y avait quelque chose d'intime dans le fait de partager le même pot de crème glacée, chacun enfonçant sa cuillère à tour de rôle, heurtant occasionnellement celle de l'autre au passage, comme deux mains qui s'effleuraient. Ce fut peut-être ce qui donna à Lachlan le courage de parler.

— Je comprends beaucoup de choses maintenant, dit-il calmement. J'ai su très jeune que je devais réussir en tout pour retenir l'attention de mon père. Il me serrait dans ses bras à chaque réussite scolaire, chaque prix remporté, et me donnait tout ce que je désirais. Il m'a offert ma première Porsche quand j'ai été désigné meilleur élève de ma dernière année de lycée.

— À la pension que vous aviez intégrée à six ans ? demanda-t-elle, son envie de dessert subitement envolée.

Il haussa les épaules.

— Je n'étais pas le seul enfant de cet âge.

— Ça a dû être terrifiant. Vous deviez vous sentir si seul.

— Pas plus qu'à la maison, répondit-il posément. Je crois avoir toujours su que ma mère ne m'aimait pas. Elle ne m'appréciait même pas, et ça ne m'a pas tellement surpris, d'apprendre qu'elle n'avait pas voulu de moi… Malgré mes efforts, rien ne trouvait grâce à ses yeux. Elle faisait semblant d'aimer le dessin que je lui avais fait ou les campanules que j'avais cueillies pour elle dans les bois, mais ces petits cadeaux disparaissaient immédiatement, elle devait les jeter dès que j'avais le dos tourné.

Il poussa un soupir teinté de sarcasme.

— Les campanules commencent juste à fleurir. Je ne lui en cueillerai pas cette année…

Il posa sa cuillère pour attraper son verre, qu'il vida d'un trait. Il prit la bouteille et proposa du vin à Flick. La gorge nouée par les larmes qu'elle avait peine à contenir, elle se contenta d'acquiescer d'un signe de tête.

— J'ai beaucoup réfléchi ce soir, dit-il. Honnêtement, rencontrer Josh m'a causé un choc plus grand que découvrir que j'avais été adopté.

— Ça ne m'étonne pas, répondit-elle, tendant la main pour le toucher avant de se raviser et de déplacer le pot de glace. Je n'imagine même pas ce que vous avez ressenti.

— C'était perturbant, comme regarder dans un miroir un peu déformé. Nos voix étaient exactement les mêmes et… un moment nous nous sommes frotté le front en même temps, comme ça…, dit-il en passant son majeur à la racine de ses cheveux. On a même utilisé le même doigt…

— Waouh…

— Dans les bois, je pensais à mon enfance ; je me disais qu'on se serait bien amusés à construire ensemble les cabanes secrètes que je faisais tout seul. Je suis même allé m'asseoir un moment dans l'une d'elles. La pension aurait été bien plus supportable si j'avais été avec quelqu'un. Un frère. Un *jumeau*. Un meilleur ami...

— Oh ! Lachlan...

Cette fois, elle n'y tint plus. Elle lui prit la main et la pressa.

— J'ai l'impression qu'on m'a volé la moitié de ma vie. La moitié de moi. C'est insensé, non ?

— Non... Pas du tout.

— Je ne peux pas pardonner à ma mère. Non qu'elle soit *réellement* ma mère...

— Si ça peut vous réconforter, elle ignorait vraiment que vous aviez un jumeau. Elle a été très choquée de l'apprendre.

— Elle savait qu'elle ne m'avait jamais aimé, dit-il d'une voix à peine audible. Qu'elle ne voulait pas de moi.

De nouveau, il vida son verre. Puis il s'absorba dans la contemplation du feu dont il ne restait que des braises ardentes.

Flick lâcha sa main et se pencha pour mettre une nouvelle bûche dans l'âtre. Quand elle se retourna, une larme glissait sur le visage de Lachlan. Surprise, elle plongea son regard dans le sien et, pour la première fois peut-être, vit Lachlan McKendry sans fard.

Un homme à nu. Déchiré par des émotions d'une violence inouïe. Elle ne savait que trop combien cela pouvait être dévastateur. Elle s'approcha et l'enveloppa de ses bras, consciente d'en avoir autant besoin que lui.

Oh ! sa chaleur.

Sa douceur.

Le murmure de sa voix.

Lachlan n'avait jamais pleuré devant une femme. Mais Flick ne lui offrait pas sa pitié. Dans son étreinte, il sentait l'empathie de quelqu'un qui comprenait son immense chagrin. Qui pouvait donner de l'amour parce qu'elle avait un cœur aussi beau, vra[i] et unique que le reste de sa personne.

Quand la situation commença-t-elle à changer ?

Cherchait-il à fuir une situation insoutenable ?

Ou cédait-il simplement à l'attirance qui couvait depuis qu'il avait posé les yeux sur Felicity Stephens et que l'intimité de cette soirée avait réveillée ? Dans sa chambre, devant un romantique feu de cheminée, avec l'absorption peu judicieuse d'un peu trop d'alcool.

Quel qu'en soit le déclencheur, c'était en train d'arriver.

Le visage au creux de son épaule, il s'était écarté, et ils étaient tout proches.

Peut-être Flick prit-elle l'initiative ; en tout cas, il posa la main sur sa nuque, et ils se contemplèrent longuement, souffles mêlés, dans un silence uniquement rompu par le crépitement du feu. Échangeant tacitement questions et réponses.

Le voulez-vous autant que moi ?

Oui… Oh ! Seigneur… oui.

Nous ne devrions probablement pas…

Flick mettait un point d'honneur à être toujours professionnelle. Il ne voulait pas qu'elle fasse quelque chose qu'elle pourrait regretter ensuite.

C'est juste une nuit… Une nuit comme aucune autre ne le sera jamais… Nous en avons besoin tous les deux…

Cela suffit à Lachlan.

Lentement, ses lèvres frôlèrent celles de Flick, aussi légères qu'une aile de papillon. Elle ferma les yeux, et il l'imita pendant que sa bouche commençait à explorer la sienne, capturant sa douceur et sa chaleur. Puis elle ouvrit les lèvres. Ensorcelé, il laissa libre cours au violent désir qui le consumait, et sa langue entreprit d'explorer les secrets de sa bouche.

Quelques instants plus tard, ils s'attaquaient à leurs vêtements. Elle déboutonna sa chemise bien plus vite qu'il ne défit les minuscules boutons de son chemisier à elle.

Sa peau brillait à la lueur du feu, et il n'avait jamais rien vu d'aussi délicieusement tentant que le doux renflement de ses beaux seins offerts à sa convoitise. Oubliant toute pensée rationnelle, il écarta son soutien-gorge avec ferveur pour poser ses lèvres sur la peau douce et satinée. De sa langue, il titilla un mamelon dur comme la pierre. Aussi dur que son sexe en érection. Elle gémit pendant qu'il baissait la fermeture Éclair de son jean, et il se força à ralentir. Il ne voulait pas que ce délicieux moment s'achève trop vite. Elle méritait mieux.

Mais comme il reprenait son souffle, elle fit à son tour glisser la fermeture Éclair de son pantalon et le caressa à travers son slip. Elle n'avait visiblement pas envie de ralentir le rythme. Il se redressa et lui tendit la main pour l'aider à se lever puis, les yeux dans les siens, il la prit dans ses bras et alla jusqu'au lit.

Il la déposa doucement sur ses pieds et l'embrassa en prenant son temps. Puis elle resta debout, immobile, pendant qu'il la débarrassait du reste de ses vêtements.

Il ne résista pas au plaisir de contempler longuement son corps nu, sans que cela ne semble la gêner. Elle attendait, un vague sourire aux lèvres, de capter son regard.

— À ton tour, maintenant, murmura-t-elle.

7

— Vous avez aussi bonne mine que Lady Josephine ce matin, dit Mme Tillman en levant les yeux pour voir qui pénétrait dans la cuisine. C'est ironique, au cas où vous n'auriez pas saisi. Café ?

— Oh oui, avec plaisir, répondit Flick. Je pourrais boire la cafetière entière. Je n'ai pas beaucoup dormi cette nuit.

De ses doigts, elle peigna ses cheveux en arrière et les attacha en queue-de-cheval pendant que Mme Tillman sortait le lait du réfrigérateur. Avec un peu de chance, la cause de sa nuit blanche ne se voyait pas sur son visage.

Flick avait furtivement regagné sa chambre avant l'aube et même un peu dormi avant d'être réveillée par l'alarme de son portable.

Elle était restée un moment allongée, non pour gagner quelques minutes supplémentaires de sommeil mais pour savourer le souvenir de la soirée de la veille. Son corps languide se rappelait à elle en des endroits qui n'avaient pas été touchés depuis longtemps, par des sensations nouvelles entre douleur et plaisir.

Sa fatigue, pas entièrement due au manque de sommeil, s'expliquait aussi par le relâchement de l'énorme tension qui l'habitait jusqu'à faire partie d'elle, ce qu'elle avait appris à accepter.

Mme Tillman posa une tasse de café odorant devant elle.

— Ça a ébranlé tout le monde, cette affaire. J'ai vu Lachlan sortir dès l'aube.

— Ah ? répondit Flick, s'efforçant de dissimuler sa déception. Il a déjà pris son petit déjeuner, alors ?

Qu'espérait-elle ? Qu'il l'attendrait ? Qu'elle verrait, rien qu'en le regardant, que leur nuit d'amour n'avait pas été qu'une aventure sans lendemain ? Ridicule. Ce n'était pas comme si elle aspirait à autre chose.

— Il a dit qu'il mangerait plus tard. Il est reparti à Londres pour la journée, dit Mme Tillman en prenant quelque chose sur le rebord de la fenêtre. Il a laissé ça pour vous.

Elle lui tendit un petit pot contenant un minuscule bouquet de fleurs bleues.

— Avec les cadavres que la famille semble avoir dans ses placards, il a peut-être peur que vous n'ayez plus envie de travailler pour Lady Josephine, et que vous ayez plié bagage à son retour...

Flick ne put s'empêcher de sourire à la pensée qu'il redoutait de la voir partir.

— Jamais je ne laisserai quelqu'un en plan, répondit-elle, le nez dans les fleurs. J'adore les campanules. Elles sentent les bois. Le printemps.

Elle prit conscience que Lachlan avait songé à elle au moment précis où, couchée dans son lit aux premières heures du jour, elle pensait à lui. Son cadeau avait un sens : il avait souvent offert ces fleurs à sa mère pour en gagner l'affection, et elle les avait dédaignées.

Mais Flick ne risquait pas d'en faire autant.

— Je les mettrai dans ma chambre en montant, dit-elle.

Le bouquet de campanules annonçait peut-être un changement, le début de quelque chose. Elle ne savait pas très bien de quoi, mais elle avait conscience que son corps était différent ce matin, comme régénéré.

Et c'était... très agréable.

Plus qu'agréable.

— Je ferais bien d'y aller, dit-elle en prenant sa tasse et le petit vase. Ça m'inquiète, que Lady Josephine n'ait pas l'air bien ce matin.

Aucune urgence n'appelait Lachlan à Londres, mais son envie de retrouver le St. Bethel's Hospital et la Richmond International Clinic était trop forte. Peut-être avait-il besoin de se reconnecter avec la vie qu'il menait quelques jours plus tôt, avant qu'elle soit intégralement chamboulée.

Son appartement moderne avec vue imprenable sur la Tamise le changerait aussi agréablement des lugubres murs de pierre du vieux manoir familial niché dans les bois.

Le manoir *familial*... Tu parles !

Pourtant il sentait encore le pouvoir d'attraction de cet endroit tandis que, frôlant les limites de vitesse autorisées en dépassant les autres véhicules, il testait l'accélérateur de son petit bijou de technologie. Faisant fi de la pluie, les essuie-glaces lui offraient une visibilité parfaite, et la Porsche bardée d'options et de systèmes de sécurité adhérait parfaitement à la chaussée, permettant une montée sans risque en régime. Et la poussée d'adrénaline effaçait presque la fatigue de la nuit blanche.

Il eut un coup au cœur en pensant à la maison qu'il avait laissée derrière lui. Une sensation aiguë, profonde... qui n'était pas sans rappeler le désir.

Cela avait-il un rapport avec Flick et les ébats amoureux les plus extraordinaires qu'il ait jamais connus ?

C'était plus compliqué. Ils avaient passé la nuit ensemble dans la demeure de son enfance uniquement parce qu'il avait été déstabilisé par le choc. Découvrir qu'il avait un frère. Apprendre que sa mère n'avait pas voulu de lui. Tout cela justifiait qu'il cherche du réconfort dans les bras de quelqu'un pour échapper un moment à la sombre réalité.

Mais cela n'expliquait pas pourquoi il était allé dans les bois aux premières heures du jour. Pourquoi il avait scruté les parterres de fleurs sauvages afin de dénicher les rares campanules suffisamment ouvertes pour exhaler le parfum de son enfance. Les campanules symbolisaient ses cadeaux d'enfant méprisés par sa mère. Flick verrait-elle dans le bouquet de petites fleurs bleues un témoignage de sa gratitude parce qu'elle avait compris ce qu'il ressentait ? Qu'elle avait été là pour lui ?

Il était confiant. Personne ne l'avait jamais touché à ce point, tant sur le plan physique qu'affectif.

Felicity Stephens était une femme hors du commun. Il pouvait remercier sa bonne étoile qu'elle ait été là la veille au soir, alors qu'il avait tant besoin de quelqu'un. Et pas de n'importe qui. Personne n'aurait pu l'aider comme elle l'avait fait. Comme s'il était digne d'être aimé. Comme si elle tenait à lui.

Alors qu'il arrivait aux abords de la ville, un texto s'afficha sur l'écran de son tableau de bord.

C'est Josh. Je ne sais pas vous, mais je n'ai pas beaucoup dormi la nuit dernière. Que diriez-vous de nous voir ce soir ? Voici mon adresse…

Une des fabuleuses options de sa nouvelle voiture était de pouvoir répondre oralement à un SMS.

— Bien sûr, dicta-t-il. Je suis à Londres pour la journée, mais je devrais être de retour d'ici 19 heures. À ce soir.

Levant les yeux, il surprit son reflet dans le rétroviseur. Doux Seigneur... Comment pouvait-il avoir l'air aussi épuisé après une seule nuit blanche ? La peau sous ses yeux était bleuâtre, comme s'il avait un coquard.

Et son moral aussi en avait pris un coup.

Il ne lui vint pas à l'idée d'envoyer un message à Tilly pour la prévenir qu'il ne serait pas de retour pour le dîner. Il ne voulait pas que sa mère sache où il était. Cela ne la regardait pas, et surtout il ne voulait pas se rappeler qu'elle ne se souciait pas de lui, qu'elle ne l'avait jamais fait...

Il avait commencé à pleuvoir en début d'après-midi.

Lady Josephine semblait éreintée et elle était d'une humeur étrange. Même une des réflexions cinglantes dont elle avait le secret aurait été préférable au terrible silence qui planait dans la pièce pendant que Flick contrôlait et enregistrait ses signes vitaux. Le mauvais temps ajoutait encore à l'atmosphère lugubre, et elle décida de réagir.

— Voulez-vous que je vous monte un plateau avec du thé cet après-midi ? Et que j'allume un feu, peut-être ?

La suggestion lui remémora la soirée au coin du feu dans la chambre de Lachlan, la veille...

Elle s'éclaircit la gorge.

— L'après-midi est un peu sinistre, non ? dit-elle.

Lady Josephine grogna.

— Je croyais que c'était une spécialité anglaise, de parler du temps pour éviter d'aborder les sujets qui fâchent.

Son ton suggérerait qu'elle aurait aimé les évoquer, justement. Flick comprit le message, et n'hésita pas longtemps.

Elle lui monta un plateau. Elle ne devait pas s'immiscer dans cette affaire de famille, mais, si cela affectait sa patiente au risque de lui causer une attaque et si Lady Josephine voulait parler, il était de son devoir de l'écouter.

De préférence sans porter de jugement, même si c'était difficile, songea-t-elle en servant le thé et en beurrant un des délicieux scones de Mme Tillman. Après tout, Lachlan était concerné et, en partageant son chagrin avec elle la veille, il l'avait impliquée personnellement.

— J'ai réfléchi, dit Lady Josephine comme elle lui tendait le pot à lait. Vous faites à peu près la même taille que moi à votre âge. C'est parfait.

— Pour faire quoi ?

— Pour porter mes robes, répondit Lady Josephine, prenant une gorgée de thé mais refusant le scone qu'elle lui avait préparé. Ne prenez pas cet air choqué. Je ne vous propose pas un défilé de mode macabre. Je me suis dit que, si vous portiez une robe lors de votre prochain cours, vous comprendriez peut-être ce que la danse a de si... merveilleux...

— Mon prochain cours ? répéta Flick, à mille lieues de penser à cela.

— Vous n'abandonnez pas déjà, j'espère ? Je vous croyais plus persévérante.

— Non, je ne renonce pas.

Pas encore. Mais elle ne pourrait peut-être plus garder son

poste après ce qui s'était passé la nuit précédente. Et voilà que cela recommençait… Cette curieuse sensation indiquant que son corps revenait à la vie. Comme des fourmis dans un pied engourdi, en moins douloureux et bien plus agréable.

— Choisissez une robe pour la prochaine fois. Pas aujourd'hui, je suis trop lasse.

Lady Josephine voulait peut-être s'assurer qu'elle ne l'abandonnerait pas, aussi Flick accepta-t-elle son étrange requête. Elle trouva aisément la robe qu'elle avait envie de porter, coupée dans une soie souple bleu nuit. Le bustier était couvert de strass, qui parsemait aussi les métrages de tissu de la jupe descendant jusqu'aux chevilles. Plaquant la robe contre elle dans sa housse en plastique, elle sut qu'elle serait belle à couper le souffle dedans. Ce rêve de Cendrillon lui rappela ce qu'elle avait ressenti quand elle avait décidé de rester dans ce beau vieux manoir. L'impression qu'elle pénétrait dans un conte de fées où elle allait jouer les princesses.

Et après la nuit précédente, personne d'autre que Lachlan McKendry ne pouvait tenir le rôle du prince.

Elle devait se ressaisir. Fermant les yeux, elle inspira profondément.

Elle décrocha la robe pour aller la montrer à Lady Josephine, qui inclina la tête.

— J'ai gagné un concours national avec cette robe.

— Je peux l'emporter ? Je dois l'essayer pour m'assurer qu'elle me va avant le prochain cours.

La vieille dame haussa les épaules.

— Si vous voulez. Vous pouvez prendre le plateau, dit-elle en se tournant vers le feu. Avez-vous parlé à Lachlan aujourd'hui ?

— Hum… Non. Pas depuis hier soir.

Lady Josephine lui lança un regard interrogateur, et Flick dut répondre sincèrement.

— Il est… bouleversé. Mais…

— Mais quoi ?

Que lui dire ? À quel point voulait-elle savoir ? Flick ne pouvait que suivre son instinct. Elle posa avec précaution la robe sur le dossier d'un fauteuil, et s'assit au bord du siège.

— Je ne crois pas qu'il ait été très surpris d'apprendre qu'il avait été adopté, dit-elle calmement. Il m'a avoué qu'il ne s'était jamais senti vraiment désiré.

Elle avait la gorge serrée. La veille, les larmes de Lachlan avaient pris son cœur. Et leurs étreintes avaient conquis son corps et son âme.

Comment pouvait-elle continuer à travailler pour la femme qui avait volé la moitié de sa vie à cet homme ? Qui lui avait refusé son amour ?

— Il n'était pas mon fils, dit farouchement Lady Josephine, comme si l'aveu lui était arraché. Mes fils sont morts. Tous...

Flick eut un sursaut de surprise.

— *Tous* ?

— Tous, oui. J'en ai eu trois, dit Lady Josephine sans la regarder. Le premier, William, a vécu trois mois, et je l'aimais de tout mon cœur. Autant que j'adorais mon époux, malgré ses infidélités.

Elle ferma les yeux, et se tut. Flick n'osait rompre le silence. La vieille dame avait autre chose à dire, et il fallait qu'elle l'entende. Elle écouta la pluie marteler les vitres et attendit. Il lui manquait encore une pièce du puzzle.

— Mon deuxième bébé a vécu une journée, reprit Lady Josephine, si bas que Flick l'entendit à peine. Le troisième est mort-né après huit mois de grossesse, mais cette fois je n'ai pas pleuré. Ça n'avait plus d'importance pour moi...

— C'était trop douloureux, n'est-ce pas ? dit doucement Flick. Perdre un bébé qu'on aime est le genre de souffrance qu'aucune femme ne peut supporter de revivre.

Elle le savait. Elle ne le savait que trop. Elle croyait sentir dans ses bras le poids du nouveau-né qui n'avait même pas eu une chance de respirer.

— J'ai été contente de ne plus avoir à vivre ça, dit Lady Josephine dans un murmure en la regardant droit dans les yeux.

— Combien de temps après la mort de votre dernier bébé avez-vous adopté Lachlan ?

La vieille dame haussa les épaules.

— J'ai oublié. Deux mois peut-être..., répondit-elle, la respiration sifflante. C'est Douglas qui a tout arrangé... y compris le choix des nounous. Je n'ai pas pu dire non.

Elle tendit la main vers son inhalateur, et Flick se leva pour l'aider. Elle lui entoura les épaules de son bras, et pressa le flacon pour lui faire inhaler une dose de produit.

Il y avait une sollicitude toute personnelle dans son geste. Une admission tacite que l'histoire de la vieille dame l'avait profondément touchée, malgré son empathie pour Lachlan. Elle était déchirée entre les deux, mais à cet instant il lui était facile de choisir. Elle observa sa patiente avec attention pour voir si sa respiration s'améliorait, et décida qu'une nouvelle dose allait être nécessaire.

— Je vais appeler votre médecin, dit-elle. Vous avez eu deux crises d'asthme en deux jours. Vous êtes très stressée en ce moment, il faut peut-être adapter votre traitement.

Lady Josephine ne protesta pas, ce qui était révélateur de son mal-être.

Avec la visite du médecin qui mit en place un nouveau traitement médicamenteux que Flick dut aller chercher à la pharmacie du village, l'après-midi passa rapidement. Il était tard quand elle prit conscience que Lachlan ne rentrerait pas ce soir-là.

C'était dommage, car elle attendait l'occasion de lui raconter la conversation qu'elle avait eue avec sa mère. Les malheurs de la vieille dame n'excusaient pas les blessures affectives que son éducation avait causées à Lachlan. Il ne lui pardonnerait peut-être jamais, mais l'histoire de Lady Josephine avait permis à Flick de la comprendre. Et elle devait en parler à Lachlan.

Elle se mettait à la place de la vieille dame, victime de drames répétés qui l'avaient anesthésiée et rendue incapable d'aimer le pauvre petit bébé qu'elle avait adopté. Luttant contre une dépression qui n'avait pas été diagnostiquée et encore moins soignée. Flick, elle, avait pu fuir sa peine, et avait continué à fuir pendant des années, seule façon de ne pas souffrir en ne s'attachant à rien. Ni à un emploi. Ni à un lieu. Ni à quiconque. Et un autre bébé était simplement impensable.

En un sens, il valait peut-être mieux que Lachlan ne soit pas à la maison ce soir.

Parce qu'il lui manquait déjà beaucoup trop... ?

Flick faisait une pause dans la cuisine le lendemain après-midi quand Lachlan entra. Ils se voyaient pour la première fois depuis leur nuit d'amour.

La cuisine. La maison avait beau être la plus grande dans laquelle elle ait jamais vécu, c'était dans cette pièce qu'elle avait passé le plus de temps avec lui. À bavarder. La veille, elle avait redouté sa réaction quand ils se reverraient, mais c'était à présent le cadet de ses soucis. Elle s'inquiétait pour la santé de Lachlan.

— Tu vas bien ? Tu as l'air...

— Vanné. Oui... je sais. Il reste du café ?

— Tu sembles avoir besoin de quelque chose de plus fort.

— Tu n'as pas tort. Quel est le meilleur remède à une gueule de bois ? fit-il en se frottant le front, tic qu'il lui avait dit partager avec son jumeau. C'est la faute de Josh. Le whisky était son idée. Je ne crois même pas en avoir bu tant que ça, ajouta-t-il avec un soupir.

— Tu as mal à la tête ? demanda-t-elle, notant sa pâleur et ses cernes marqués. Je peux te trouver du paracétamol. Tu as déjeuné ?

— Je ne me rappelle pas à quand remonte mon dernier repas. J'étais censé dîner avec Josh, mais il a sorti le whisky, on a commencé à bavarder et on ne s'est plus arrêtés. On est restés debout presque toute la nuit.

Voilà donc pourquoi il n'était pas rentré au manoir. Elle se sentit soulagée. Il n'avait pas voulu l'éviter. Il avait passé la soirée avec son frère jumeau, à faire ses premiers pas dans une relation nouvelle, inespérée. Il n'avait pratiquement pas dormi deux nuits consécutives ; il n'était donc pas étonnant qu'il ait l'air aussi fatigué.

— Je peux te préparer quelque chose à manger, dit-elle. Il paraît que les œufs au bacon sont bons pour les gueules de bois.

— Je n'ai pas très faim, répondit-il en sortant un gobelet qu'il remplit d'eau. J'ai peut-être juste du sommeil à rattraper. Ou besoin de prendre un peu l'air.

Il but la moitié du verre d'un trait.

— D'ailleurs, Tilly ne serait pas contente qu'on salisse sa cuisine. Où est-elle ?

— À l'étage, dit Flick. Elle joue au scrabble avec ta mère pendant que je fais une pause. La journée a été longue hier, avec la venue du docteur.

Mais il ne l'interrogea pas sur la santé de sa mère. En fait, il s'était fermé dès qu'elle avait mentionné la vieille dame. Il vida son verre.

— Oui, l'air frais me fera du bien, dit-il d'un air enjoué.

Il se dirigea vers la porte avec un sourire figé qui rappela à Flick le personnage qu'il jouait lors de leur première rencontre. Et elle souffrit de se voir exclure de la sorte.

Elle ne voulait pas se sentir mise de côté.

— Merci pour les campanules, dit-elle vivement. Leur parfum embaume ma chambre.

Il s'immobilisa et se retourna vers elle.

La tension était palpable. Assez forte pour absorber tout l'oxygène de la pièce. Un long moment, ils se regardèrent fixement, et elle vit combien il était déchiré.

Il voulait dire quelque chose… et ne le voulait pas.

Il voulait partir… et ne le voulait pas.

Elle ouvrit la bouche, mais les mots restèrent bloqués dans sa gorge. Puis l'expression de Lachlan s'adoucit.

— Elles sentent encore meilleur dans les bois, dit-il d'une voix douce. Viens…

Elle avait déjà bondi sur ses pieds.

— Jusqu'à quelle distance porte le biper ? Au cas où on aurait besoin de moi.

— Assez loin, répondit Lachlan en repartant. De toute façon, Tilly peut se débrouiller. Elle remarque tout, elle verra où nous allons depuis la fenêtre. Tu es en pause, non ?

Elle trouva tout naturel de l'accompagner. Elle chaussa des

bottes en caoutchouc dans la sellerie en prévision du sol boueux, et le suivit à travers la pelouse baignée de soleil après la pluie de la veille.

Elle était mêlée à l'histoire de Lachlan autant qu'à celle de sa mère et... il y avait des liens avec sa propre histoire qu'elle ne pouvait pas ignorer. Son existence était en train de changer, elle avait le sentiment d'être à la croisée de chemins. Lachlan avait ramené son corps à la vie, mais il y avait entre eux une connexion plus forte encore. Si elle le voulait, elle pouvait tomber amoureuse de cet homme, et cette idée ouvrait des perspectives énormes, terrifiantes.

Elle aurait dû avoir peur. Elle aurait dû prendre un chemin différent, mais elle n'en avait pas envie. S'il l'y invitait, elle devait suivre le même chemin que Lachlan. Au moins jusqu'à ce qu'elle sache où il menait, et si son cœur avait la force de poursuivre dans cette voie.

S'il le fallait, elle pourrait revenir sur ses pas. Elle saurait quand cela n'irait plus, elle sentirait quand il serait temps de changer de direction et de fuir. Elle en était capable.

Après tout, elle avait de l'entraînement dans ce domaine.

8

À la lumière du soleil qui s'infiltrait sous les frondaisons, les jeunes feuilles des chênes formaient un doux halo vert tendre qui contrastait avec le tapis de fleurs bleu marine.

Le parfum des campanules était si fort que Lachlan se sentait pris de vertige. Mais c'était peut-être dû aux pensées et aux émotions qui tourbillonnaient dans sa tête depuis qu'il avait perdu ses repères.

Sans le vouloir, Flick lui rappela qu'il lui restait le meilleur des repères, cet endroit qu'il aimait tant depuis toujours.

— Ce lieu est merveilleux, dit-elle. J'ai peur de marcher sur les fleurs, je ne voudrais pas les écraser.

— Il y a des sentiers, regarde…

Impulsivement, il lui tendit la main pour la guider dans un des nombreux chemins tracés par le passage des chevreuils dans la forêt. Elle semblait enchantée, et il s'aperçut que le bleu des campanules assombri par le sous-bois était assorti à ses yeux plongés dans la pénombre.

Un écureuil escalada un tronc juste devant eux, et elle éclata de rire, un son joyeux qui, contre toute attente, lui fit monter les larmes aux yeux.

Encore cette sensation de tristesse et de bonheur mêlés… Il aurait dû lâcher la main de Flick, mais il la serra plus fort.

Elle ne la retira pas.

— Ce sont des chênes, c'est ça ?

— Oui. Ce sont les arbres les plus courants ici, mais nous avons aussi des châtaigniers, des hêtres, des frênes et des bouleaux.

— Et des écureuils. J'adore les écureuils.

— On a aussi des chevreuils, qui entretiennent les sentiers. J'adorais en voir quand j'étais enfant. Entendre les piverts, surprendre les chouettes…

— C'est un lieu magique, dit Flick à voix basse, ralentissant devant un nouveau parterre de campanules. J'ai l'impression d'évoluer dans un conte de fées.

Elle le dévisagea en souriant.

— Je crois que tu avais raison.

— À quel sujet ?

— Tu avais besoin d'air frais. Tu as meilleure mine.

Il s'aperçut qu'il se sentait mieux. Il n'avait plus le tournis. Et il était heureux d'être là. Avec Flick.

— C'est chez moi ici, dit-il avec douceur. Quand je pense au foyer de mon enfance, ce n'est pas la maison qui me vient à l'esprit. Ni mes parents. Ce sont ces bois. C'est peut-être la seule partie de ma vie que je me sens vraiment chanceux d'avoir vécue.

Elle eut un froncement de sourcils dubitatif.

— Oh ! je reconnais que j'ai mené une existence privilégiée, reçu la meilleure éducation, et qu'on m'a offert de formidables opportunités, répondit-il. J'aurais pu avoir une vie différente, et Josh aurait pu être à ma place. Mais je n'aurais pas choisi sa vie…

— Pourquoi ?

— Hier, j'ai compris qu'il avait eu une enfance difficile. Il avait environ trois ans quand ses parents adoptifs ont eu un enfant. Leur « vrai » fils, comme il dit. Ils n'ont plus voulu de lui. Autour de ses cinq ans, ses parents ont commencé à parler de le faire de nouveau adopter.

Flick eut une exclamation horrifiée.

— C'est affreux.

— Sa grand-mère était de cet avis. Elle l'a emmené vivre avec elle, et ça a causé une rupture définitive dans la famille. Josh s'est dit que c'était sa faute. Qu'on avait pris soin de lui, mais qu'il n'avait jamais été désiré. Comme moi…

Elle serra ses doigts dans les siens.

— C'est une coïncidence incroyable, dit-elle, les larmes aux yeux. Tous les deux vous avez été adoptés, vous êtes devenus médecins, et vous avez eu une enfance malheureuse. Vous n'auriez jamais dû être séparés, et vous auriez dû vivre dans une famille aimante.

— Nous avons autre chose en commun, dit-il avec un sourire sarcastique. Ni lui ni moi n'avons voulu nous fixer. L'idée de fonder une famille nous donne des cauchemars. Et Josh est comme moi avec les femmes. Il suffit qu'elles expriment le désir d'avoir une relation durable pour nous faire fuir à toutes jambes.

Flick souriait, mais elle détourna les yeux avant qu'il ne voie son expression. Lâchant sa main, elle s'accroupit pour caresser les pétales des fleurs à leurs pieds, mais Lachlan eut l'impression qu'elle prenait ses distances avec lui.

Il n'aimait pas cela. Il voulait retrouver la connexion qu'il avait eue avec cette femme exceptionnelle. Cette proximité qui lui avait fait ne rien lui cacher de lui-même, pas même ses larmes. Il avait l'impression que, le jour où son existence avait implosé, leur nuit d'amour lui avait sauvé la vie. Ou au moins avait préservé sa foi en l'humanité. Pour la première fois, il s'était senti vraiment désiré. Vraiment apprécié.

— Je dois rentrer, dit-elle, se redressant avec un sourire indéchiffrable. Ma pause a été plus longue que d'habitude. Merci de m'avoir montré les campanules.

Il voulait reprendre sa main et la garder, mais, adoptant une autre approche, il se mit à marcher à côté d'elle.

— Qu'est-ce qui te fait fuir, *toi*, Flick ?

— Comment ça ? demanda-t-elle, surprise.

— Tu ne restes jamais au même endroit, tu ne veux jamais te fixer…

— Je l'ai fait, dit-elle d'un ton sec. Ça ne m'a pas réussi. Il n'y a rien à ajouter.

Il lui prit la main, la forçant à s'arrêter.

— Dis-moi, murmura-t-il, soutenant son regard. S'il te plaît..

Tu en sais plus sur moi que quiconque. Mais j'ignore presque tout de toi… sauf que tu ne sais pas danser.

— Hé, protesta-t-elle, souriant malgré elle. Je prends des leçons !

Il ne voulait pas penser à sa mère, et encore moins gâcher ce moment en l'évoquant. Il avait envie de parler de Flick. Découvrir ce qui comptait pour elle.

Elle dut lire en lui car elle finit par rompre le silence.

— Je suis tombée amoureuse une fois, confia-t-elle lentement. J'ai épousé l'homme que j'aimais, Patrick, et notre vie était parfaite. Et puis tout s'est écroulé.

Lachlan vit la souffrance ternir son regard bleu.

— J'ai perdu notre bébé peu avant sa naissance. Et… la même semaine, on a diagnostiqué à Patrick un cancer du pancréas. Je l'ai soigné jusqu'à sa mort et… je n'ai pas pu rester, c'était trop dur. J'ai commencé à déménager, et je n'ai plus cessé. Je ne voulais pas m'arrêter de peur d'être rattrapée par quelque chose, ou par quelqu'un… Je ne pourrais pas survivre à une autre perte.

Elle se tut. Autour d'eux, les bois étaient silencieux. Lachlan n'entendait même pas un oiseau. Ils étaient complètement seuls.

— Nous avons tous nos histoires, reprit-elle doucement. Et elles n'ont pas toujours des fins heureuses, car la vraie vie n'est pas un conte de fées.

Il ne trouvait pas les mots pour lui dire combien il déplorait qu'elle ait connu une telle tragédie. Lui avouer qu'il aurait aimé effacer le chagrin qui la poussait à fuir. Lui promettre qu'un jour elle s'apercevrait qu'elle *pouvait* tourner la page, et qu'ouvrir un nouveau chapitre de sa vie chasserait le malheur. Mais il pouvait la prendre dans ses bras. Tenter de lui apporter le réconfort qu'elle lui avait donné quand il en avait tant besoin.

Lui faire comprendre qu'il tenait à elle.

Combien de temps restèrent-ils enlacés dans la tiédeur d'un rayon de soleil qui perçait les frondaisons, respirant le délicat parfum des campanules, écoutant le chant lointain d'un oiseau, sentant leurs cœurs battre à l'unisson ?

La sonnerie stridente du biper de Flick interrompit soudain ce moment de tendresse, leur rappelant les cruautés du monde réel, et en particulier celles de la femme que Lachlan n'arrivait pas à absoudre.

— Contente de voir que le bip a cette portée, dit Flick en s'arrachant à ses bras. Maintenant, je pourrai revenir respirer le parfum des campanules pendant mes pauses.

— Elles ne faneront pas avant des semaines. Tu as tout le temps.

Elle ouvrit la bouche pour dire quelque chose, puis se ravisa.

— Tu as raison, murmura-t-elle. J'ai tout le temps.

Flick aurait dû, à la première occasion, avoir une conversation avec Lachlan.

Il avait le droit de savoir pour quelle raison sa mère adoptive n'avait pas pu l'aimer, et surtout qu'il n'y était pour rien. Elle aurait dû le lui dire quand, touché par sa triste histoire, il la tenait dans ses bras.

Mais… *Oh*… comme c'était bon d'être dans ses bras…

Elle n'avait laissé personne l'approcher depuis la mort de Patrick. Elle n'avait laissé personne tenir à elle, pour ne pas risquer de s'attacher.

Si elle avait parlé à Lachlan à ce moment-là, il se serait fermé et l'aurait repoussée, car il n'était pas prêt à entendre ce qu'elle avait à dire. Cela aurait gâché le souvenir de ce beau moment, détruit sa confiance durement acquise.

Comme l'espoir, la confiance était fragile.

Précieuse.

Lachlan ne voulait plus adresser la parole à sa mère, ni la voir. Était-il conscient qu'elle l'observait depuis sa chambre quand il entrait ou sortait ? Il n'en montrait en tout cas rien. Même en cet instant, alors que Flick attendait que le taux de sucre apparaisse sur l'écran du glucomètre, le regard de Lady Josephine était irrésistiblement attiré vers les fenêtres. Elle voulait voir Lachlan, mais elle savait également qu'elle devait patienter, attendre qu'il soit prêt.

C'était frustrant. Lachlan allait souvent à Londres et y passait la nuit et, quand il résidait au manoir, il partait tôt le matin et donnait des conférences en fin de journée, rentrant souvent tard dans la nuit.

Ces jours-là, Flick attendait son retour, guettant *le* regard qu'elle espérait. Il arrivait généralement après un bon dîner de Mme Tillman, ou quand Lachlan avait préparé son travail du lendemain, ou encore lorsque leurs yeux se croisaient après plusieurs jours de séparation. Ce regard spécial qui l'invitait à le rejoindre dans sa chambre. Ou dans la sienne. Qu'importait, du moment qu'il y avait un lit, et une porte pour les isoler du monde. Leur histoire aurait dû s'arrêter après la première nuit, mais elle s'était poursuivie suite à leur promenade dans les bois.

Depuis dix jours, leur relation avait évolué. Ils découvraient de nouveaux degrés de plaisir dans leurs moments d'intimité, plaisir qui devenait rapidement addictif.

Flick, mue par le besoin plus que par le désir, retenait son souffle en guettant *ce* regard. Elle aspirait à cette invitation, plus irrésistible à mesure qu'ils connaissaient plus intimement le corps de l'autre. Comment un seul regard pouvait-il allumer une passion de plusieurs heures, chaque fois plus intense ?

Elle savait qu'elle enfreignait les règles. Avoir une liaison avec son employeur n'était pas professionnel, mais… elle était accro, et Lachlan aussi. Ils partageaient la même culpabilité, et la même excuse tacite. Lachlan avait été très clair sur ce point : ils ne passeraient ensemble qu'un temps limité ; il retrouverait bientôt sa vie londonienne pendant qu'elle s'en irait prendre un nouveau poste.

Vu les efforts que Lady Josephine faisait pour se soigner depuis sa confrontation choc avec Lachlan, elle n'aurait bientôt plus besoin d'une infirmière à plein temps. Sa confession sur son passé l'avait changée. Peut-être était-ce la première fois qu'elle en parlait ?

Elle aurait pu se replier davantage sur elle-même, après la souffrance qu'elle avait causée à son fils adoptif, mais c'était curieusement tout le contraire. Lady Josephine essayait-elle de trouver un moyen de se racheter ? De ne plus être un fardeau ?

Quoi qu'il en soit, la situation s'améliorait. La vieille dame maîtrisait son traitement et surveillait sa glycémie, effectuant même elle-même ses tests. Grâce à son traitement de fond, elle n'avait pas eu de nouvelle crise d'asthme, et faisait de plus en plus d'exercice. Elle donnait presque chaque jour des cours de danse à Flick dans la salle de bal. Elle se promenait dans les jardins, et s'était même aventurée dans les bois la veille, en rapportant quelques campanules qui trônaient dans un petit vase sur sa table.

Jamais plus Flick ne verrait ou ne sentirait ces fleurs sans se remémorer la sensation des bras de Lachlan autour d'elle. Comme Lady Josephine notait le résultat du test dans son carnet médical, Flick tendit la main vers le vase pour l'approcher de ses narines et humer le parfum des fleurs. À cet instant, elle prit conscience qu'elle s'était trompée.

Elle était persuadée de savoir quand il serait temps de fuir.

Erreur.

Elle croyait avoir le choix de tomber – ou non – amoureuse de Lachlan McKendry.

Nouvelle erreur.

Indissociable de la sensation des bras de Lachlan, l'odeur des fleurs lui procurait une émotion indicible. Avec la perspective d'un nouveau départ. Le sentiment qu'on tenait à elle.

La notion d'être aimée...

Et d'aimer en retour...

Désormais qu'elle était consciente d'avoir franchi le point de non-retour, qu'allait-elle faire ? Elle ne pouvait pas abandonner sa patiente sans savoir si elle était capable de se débrouiller seule. Et il était impossible de *ne plus* aimer, n'est-ce pas ?

Lady Josephine la regarda reposer le vase d'une main qui tremblait légèrement.

— Lachlan me rapportait de grandes brassées de campanules quand il était petit, dit-elle.

— Il me l'a dit, répondit Flick, rencontrant son regard.

Elle ne s'appesantit pas sur ce que ressentait Lachlan en la voyant mépriser ses cadeaux, mais il y avait une confiance nouvelle entre les deux femmes, et leurs échanges tacites comptaient autant que les mots.

— C'était insupportable, murmura la vieille dame. Elles avaient l'odeur des larmes...

Flick avait le cœur serré pour elle. Elle avait voulu aimer son fils adoptif, mais elle avait tant souffert que, désillusionnée et amère, elle avait trouvé refuge dans la solitude.

Elle avait besoin qu'on la comprenne, à défaut de lui pardonner.

Flick espérait avoir bientôt l'occasion de le dire à Lachlan sans qu'il la repousse. Maintenant qu'elle avait conscience d'être amoureuse de lui, elle avait peur de le perdre.

— Il a besoin de temps, dit-elle à voix haute. Je sais que c'est dur, mais on a tous besoin de temps pour comprendre.

Cela s'appliquait également à elle-même.

9

Ce soir-là, Lachlan devait préparer un cours pour le lendemain à l'hôpital général de Gloucester.

— Tilly est déjà rentrée chez elle ?

— Oui. Pourquoi ? Tu as faim ?

— Non, j'ai dîné en ville. J'avais rendez-vous avec un boucher. Tilly ne serait pas contente qu'on mette ça au réfrigérateur, et il vaut mieux qu'elle ne soit pas là, dit-il avec malice en posant deux glacières sur le comptoir. Tu veux voir ?

— Bien sûr.

— C'est pour des travaux pratiques demain sur les dernières sutures, en particulier les sutures sous-cutanées.

Il lui jeta un bref coup d'œil et sortit un petit morceau de peau de porc d'un sac qu'il rangeait au frais.

Il évitait de s'attarder sur Flick. S'il la regardait trop longtemps, il oublierait ce qu'il avait à faire et ne penserait plus qu'à être avec elle dans l'intimité de la chambre.

Leur relation commencée dans la confusion et la douleur avait évolué en quelque chose de différent dont il ne se lassait pas. Il n'arrivait pas à décrire ce qu'il ressentait quand ils faisaient l'amour. C'était la meilleure chose qui lui soit arrivée, alors qu'il en avait le plus besoin. Il n'était pas encore prêt à y renoncer. Mais pour le moment, il devait résister à la tentation.

— Qu'est-ce qui lui est arrivé ? demanda Flick en scrutant la peau de porc.

— On a fait une déchirure aux bords irréguliers. Le boucher

avait l'instrument parfait pour ça, et il m'a aidé à préparer les échantillons. J'en ai quelques-uns avec des incisions chirurgicales nettes, mais ce que je veux montrer pendant ce cours, c'est comment, avec une plaie aussi déchiquetée que celle-ci, on peut utiliser une technique de suture qui donne le meilleur résultat esthétique possible. Je vais vérifier que ça fonctionne, conclut-il, ouvrant sa sacoche pour sortir un kit de suture.

Sous les yeux attentifs de Flick, il posa une planche en bois sur la table de la cuisine. Il était content que cela l'intéresse. Il aimait contrôler les choses, cela le rassurait, et si fort que soit son désir pour elle, celui-ci ne poserait pas de problème.

Il pourrait partir le moment venu, comme il l'avait fait avec les autres femmes qu'il avait croisées.

— Certains prétendent que la colle donne un résultat aussi bon, sinon meilleur, mais parfois la colle ne suffit pas pour maintenir les tissus ensemble, et cette technique vaut vraiment la peine d'être connue.

Il prit une aiguille avec du fil de suture.

— Le secret est de bien décontaminer la blessure, puis de rendre les lèvres bien droites.

Assise sur une chaise, Flick se pencha pour mieux voir.

— Comment tu fais ? Les bords ne sont pas droits du tout.

— Je vais surfiler en faisant des points aussi petits que possible pour réunir les lèvres, dit-il, travaillant avec une précision due à des années de pratique. Puis je vais prendre le scalpel et le glisser d'un côté de la couture puis de l'autre... et voilà, conclut-il en retirant le fin morceau de peau déchiquetée, faisant apparaître deux bords rectilignes.

— C'est impressionnant, admit-elle.

— Attends..., dit-il en souriant. Ce n'est pas fini.

Avec une nouvelle aiguillée de fil, il fit un point à un bout de la plaie, puis de minuscules piqûres parallèles à la blessure, juste sous la surface de la peau. Arrivé à l'autre extrémité, il piqua dans la couche cutanée plus profonde pour faire un autre nœud qu'il cacha sous la peau en sortant l'aiguille à quelques millimètres du bout de la coupure. Quand il coupa le fil, il se rétracta sous la peau, et toute la suture devint complètement invisible. Les bords de la plaie étaient parfaitement alignés.

— Il n'y aurait pratiquement pas de cicatrice, sur de la peau humaine, dit Flick, fascinée.

— C'est l'idée. Ça ne marche pas si le fil est trop tendu. Ou sur de la peau fine comme une paupière… Demain, je vais montrer cette technique à un bon groupe de généralistes, chirurgiens et personnel des urgences. Et des infirmières en stage de perfectionnement.

— J'ai commencé ma carrière aux urgences, dit-elle, songeuse. Je vais voir si je trouve un remplacement aux urgences, pour ma prochaine affectation. Ce travail me manque.

— Pourquoi ne pas chercher un poste permanent ? Tu pourrais suivre un stage de perfectionnement et assister à des travaux pratiques cool du genre des miens.

Il fut incapable de déchiffrer son expression. Se demandait-elle si elle pouvait se fixer quelque temps ? Arrêter de fuir ? Elle méritait d'ouvrir un nouveau chapitre de sa vie. Qui compenserait peut-être la tristesse qui lui tenait compagnie depuis tant d'années.

Il y avait indéniablement de la lassitude dans ses beaux yeux bleus, et elle avait les lèvres entrouvertes. Cette fois, il chercha son regard et ne le lâcha pas, jusqu'à ce que le désir fasse briller ses yeux assombris.

Au ralenti, pour savourer chacun des battements de cœur de l'attente, ils se penchèrent l'un vers l'autre. Leurs lèvres se frôlèrent. Et leur baiser balaya sur-le-champ le sang-froid dont Lachlan était si fier.

Mais cela n'avait pas d'importance.

Il reprendrait le contrôle quand il le faudrait, il le savait. Pour l'heure, il devait profiter du moment, car qui aurait pu dire combien de temps durerait cette tendre parenthèse ?

Lachlan s'était montré, pour la réalisation de sa technique de suture, d'une habileté impressionnante.

Le talent dont il fit preuve quelques minutes plus tard dans le lit de Flick le fut encore plus. Mais il suffisait de la plus légère caresse de ses mains pour la transporter dans un tourbillon de passion aussi puissant que poignant.

Blottie dans ses bras, elle avait déjà pleuré pendant que leurs souffles et leurs cœurs retrouvaient lentement un rythme normal après l'amour, mais c'était la première fois qu'elle comprenait pourquoi.

Elle était amoureuse de lui.

C'était arrivé malgré elle.

Et elle voulait que cela dure toujours.

Elle savait que c'était impossible, il l'avait clairement dit ce jour-là, dans le bois aux campanules.

Il est comme moi. La perspective d'un attachement durable le fait fuir à toutes jambes…

Le cœur battant, elle rassembla son courage. Le moment était venu de lui parler de sa mère.

— Tu dors ? demanda-t-elle tout bas.

— Pas encore, répondit-il, resserrant ses bras autour d'elle. Je devrais pourtant. Ce programme de formation est épuisant.

— Ce n'est pas comme si tu n'avais que ça à gérer en ce moment. Ça doit être dur.

— J'ai l'impression de porter un sacré fardeau. Ma vie est devenue trop compliquée. Différente. J'ai un frère maintenant. Une vraie famille, et ça m'oblige à penser à l'avenir, chose que je n'ai jamais faite, sinon en termes de carrière. Pas de famille, car j'ignorais que j'en avais une.

— Mais tu le sais maintenant.

Cela donna matière à penser à Flick. Si Lachlan songeait à un futur incluant une famille, pourrait-il envisager différemment ses rapports avec les femmes ?

Sa relation avec *elle* ?

— J'ai eu une réunion avec Josh aujourd'hui, dit-il. Je vais réaliser une transplantation de nerfs sur un de ses patients, un petit garçon de deux ans, Toby. Il a perdu l'usage d'un bras à la suite d'une fracture de la clavicule qui a gravement endommagé le réseau nerveux de son plexus brachial.

Il sourit.

— Josh m'a rappelé ma suggestion d'aller dîner un soir avec son amie Stevie. Pour la remercier de nous avoir permis de nous rencontrer. Il y a longtemps que je veux t'inviter dans un endroit sympa, ajouta-t-il. Que dirais-tu de dîner dans un des meilleurs restaurants des Cotswolds ?

— Excellente idée, répondit Flick. À propos de dîner... Ta mère a décidé de ne plus prendre ses repas dans sa chambre. Elle va de nouveau descendre dans la salle à manger. Je crois qu'elle espère que tu te joindras à nous un soir.

Il garda un silence éloquent, mais elle passa outre.

— J'ai autre chose à te dire. J'aurais dû t'en parler plus tôt, mais je craignais que tu me reproches de m'immiscer dans tes affaires et que ce ne soit trop pour toi. J'avais peur que tu t'en ailles. Je... je ne voulais pas que tu partes.

Oh ! Seigneur... C'était presque avouer qu'elle était amoureuse de lui...

Il s'était figé et paraissait tendu.

— Je t'ai dit que j'avais perdu un bébé, reprit-elle précipitamment. Je sais donc combien la perte d'un enfant a dû être dure pour ta mère. Pas d'un seul, mais de trois. Trois garçons, l'un après l'autre, c'est ce qu'elle m'a dit. Sans doute une anomalie génétique... Elle a eu le cœur brisé par la mort de son premier bébé, qu'elle avait aimé et nourri pendant trois mois. Et quand elle a fait une fausse couche tardive pour le troisième, elle n'avait même plus la force de le pleurer. C'est à cette époque que ton père a fait les démarches pour t'adopter. Imagine ce qu'elle a ressenti quand il lui a demandé de devenir une mère aimante pour un enfant qui n'était pas le sien, à un moment où elle avait perdu toute envie de vivre ?

Dégageant son bras coincé sous la tête de Flick, il se redressa dans le lit, et elle se raidit d'appréhension.

Il allait la repousser et s'en aller...

Lachlan resta longtemps silencieux, s'efforçant de rassembler ses pensées par rapport à ce que Flick venait de lui révéler.

— Waouh..., dit-il dans un soupir. Je ne savais pas.

Il était déchiré entre ses blessures d'enfance et son empathie instinctive pour la femme qui avait tant souffert.

— Je suis navré pour elle, mais je doute que ça modifie mes sentiments à son égard. Ou le souvenir que je garde de mon enfance. C'est un autre point commun que j'ai avec Josh. Ses parents adoptifs ont eu leur « vrai » fils après son adoption. Les miens ont eu les leurs avant, mais le résultat est le même, non ? Deux adultes qui ont perdu toute confiance en la famille et n'ont aucun désir d'en fonder une.

Il ne voulait plus y penser, car c'était encore une révélation qui ébranlait les fondements de sa vie. Il lui fallait une distraction. Vite.

— Qu'est-ce qui est pendu à ta porte ? demanda-t-il.

Il n'y avait pas prêté attention en entrant dans la chambre de Flick, trop impatient qu'il avait été de lui faire l'amour. Leurs étreintes étaient meilleures de jour en jour. Il savait exactement comment éveiller son désir, comment la faire crier de plaisir. Cette nuit, ils avaient même réussi à jouir en même temps, une autre expérience inédite, merveilleuse, pour lui.

— Une robe de bal, répondit Flick. Je l'ai sortie pour mon cours de danse, demain.

Parfaite distraction, songea Lachlan, si fatigué qu'il se sentait capable de dormir une semaine. Mais il ne voulait pas encore regagner sa chambre. Il n'avait pas envie de rester seul avec ses pensées.

— Mets-la maintenant, murmura-t-il, se penchant pour l'embrasser sur les lèvres. Pour moi.

Il la regarda sortir du lit, retirer la robe de sa housse et l'enfiler. Il se leva pour remonter la fermeture Éclair dans le dos. Savoir qu'elle ne portait rien sous le chatoyant tissu éveillait de nouveau son désir.

— Elle me va bien, dit doucement Flick. Ta mère avait raison, elle faisait la même taille que moi quand elle dansait en compétition. Elle a même gagné un prix avec cette robe.

Une nouvelle diversion s'imposait. Lachlan enfila son jean à la hâte et mit sa chemise sans prendre la peine de la boutonner.

— Viens avec moi…

Sans lui laisser le temps de protester, il lui prit la main et l'entraîna.

Pieds nus, ils traversèrent le couloir sur la pointe des pieds, passèrent comme deux conspirateurs devant la chambre de sa mère, puis dévalèrent l'escalier en silence. Arrivé dans la salle de bal, il n'alluma qu'une partie de l'éclairage, qui fit scintiller la robe de Flick dans la pénombre. Il glissa son téléphone dans sa poche pour qu'ils soient les seuls à entendre la musique.

Ils dansèrent. Pieds nus. Les cheveux ébouriffés de Flick flottaient en vagues souples sur ses épaules, et il n'oubliait pas qu'elle était nue sous sa robe qui étincelait dans la lumière tamisée. La chemise ouverte, les manches retroussées, il était si las qu'il avait l'impression de se mouvoir dans un rêve. C'était peut-être pour cela que Flick semblait si légère dans ses bras, se laissant guider comme si elle avait dansé toute sa vie.

Ils firent le tour de la salle, puis recommencèrent. Elle ne lui marchait pas sur les pieds, cette fois ; ils étaient en parfaite harmonie.

Il avait l'impression de voler.

Et en même temps de tomber.

De tomber amoureux… ?

La musique s'arrêta comme cette pensée lui traversait l'esprit et, sonné par cette révélation inattendue, il dévisagea Flick.

— Tu sembles épuisé, murmura-t-elle. Tu as besoin de dormir.

C'était vrai. Peut-être la situation lui apparaîtrait-elle sous un autre jour le lendemain matin. Quand il aurait recouvré ses esprits.

— Tu as appris à danser, dit-il doucement. Tu es une femme extraordinaire, Felicity Stephens. Tu le sais, j'espère ?

Elle se haussa sur la pointe des pieds en souriant, et l'embrassa sur les lèvres.

— C'est la robe qui fait tout. Mais je dois l'enlever. Le corsage est serré, ce n'est pas très confortable.

Le regard de Lachlan glissa sur ses seins prisonniers du corselet scintillant, et il eut encore plus envie d'elle. Envie de garder pour toujours ce qu'ils partageaient à cet instant.

Il déglutit. C'était un territoire dangereux qu'il avait toujours refusé d'explorer.

— Bonne nuit, Flick, murmura-t-il. Dors bien.

10

— Je crois qu'on peut y aller, dit Lachlan en tapotant le papier devant lui. Les résultats du test de fonction nerveuse me satisfont. Nous utiliserons l'approche classique pour réparer le réseau du plexus brachial.

Josh leva les yeux des documents qu'ils étaient en train d'étudier.

— J'ai hâte de te voir à l'œuvre. Ça ne te dérange pas, que la galerie d'observation soit bondée pendant l'opération ?

— Je commence à m'y habituer. J'étais à Londres aujourd'hui pour le tournage du rendez-vous de suivi d'un garçon qui fait l'objet d'un documentaire télévisé. J'ai réalisé un transfert chirurgical du nerf mandibulaire pour traiter sa paralysie faciale il y a quelques semaines. Il faudra des mois pour voir le bénéfice final, mais on observe déjà les premiers signes et il est tout excité. C'est le genre de choses que j'aime le plus dans mon travail.

— Ça ne doit pas être facile, d'être constamment en déplacement et de finir souvent tard, comme ce soir. Pas étonnant que tu aies l'air vanné.

Lachlan se frotta la nuque.

— Oui. Je crois que je vais dormir en ville ce soir.

— Tu rentres avec moi ?

— Merci, mais j'aspire à un hôtel tranquille avec room-service. Assez proche pour aller à pied à l'hôpital et prendre l'air avant l'opération de demain matin. Je ne fais pas assez d'exercice en ce moment. Mes articulations me font souffrir, comme si j'avais le double de mon âge.

— *Notre* âge, répondit Josh en souriant. Je ressens parfois la même chose... Ça ne s'arrange pas avec ta mère, alors ? C'est pour ça que tu ne rentres pas chez toi ce soir ?

Lachlan haussa les épaules.

— Peut-être. J'essaie encore de me faire à tout ça.

Il ne voulait pas encore partager avec Josh les dernières révélations sur Lady Josephine. Pas tant qu'il ignorait ce qu'il ressentait vraiment, et il était trop las pour aborder le sujet ce soir. Ou pour réfléchir à ses sentiments pour Flick, d'ailleurs. Il devait à son petit patient d'être au top de ses capacités le lendemain matin.

— Il y a un excellent hôtel à un pâté de maisons d'ici. Je vais sortir avec toi, je t'indiquerai la direction, dit Josh.

— Merci, mon vieux.

Un agent d'entretien hospitalier qui nettoyait le sol devant la pharmacie du rez-de-chaussée crut avoir une hallucination en voyant passer les deux hommes parfaitement identiques, mais ils n'y prêtèrent pas attention. Ils commençaient à s'y habituer. À s'habituer à l'idée qu'ils étaient parents.

Une famille.

Un mot que Lachlan avait longtemps banni de son vocabulaire. Avec le mot « futur », entre autres.

Devant l'hôpital, il s'arrêta, visiblement ailleurs.

— Tu penses que c'était plus facile, de savoir depuis toujours que tu avais été adopté ? demanda-t-il à son frère.

— Au contraire, répondit Josh. J'avais conscience d'être différent. De ne pas être à ma place. Mais je n'ai su pourquoi que quand le « vrai » fils est arrivé et que mes parents n'ont plus voulu de moi.

Lachlan secoua la tête.

— Moi, je ne l'ai jamais su, et je crois que c'était pire, car 'étais aussi un intrus et j'ignorais pourquoi. Jusqu'à ce que je e rencontre.

La vérité avait fini par éclater. La situation aurait été encore ire si Flick n'avait pas été là. Et ce serait beaucoup plus dur uand elle partirait, dans un proche avenir. Au moins, Lachlan ouvait se féliciter de ne pas lui avoir avoué ses sentiments dans la salle de bal. S'il l'avait fait, elle aurait probablement déjà plié bagage. Elle lui avait expliqué pourquoi elle avait choisi de mener une vie de nomade.

« Je ne voulais pas m'arrêter car j'avais peur d'être rattrapée par quelque chose. Ou quelqu'un... »

« Je ne survivrais pas à une nouvelle perte... »

« La vraie vie n'est pas un conte de fées... »

— La vie est devenue dingue, non ? Pour toi comme pour moi, dit Josh comme s'il lisait dans ses pensées.

— Tu n'as pas tort. Les choses changent beaucoup trop vite, et je déteste perdre le contrôle, répondit Lachlan avec un soupir. Bah... Demain est un autre jour. Alors, il est où, cet hôtel ?

Dîner avec Lachlan, Josh et son amie dans un prestigieux restaurant étoilé de la région, c'était sortir en couples. Comme si leur relation secrète franchissait un cap. Il n'y avait aucune garantie de durée, bien sûr, mais, quand Lachlan posa la main sur ses épaules pour lui retirer son manteau, Flick s'aperçut qu'ils se comportaient avec l'aisance d'un vrai couple, en communiquant d'un regard ou d'un geste.

Lachlan devait sentir sa perplexité de se trouver face à une copie conforme de lui-même. Au début, elle fut un peu gênée, comme Lachlan la veille quand il avait rejoint sa mère pour dîner, dans un premier pas commun vers une possible réconciliation. Ils n'avaient abordé aucun sujet personnel, mais Flick, conviée à se joindre à eux, avait vu leur conversation polie comme une prudente tentative de poser les bases d'une relation future.

Elle fut embarrassée que Lachlan la présente à Josh et Stevie sous le nom de « Felicity ».

— Appelez-moi Flick, leur dit-elle. Felicity, c'est pour les agents du fisc ou la police.

— Tu as eu maille à partir avec la police, toi ? fit Lachlan ave un sourire malicieux. Non, ne me dis rien... Je préfère laisse travailler mon imagination.

Oh ! ce sourire... Le sous-entendu intime de ses propos pouvai laisser penser qu'ils étaient ensemble depuis longtemps. Comme un vrai couple.

Cela semblait si naturel qu'elle se détendit pendant qu'ils commandaient les boissons et étudiaient le menu. Elle ne fut pas surprise que Lachlan et elle choisissent la même entrée, des coquilles Saint-Jacques fumées.

— Comment va le garçon que j'ai opéré du plexus brachial ? demanda Lachlan à son frère.

— Très bien...

— J'ai essayé de le revoir, mais mon emploi du temps est blindé en ce moment, dit Lachlan avec un soupir. En ce moment, j'enchaîne les conférences et les chirurgies, et par-dessus le marché il a fallu que je file à deux reprises à Londres.

— Ça a l'air stressant, tout ça, dit Josh avec sympathie.

— Au moins, je n'ai pas de souci à me faire pour ce qui se passe à la maison, dit Lachlan en levant son verre en direction de Flick. Tu fais un boulot fabuleux. Cela ne m'étonne pas que l'agence de placement soit aussi dithyrambique à ton sujet. Je te serai à jamais reconnaissant. Pour tout...

Flick détourna les yeux pour ne pas qu'il voie combien ces louanges la touchaient. Combien elle l'aimait... Elle s'absorba dans l'examen de son assiette, le temps de se ressaisir.

Josh voulut savoir depuis quand elle faisait des remplacements, et elle accueillit le changement de sujet avec soulagement.

— Oh ! des années, répondit-elle en souriant. J'adore l'excitation de la nouveauté. Rencontrer de nouvelles personnes, découvrir de nouveaux lieux. Relever de nouveaux défis...

Elle fut interrompue par un grognement étouffé.

— Il fait un peu chaud ici, non ? dit Lachlan.

Soucieuse, elle le regarda se frotter le front d'un geste familier qui trahissait son stress. Il repoussa sa chaise.

— Vous voulez bien m'excuser un instant ? J'ai besoin d'un peu d'air.

Sous le regard alarmé de Flick, il fonça vers les portes vitrées donnant sur le joli jardin aux haies impeccables décorées de guirlandes lumineuses. Elle s'apprêtait à le suivre, mais Josh fut plus rapide.

— J'y vais, dit-il.

Il rejoignit son frère dehors et commença à lui parler. Bon. Josh était médecin ; en cas de problème, il saurait quoi faire. Flick ne comprenait pas l'angoisse diffuse qui l'étreignait.

Elle savait qu'elle était amoureuse de Lachlan McKendry. Mais elle n'avait pas réalisé à quel point. Et soudain, elle avait peur. Peur qu'il soit en danger.

Oh ! Seigneur... Elle avait un sérieux problème, là.

Croisant le regard de Stevie, elle ressentit une complicité immédiate avec la jolie rousse au sourire sympathique.

Elle n'était apparemment pas la seule à être amoureuse d'un des jumeaux.

Elles se comprenaient. L'enfance de ces jumeaux séparés par la vie avait forgé les hommes qu'ils étaient devenus, et ils éprouvaient la même méfiance à l'égard d'une relation durable. Dans les yeux de Stevie, Flick reconnaissait ses propres sentiments. L'espoir. Et la peur.

Regardant dehors, elle vit Lachlan vaciller sur ses jambes et s'effondrer, inconscient. Josh le rattrapa de justesse, empêchant sa tête de heurter les dalles de la terrasse. Il s'accroupit pour l'examiner, mais Flick se ruait déjà dehors, Stevie sur les talons.

— Qu'est-ce que je peux faire ? demanda celle-ci.

Flick était pétrifiée. Avec son expérience des urgences, elle aurait dû réagir d'instinct, mais elle était complètement paralysée par la peur.

— Oh ! mon Dieu..., murmura-t-elle, blanche comme un linge tombant à genoux devant Lachlan. *Non...*

Elle prit sa main et la serra pour lui communiquer sa force Au-dessus d'elle, Josh parlait, et sa voix semblait venir de très loin

— Il respire, et son pouls est fort et régulier. Ce n'est san doute qu'un malaise, mais il vaut mieux appeler les secours.

Quand Lachlan reprit conscience, Flick lui agrippait toujours l main, mais il avait l'air groggy, et son élocution pâteuse inquiét les ambulanciers. Ils l'installèrent à l'arrière du véhicule pou lui faire un ECG et vérifier ses constantes, tension, glycémie, saturation en oxygène. Un auxiliaire médical l'interrogea sur ce qu'il avait bu, mais Josh semblait envisager un autre problème, et l'angoisse de Flick monta encore d'un cran.

Que se passait-il ? Était-ce grave ?

Lachlan essaya de se redresser.

— Il faut que je rentre... Ma mère... C'est elle qui est malade...

— Ta mère va bien, le rassura Flick. Je viens d'appeler Mme Tillman pour la prévenir que je t'accompagne à l'hôpital et que je risque de revenir plus tard que prévu.

Mais Lachlan secouait la tête.

— Mais pourquoi ? Ça ne sert à rien, je te dis. Je vais bien. Tu es payée pour t'occuper de ma mère, pas de moi. Je peux me débrouiller tout seul.

Il la repoussait. Comme elle l'avait redouté. Elle avait une peur panique qu'il la chasse de sa vie. Et c'était encore plus douloureux qu'elle ne l'avait imaginé.

Surtout maintenant, alors qu'il était malade. Peut-être effrayé. Et qu'il avait besoin de quelqu'un d'attentionné à ses côtés. Cela aurait dû être elle, mais...

— Je pars avec Lachlan, dit Josh.

Il regarda Flick pour la rassurer, lui promettre silencieusement qu'il n'abandonnerait pas son frère.

Il avait le droit d'être avec lui en un moment pareil, n'est-ce pas ? Il était de sa famille. Pas une employée rémunérée pour s'occuper de sa mère.

Lachlan avait dit qu'il n'avait pas besoin d'elle.

Peut-être ne voulait-il plus d'elle non plus...

11

Au cours de ses trente-six années d'existence, Lachlan avait connu de mémorables expériences effrayantes, mais, comparées à cet instant, elles lui paraissaient presque insignifiantes.

— Je regrette de vous l'annoncer, mais vous avez une LAM, déclara David, le chef du service d'hématologie. Une leucémie aiguë myéloïde, expliqua-t-il pour Flick, ignorant qu'elle aussi avait des connaissances médicales.

Fermant les yeux, Lachlan chercha une position un peu plus confortable dans le lit d'hôpital. L'anesthésique local ne faisait plus effet, et une douleur diffuse lui rappelait la biopsie de moelle osseuse qu'on lui avait faite le matin même.

La raison pour laquelle elle avait été nécessaire.

Josh s'éclaircit la gorge.

— On s'en est doutés hier soir, en recoupant ses symptômes avec la première numération globulaire, dit-il. Mais j'espérais qu'on se trompait.

Dans les yeux de Josh, Lachlan voyait le reflet de sa propre anxiété et il n'aimait pas cela, pas plus qu'il n'avait aimé que son frère reste avec lui la veille après ce premier test inquiétant. Il n'avait pas l'habitude qu'on se soucie de lui car il n'avait jamais été proche de personne, et… cela rendait les choses plus dures. Il ne voulait pas s'inquiéter pour quelqu'un d'autre, en plus de lui-même.

— Le niveau normal de cellules blastes – les globules blancs immatures – doit être en dessous de 5 %, reprit David, brisant le silence lugubre qui régnait dans la pièce. Vous dépassez les 20 %, Lachlan.

Lachlan se refusait à regarder Flick pour voir comment elle prenait la nouvelle. Il ne savait pas s'il craignait qu'elle ait la même expression navrée que Josh, ou au contraire qu'elle ne soit venue que par politesse, ou même par amitié.

— Il y a un facteur génétique ? demanda-t-il. Si c'est le cas, Josh peut être concerné, et il doit se faire tester.

— J'ai lu un article sur un cas de vrais jumeaux à qui on avait diagnostiqué une LAM à quelques jours d'intervalle, dit Josh. Ça s'appelle une leucémie concordante, mais la bonne nouvelle, c'est qu'ils avaient un frère compatible HLA, et on leur a fait une greffe de cellules souches qui les a guéris tous les deux. Sans qu'il y ait de réaction du greffon contre l'hôte.

HLA. Antigènes leucocytaires humains ? Lachlan avait besoin de se rafraîchir la mémoire en hématologie.

— Une transplantation de moelle osseuse-cellules souches, avec ou sans chimiothérapie, offre assurément le potentiel d'une guérison complète, répondit David. Mais nous n'en sommes pas là. Pour l'instant, nous devons faire plus d'examens pour réunir autant d'informations que possible sur le sous-type et la classification, puis nous pourrons planifier votre protocole de chimiothérapie, Lachlan. Je voudrais commencer dès que possible. Demain, si on peut.

Et voilà.

C'était réel. Et urgent. Ce n'était pas juste une nouvelle révélation à ajouter à celles qui avaient chamboulé sa vie ces dernières semaines, mais n'avaient été que des coups de semonce. Maintenant son existence implosait. Il voulait croire que tout allait s'arranger, mais il y avait une possibilité que l'issue soit fatale.

Et cette perspective le terrifiait.

Et… Il ne put s'empêcher de regarder Flick. Il désirait plus que tout être seul avec elle. Il voulait qu'elle l'étreigne fort pour ne plus penser qu'au besoin effréné qu'il avait d'elle.

Qu'à son amour pour elle…

S'il avait eu des doutes sur les sentiments qu'il lui portait, la pensée qu'il pourrait ne pas survivre à cette épreuve les avait balayés. Curieux comme ce genre d'expérience vous focalisait sur l'essentiel.

Les autres.

L'amour.

Il avait appris à vivre sans. Ironiquement, c'était au cours des dernières semaines qu'il avait trouvé les deux personnes qui incarnaient pour lui le meilleur de l'humanité, le meilleur de l'amour. Et elles allaient être affectées par ce qui lui arrivait...

Elles allaient souffrir.

Ni Josh ni Flick ne le méritaient, mais c'était particulièrement dur pour Flick, qui avait déjà vécu des drames. S'il avait douté de ce qu'elle éprouvait pour lui, ses doutes s'évanouirent quand il croisa son regard. Elle était aussi pâle, semblait aussi malade que lui. Comme si elle souffrait déjà le martyre, parce qu'elle tenait vraiment à lui.

Parce qu'elle l'aimait... autant qu'il l'aimait ?

Il ne pouvait pas lui faire ça. Ni à Josh. Il sentait combien son frère voulait s'impliquer, mais, pour lui prouver son affection, il devait lui épargner ce chagrin.

Les yeux dans ceux de Flick, il masqua délibérément ses sentiments derrière un voile de froideur. Niant silencieusement ce qu'il éprouvait pour elle. La forçant tacitement à comprendre qu'il n'avait pas besoin d'elle. Qu'il ne voulait pas d'elle.

Le message porta. Flick parut se recroqueviller sur elle-même, elle sembla plus petite, plus vulnérable. Sa voix aussi changea.

— Je suis tellement désolée... Je ne peux pas revivre ça...

Lachlan avait déjà détourné les yeux, mais il surprit l'expression choquée de Josh quand elle quitta la pièce.

Il se sentait... soulagé... Il valait mieux pour elle qu'elle lui en veuille et parte le plus loin possible.

Il ne pouvait pas lui reprocher de fuir. Il l'aurait fait, s'il avait pu.

L'histoire n'était pas censée se répéter. Pas ce genre d'histoire. Surtout quand on avait tout fait pour l'empêcher.

Au bord de la nausée, Flick se précipita aux toilettes et s'aspergea le visage d'eau froide.

Une leucémie.

Un cancer.

Regarder l'être aimé s'éteindre en étant dans l'incapacité de lui venir en aide. Sentir son cœur se briser encore et encore en minuscules échardes qui la feraient saigner de l'intérieur pendant des années et des années.

Elle ne pourrait pas y survivre une seconde fois.

En se dirigeant vers le hall d'entrée de l'hôpital central de Cheltenham, elle sentait le chagrin lui faucher les jambes. Elle dut s'arrêter près d'un kiosque à journaux.

— Vous allez bien, mon petit ? demanda la vendeuse, se penchant vers elle avec inquiétude.

— Je vais… bien…

En quête de soutien, elle tendit la main vers un porte-magazines pivotant mais le sentit céder, et il l'entraîna dans sa chute.

Puis tout devint noir.

— Ah… Vous voilà de retour parmi nous.

— Où suis-je ?

— Au service des urgences de l'hôpital de Cheltenham. Vous vous êtes évanouie dans le hall, et quelqu'un vous a conduite ici il y a quelques minutes. Quel est votre nom ?

— Flick…

— Pardon ? demanda le jeune médecin.

— Officiellement, je m'appelle Felicity. Felicity Stephens.

Au-dessus d'elle, la lumière était aveuglante, et elle plissa les yeux. Elle revit mentalement Lachlan. Entendit sa voix l'appeler par son prénom.

« Je suis vraiment désolé, Felicity… J'ai eu une journée difficile, et vous pourriez bien être la réponse à mes prières. »

Elle se remémora la découverte du vrai Lachlan McKendry derrière l'apparence sophistiquée. Le vrai Lachlan qui était alité dans cet hôpital et… elle ne pouvait pas se permettre de penser à lui. Pas si elle voulait survivre.

— Mais vous préférez qu'on vous appelle Flick ? dit l'interne. Quel âge avez-vous, Flick ? Et avez-vous des antécédents médicaux que je devrais connaître ?

— J'ai trente-deux ans. Et je suis en parfaite santé. Juste un peu stressée, c'est tout. Et j'ai sauté le petit déjeuner.

— Les gens en bonne santé ne s'évanouissent pas et ne restent pas inconscients plusieurs minutes. Nous allons faire quelques examens avant de vous laisser partir, d'accord ?

— Je dois rentrer. Je suis infirmière et je m'occupe d'une personne à domicile, dit-elle, tentant de se redresser et constatant qu'elle avait encore le tournis.

Puis les paroles de Lady Josephine lui revinrent.

« Je peux me débrouiller, pour l'amour du ciel. J'aurais dû le faire depuis longtemps. Allez voir ce qui arrive à mon… à Lachlan. S'il vous plaît… Je veux savoir s'il va bien. »

— En tant qu'infirmière, vous savez qu'il y a un protocole pour identifier la cause d'une perte de connaissance, dit le médecin en lui posant un garrot au bras. Nous allons vous faire une analyse de sang, tester votre glycémie et vous faire un ECG. Vous n'êtes pas enceinte ?

Elle ne put retenir un ricanement. Ce serait vraiment la goutte d'eau qui ferait déborder le vase…

— Aucune chance, répondit-elle.

Mais, venue de nulle part, une petite voix lui rappela sa première nuit avec Lachlan. Emportés par les émotions de cette soirée qui avait bouleversé la vie de Lachlan, ils n'avaient pas pensé à se protéger. Mais ce n'était arrivé qu'une fois, et… c'était quand, déjà ?

Le docteur dut percevoir son inquiétude.

— Nous allons aussi faire une bandelette urinaire, dit-il. Ce sera plus rapide que le test sanguin.

Rapide, tout était relatif. Il se passa plus d'une heure avant que le docteur ne revienne lui parler. Entre-temps, on avait apporté à Flick un sandwich et une tasse de thé.

— Je me sens bien maintenant, dit-elle. J'ai eu un malaise parce que j'avais l'estomac vide. Ça ne se produira plus.

— Avez-vous eu d'autres symptômes ces deux dernières semaines ? Nausées ? Sensibilité mammaire ? Vous rappelez-vous à quand remontent vos dernières règles ?

La dernière fois qu'elle y avait songé, elle préparait sa valise pour partir dans les Cotswolds. Un frisson d'appréhension la parcourut quand elle se rendit compte qu'elle avait eu ses dernières règles en Australie.

La sonnette d'alarme résonna plus fort dans sa tête. Les oreilles bourdonnantes, elle blêmit tandis qu'une étrange torpeur s'emparait d'elle, l'empêchant d'envisager une situation qui pouvait avoir des répercussions dramatiques sur sa vie.

Une situation qu'elle croyait ne plus jamais affronter.

Non…

Elle n'avait pas besoin de la confirmation du médecin, même si celle-ci était nécessaire.

— Je regrette que ce soit un choc pour vous, mais il n'y a pas d'erreur possible. Vous êtes bien enceinte.

12

— Tu n'es pas obligé de rester, dit Lachlan, évitant le regard de Josh qui n'avait pas quitté son chevet. Je sais que je ne suis pas d'une compagnie agréable.

La journée avait été infernale, et ses médecins avaient lancé le protocole de soins pour induire une rémission, afin de tuer toutes les cellules LAM de son sang. Pour ouvrir cette terrifiante parenthèse, on lui avait posé chirurgicalement une voie centrale sous la clavicule, et l'après-midi il avait passé deux heures relié à une machine pour subir une leucaphérèse, une procédure visant à réduire rapidement le nombre de leucocytes de son sang pour préparer la chimiothérapie qui détruirait les cellules malignes.

Il ne s'était jamais senti aussi épuisé. Physiquement et moralement. Il était forcé d'affronter la réalité de la situation, et c'était effrayant.

Pour s'évader, il avait laissé son esprit dériver vers des pensées plus agréables. Comme son bois bien-aimé avec ses tapis de campanules, ou la cuisine de son enfance où flottaient des odeurs de bonne chère réconfortante. Hélas, Flick était liée à ces expériences plaisantes. Elle lui manquait terriblement, et cela ajoutait encore à sa souffrance.

Il aurait voulu qu'elle soit assise à la place de Josh. Qu'elle sache qu'il n'avait pas voulu la blesser en la chassant. En lui déclarant froidement qu'il n'avait pas besoin d'elle. Comment avait-il pu lui dire qu'elle n'était que l'employée de sa mère ? Mais il ne devait pas céder à l'envie de la revoir. La protéger de cette épreuve était la seule façon de lui montrer combien il tenait à elle, même si elle ne devait jamais le savoir.

Il aimait aussi beaucoup Josh. Il s'étonnait d'aimer autant quelqu'un qu'il ne connaissait que depuis quelques semaines. Mais on lui avait volé une partie de sa vie, la moitié de lui-même, et son frère avait naturellement retrouvé sa place à ses côtés. Cependant, comme Flick, Josh n'avait pas à endurer l'épreuve qu'il traversait lui, Lachlan.

Josh ne partageait pas cet avis.

— Je veux être là.

— Arrête, Josh. Tu t'es très bien débrouillé sans moi pendant trente-six ans. Tu ne devrais pas avoir trop de mal à t'y remettre.

— Je ne veux pas m'y remettre, justement. Tu es mon frère, ma seule famille.

— Pourtant, tu risques de devoir t'y faire, dit Lachlan avec un rire étranglé qui ressemblait à un sanglot. Prends exemple sur Flick : elle est partie sans que cela lui pose de cas de conscience.

— Tu en es sûr ? Elle t'a quitté pour de bon ?

— Oui et non... Elle s'occupe encore de ma mère le temps qu'on lui trouve un remplaçant. C'est Mme Tillman, l'intendante, qui s'occupe de tout ça.

Tilly était venue le voir en fin d'après-midi, juste quelques minutes pour ne pas trop le fatiguer, et il s'était rendu compte de sa détresse.

— Tu ne vas pas le croire, dit-il à Josh. Elle prétend que Josephine s'inquiète pour moi. Des larmes de crocodile, oui...

— Ne sois pas si dur. Les gens ont parfois besoin d'un électrochoc pour se réveiller et voir ce qui compte vraiment pour eux.

— Ah bon ? Eh bien, moi, j'ai eu un choc, et tu sais quoi ? Plus rien n'a d'importance.

Sa belle histoire n'avait jamais été réelle. Ces dernières semaines, il avait presque réussi à se convaincre qu'il pouvait croire en la famille et en l'amour, avant de découvrir qu'il risquait de tout perdre. C'était pire que ne jamais les avoir connus...

Il s'était débrouillé seul toute sa vie et pouvait gérer seul son cancer. Il refusait que ceux qu'il aimait souffrent avec lui. Pour Josh, leurs nouveaux liens familiaux et leur affection mutuelle comptaient autant que pour lui, et il devait le persuader de prendre ses distances pour se protéger, même s'il devait se montrer cruel, comme il l'avait été avec Flick.

— Va-t'en, Josh, dit-il sans le regarder, les lèvres tremblantes. Vis ta vie et marie-toi avec cette gentille fille aux cheveux splendides. Sois heureux pour nous deux...

Il avait terriblement envie de dormir. Il devait se reposer, mais c'était aussi un moyen de s'évader, au moins quelque temps.

Mais même longtemps après le départ de Josh, le sommeil ne vint pas.

Il se repassait encore et encore leur conversation. Josh avait-il raison de penser que le choc avait fait prendre conscience à Lady Josephine qu'elle tenait au fils adoptif qu'elle n'avait pas désiré ? L'avait-elle repoussé, lui, comme il repoussait lui-même Flick et Josh aujourd'hui, pour ne pas lui faire partager sa souffrance ? C'était pire de savoir que le temps nous était compté quand on tenait profondément à quelqu'un.

Lachlan arrivait presque à comprendre.

À pardonner...

Mais l'apaisement du sommeil le fuyait. Ses pensées revinrent à Josh. Puis à Flick. Des pensées disjointes, des flashs d'émotion et, en dépit de tout, une nostalgie persistante, un *espoir* même, qui ne voulait pas mourir. Des impressions et des images, des souvenirs et des sensations semblables aux pièces d'un puzzle éparpillées sur une table.

Par où commencer pour les assembler ? Au moment de sombrer enfin dans un sommeil salvateur, il sentit qu'il devait impérativement découvrir ce qui figurait sur cet énigmatique puzzle.

C'était peut-être essentiel à sa vie, et il avait la pression car il manquait de temps...

C'était bizarre, d'être engourdie au point de ne rien ressentir et de fonctionner sur pilote automatique sans que nul ne soupçonne que votre vie était brisée.

Le lendemain, Flick appela l'agence de placement pour demander à Julia qu'une infirmière la remplace auprès de lady Josephine. Mme Tillman surprit la fin de la conversation et, si elle désapprouvait qu'elle abandonne la famille en pleine crise, elle n'en montra rien.

— Je viens de faire une fournée de délicieux scones au fromage, dit-elle simplement. Prenez-en donc un avec une tasse de thé.

— Je n'ai vraiment pas faim, merci.

— Je ne sais pas si Lady Josephine descendra dîner ce soir, j'ai gardé son repas au chaud. Je vais à Cheltenham voir comment va notre Lachlan. Il paraît qu'il a déjà commencé son traitement, le pauvre garçon. Mais c'est bien de commencer tôt, non ?

Flick acquiesça.

— Le plus tôt est le mieux.

Elle monta voir Lady Josephine qui ne voulut pas descendre dîner.

— Vous allez manger quelque chose, Felicity ?

— Je n'ai pas faim.

— Moi non plus. Mais je ne peux pas sauter un repas, si je veux prendre soin de ma santé, n'est-ce pas ?

— Et vous vous débrouillez très bien, dit Flick. Même avec les récents bouleversements, vous n'avez pas eu de crise d'asthme ni de douleurs thoraciques, et votre glycémie est beaucoup plus stable.

— Je veux pouvoir m'occuper de moi… et de Lachlan, s'il accepte. Je n'ai pas été une bonne mère quand il était petit, mais je peux peut-être me racheter…, dit pensivement la vieille dame, les yeux fixés sur les bois au-delà des jardins. Je me sens vieille aujourd'hui, chuchota-t-elle, si bas que Flick l'entendit à peine. Et si seule…

Flick ignora la remarque pour ne pas l'embarrasser.

— Je vous monterai un plateau pour le dîner, dit-elle. Et

peut-être aussi pour moi. On pourrait peut-être faire une partie de Scrabble, ensuite ?

Lady Josephine accrocha son regard.

— Dès notre rencontre, j'ai su que vous étiez courageuse. Combative. Ça m'a tout de suite plu chez vous, dit-elle avec un sourire qui adoucit son visage dur. Vous avez changé cette maison. Vous y avez ramené la vie, la musique, la danse, et je veux que ça continue. J'espère que Lachlan me pardonnera un jour. Vous croyez que c'est possible ?

— Il vous aime, répondit Flick. C'est pour ça qu'il a tant souffert d'apprendre qu'il n'avait pas été un enfant désiré. Mais je crois que, quand on aime assez quelqu'un, tout est possible.

L'aveu murmuré par Lady Josephine ce soir-là perça le cocon d'engourdissement qui enveloppait le cœur de Flick.

« Je me sens si seule... »

Ces paroles lui revinrent au milieu d'une nouvelle nuit blanche, dans le silence de sa chambre. Elles avaient pour elle une résonance particulière, car elle aussi était seule. Elle l'était depuis la mort de Patrick sans jamais s'être appesantie là-dessus, préférant fuir la réalité.

Mais elle ne pouvait pas fuir cette fois, n'est-ce pas ?

Sa main se posa doucement sur son ventre.

Comment fuir en volant une chose aussi précieuse à l'homme qu'elle aimait tant ?

Il n'y avait rien de plus précieux qu'un bébé.

Une nouvelle vie.

Une raison de vivre.

Les larmes jaillirent des yeux de Flick. Lachlan avait le droit de savoir qu'il allait être père. Que, même s'il ne gagnait pas cette bataille contre la maladie, une partie de lui-même survivrait, et serait tendrement aimée.

Mais, oh... la douleur s'infiltrait en elle, insoutenable, balayant son bienheureux engourdissement. Elle devait absolument se ressaisir avant d'aller voir Lachlan.

À son insu, Mme Tillman lui apporta son soutien.

— Ce n'est pas la fin du monde, mon petit, lui dit-elle le lendemain matin en posant une tasse de café devant elle. Bonté divine, Lachlan avait meilleure mine que vous quand je suis allée lui rendre visite !

— Comment l'avez-vous trouvé ?

— Il ne souffrait pas, il était juste très, très fatigué. On lui a fait un truc extraordinaire : on a prélevé son sang et on l'a fait tourner dans une sorte de centrifugeuse pour séparer les cellules, puis on lui a redonné son sang débarrassé des mauvaises cellules. Je n'ai pas compris comment ils ont fait. Il va commencer la chimiothérapie maintenant, et ce sera plus dur. Vous comptez aller le voir ?

Flick hocha la tête.

— J'appellerai pour voir s'il peut recevoir des visites.

Les seuls horaires de visite autorisés étaient en milieu d'après-midi et en début de soirée. L'après-midi, Flick prit ses clés pour se rendre en ville, s'assit dans sa voiture, mais ne mit pas le contact. Indécise, elle resta des heures à se demander comment annoncer la nouvelle à Lachlan et comment il allait réagir. Elle était submergée par l'angoisse. Et le chagrin. Le chagrin lui était familier, mais celui-ci, plus aigu, lui déchirait le cœur.

Elle resta longtemps dans sa voiture, et le soleil plongeait sous la voûte des grands chênes quand elle quitta enfin le garage pour regagner la maison.

Sans réfléchir, elle changea de direction, longea le chemin caillouteux avant de traverser la verte pelouse pour se rendre dans les bois, empruntant le chemin de Lachlan quand il l'avait emmenée admirer la magie des campanules en fleur.

Des semaines plus tard, les fleurs commençaient à faner, mais beaucoup tapissaient encore le sol d'un voile bleu entre les troncs sombres des arbres, éclairées ici et là par les rayons du soleil s'infiltrant entre les branches feuillues.

Elle retrouva l'endroit exact où Lachlan l'avait amenée. Fermant les yeux, elle respira le parfum des petites fleurs bleues, et les souvenirs affluèrent.

Comme la première fois qu'elle les avait senties, le nez dans le bouquet que lui avait cueilli Lachlan après leur première nuit d'amour.

La nuit où leur bébé avait vraisemblablement été conçu...

Le moment où elle avait compris que les choses changeaient. Que son corps revenait à la vie, et que, *peut-être*, elle pouvait se laisser aller à aimer de nouveau.

Ouvrant les yeux, elle se revit ici avec Lachlan, pendant qu'elle lui racontait la mort de son bébé et de l'homme qu'elle aimait, des pertes qui l'avaient brisée. Mais alors, il l'avait tenue dans ses bras et, sans qu'elle s'en rende compte, son cœur en miettes avait lentement commencé à guérir.

À peine consciente des larmes qui coulaient sur ses joues, elle se pencha pour cueillir une campanule, puis une autre. Elle se souvint du minuscule bouquet sur la table de la chambre de Lady Josephine. C'est à ce moment-là qu'elle avait compris qu'elle était éperdument amoureuse de Lachlan et qu'elle ne pouvait plus fuir.

Lady Josephine avait dit qu'elles avaient l'odeur des larmes, mais pour Flick elles avaient le parfum du renouveau. Les serrant dans sa main, elle prit une profonde inspiration.

Elle se remémora la soirée dans la salle de bal, et la façon dont Lachlan l'avait regardée après leur valse magique, pieds nus, lui avec sa chemise déboutonnée et elle en somptueuse robe du soir bleue.

On ne regardait pas ainsi une personne qu'on n'aimait pas.

Il l'aimait donc... ? L'avait-il repoussée pour la protéger et lui éviter de revivre la même perte dévastatrice qu'avec Patrick ? Car elle lui avait raconté le drame épouvantable qui lui avait fait fuir toute relation trop intime.

Mais ce choix lui appartenait, n'est-ce pas ?

Elle essaya de se mettre à la place de Lachlan. Et si elle avait appris qu'elle avait un cancer ? Ce serait pire, d'affronter cette épreuve sans quelqu'un d'aimant à ses côtés, non ? Elle s'était sentie atrocement impuissante de ne pas pouvoir aider Patrick, mais elle lui avait fait le cadeau d'être présente à chaque seconde, en l'aimant jusqu'au bout.

Si elle était malade, aurait-elle envie que Lachlan reste avec elle et la tienne dans ses bras, même si elle savait qu'il avait déjà connu pareille épreuve ? Oui, bien sûr, mais seulement s'il *voulait* être là et se sentait assez fort, si c'était *son* choix. Elle n'aurait jamais fait pression sur lui en lui demandant de rester.

Elle prit conscience que c'était ce que faisait Lachlan. Il lui avait laissé une échappatoire. Une chance de fuir. L'espace nécessaire pour lui permettre de prendre sa décision elle-même.

Essuyant ses joues humides, elle sentit une force nouvelle grandir en elle. Peut-être avait-elle déjà fait ce choix quand elle avait voulu venir ici, dans ce bois qui serait à jamais marqué par les souvenirs du nouvel amour de sa vie.

Cette force toute neuve s'accompagnait d'une nouvelle résolution. Elle ne pouvait pas laisser Lachlan croire que le pire allait lui arriver. La vie était pleine de surprises et de virages inattendus. Bon sang, il avait découvert qu'il avait un frère jumeau, et ils semblaient avoir déjà tissé un lien très fort. Il y avait aussi une possibilité bien réelle que Josh soit compatible pour une transplantation de cellules souches qui permettrait à Lachlan de guérir complètement.

Et il se pouvait que Lachlan et elle aient devant eux un avenir plein de rêves, comme n'importe quel couple d'amoureux.

À condition bien sûr qu'elle ait raison, et qu'il soit amoureux d'elle...

Elle devait avant tout s'en assurer, mais elle serait fixée dès qu'elle pénétrerait dans sa chambre d'hôpital et croiserait son regard, car ils avaient toujours pu se dire des tas de choses sans même se parler.

Flick se surprit à sourire en s'accroupissant pour cueillir d'autres campanules. C'était peut-être un peu cliché d'offrir des fleurs quand on rendait visite à un malade hospitalisé, mais cette fois c'était différent.

C'était personnel.

Certains couples avaient une chanson fétiche qui avait à leurs yeux un sens particulier. Pour Lachlan McKendry et elle, c'était une modeste petite fleur…

Il arrivait parfois qu'une réussite ne se fête pas.

Couché dans son lit d'hôpital, Lachlan ne s'était jamais senti aussi seul de sa vie. La journée avait encore été longue, et une équipe de docteurs, d'infirmières et de techniciens l'avait entouré pour préparer et lancer le protocole de chimiothérapie qui, espérait-on, entraînerait rapidement une rémission de la maladie.

Mais à présent, il était seul.

Il avait réussi à repousser tous ceux qui comptaient le plus pour lui.

Cet après-midi, les heures de visite étaient passées sans qu'il ne voie personne. Celles du soir avaient commencé depuis un moment, sans amener davantage de visiteurs.

Quelques minutes plus tôt, il avait essayé d'appeler Josh dans l'intention de lui présenter ses excuses pour ce qu'il lui avait dit la veille, mais son frère n'avait pas décroché. Lachlan n'avait même pas reçu un texto de lui, et comment s'en étonner alors qu'il l'avait pratiquement chassé en lui conseillant de reprendre le cours de sa vie ?

Il n'avait pas non plus le droit d'espérer la visite de Flick puisqu'il lui avait dit clairement qu'il n'avait pas besoin d'elle. Qu'il ne voulait pas d'elle.

Et c'était très bien ainsi, songea-t-il en tentant de se rassurer. C'était ce qu'il voulait, non ? Gérer la situation tout seul. N'entraîner personne dans ce voyage potentiellement insoutenable. Mais l'inconvénient, quand on restait avec ses seules pensées pour se distraire, c'était… eh bien… qu'on réfléchissait trop. Et il n'en pouvait plus de cogiter.

Sur son existence quelques semaines plus tôt. Sa vie professionnelle en tout point conforme à ses rêves. Sa vie personnelle dont les seules préoccupations se limitaient alors à l'hostilité de sa mère et sa méchanceté vis-à-vis de ses infirmières, ou le désir contrariant de sa compagne du moment de vouloir faire des projets d'avenir avec lui. Doux Seigneur… Il dut se creuser la tête un moment pour se rappeler son nom. Sharon ? Cheryl ? Non… Shayna. La honte…

Il s'excusa mentalement auprès d'elle, et sa bouche esquissa un sourire narquois. Que ne donnerait-il pour pouvoir parler du futur avec quelqu'un, maintenant ! Ou de famille, un autre mot en F qu'il s'était toujours refusé d'associer à sa vie personnelle.

Il comptait les heures depuis l'ultime et dramatique tournant qu'avait pris sa vie, et le choc avait effacé tout le superflu, le laissant avec une vision de la vie étonnamment simple et claire.

Le travail qu'il aimait tant comptait, bien sûr. Il pouvait changer des vies et faire des choses stupéfiantes pour les autres mais… le plus important quand on était confronté à une épreuve aussi énorme, c'était de savoir qui tenait vraiment à vous, pas ce que vous aviez fait de votre existence.

Il avait souvent entendu parler de patients qui avaient perdu la bataille contre la maladie, mais avaient eu le réconfort d'être entourés jusqu'au bout par des parents et des proches.

Un nom s'imposait à lui, refusant de faire silence. Un nom qu'il sentait plus qu'il ne l'entendait résonner dans sa tête, surtout quand il était seul et qu'il fermait les yeux.

Flick… Felicity… *Flick*…

Il avait dû chuchoter son nom à son insu, mais il ne s'attendait certainement pas à entendre sa voix… Sauf si elle venait de son imagination ?

— Je suis là, Lachlan.

Il ouvrit les yeux, mais il était couché et ne vit d'abord qu'une poignée de campanules flétries qui piquaient du nez et semblaient sur le point de perdre leurs pétales. Comme si elles avaient été serrées trop fort par une main fébrile. Mais c'étaient les choses les plus belles que Lachlan ait jamais vues. Elles lui rappelaient le moment où il avait tenu Flick dans ses bras, ce jour-là, dans les bois. L'instant où elle avait pris possession de son cœur et refermé la porte derrière elle.

Mais peut-être cela remontait-il au jour où elle l'avait vu tel qu'il était – un homme meurtri de ne jamais s'être senti aimé –, lorsqu'elle l'avait pris dans ses bras et qu'il avait compris qu'il ne pourrait jamais renoncer à l'envie d'être aimé.

Il avait cru ne pas vouloir de famille.

Et il s'était trompé. C'était peut-être la seule chose qu'il ait jamais *vraiment* désirée.

Levant les yeux pour rencontrer ceux de Flick, il s'aperçut qu'ils étaient presque de la même nuance que les campanules. Et ils brillaient de larmes contenues.

— Il fallait que je vienne, dit-elle doucement. Et je ne te quitterai plus. Je t'aime trop pour ça.

— Oh ! Dieu merci…, répondit-il dans un soupir, incapable de détourner le regard. Je t'ai demandé de partir car c'était le seul moyen que j'avais pour te prouver à quel point je t'aime.

— J'ai un bien meilleur moyen, répondit-elle, souriant à travers ses larmes.

Elle s'allongea contre lui sur le lit d'hôpital, et les fleurs s'éparpillèrent sur les draps. Ils se blottirent l'un contre l'autre, front contre front sur le même oreiller.

— Tu as raison, murmura-t-il, trop faible pour faire autre chose que l'enlacer et accepter ses doux baisers. C'est une bien meilleure façon.

— Ce n'est pas à ça que je pensais, murmura-t-elle, prenant une grande inspiration. J'ai quelque chose à te dire…

— Tu viens de m'avouer le plus important, répondit-il, conscient qu'il ne se lasserait jamais de l'entendre lui exprimer son amour. Mais tu peux recommencer. Encore et encore. Et j'en ferai autant. Je t'aime, Flick. Je t'aime de tout mon cœur.

— Je suis enceinte, chuchota-t-elle. Tu vas être père, Lachlan.

Oh… *Seigneur…* Il ne l'avait pas vu venir. Il allait avoir un enfant, et cela éclipsait tout. La famille. Le futur…

Un avenir qui valait la peine qu'il se batte pour lui.

— C'est ce que je voulais te dire, dit Flick d'une voix tremblante. Tu vas gagner cette bataille, Lachlan. Parce que j'ai besoin de toi. Et notre bébé aussi.

Flick avait l'impression que son cœur allait exploser… de joie.

Il n'y avait pas de place dans son esprit pour envisager qu'ils pourraient ne pas gagner la bataille, et son cœur débordait de bonheur. C'était exactement le genre de moment qui comptait plus que tout, qui rendait la vie digne d'être vécue.

Elle n'en avait pas connu depuis beaucoup trop longtemps, et elle n'en manquerait plus jamais aucun.

Assommé, Lachlan gardait le silence. Peut-être avait-il besoin de repos ? Elle caressa tendrement son visage.

— Alors voilà, j'étais parmi les campanules, dit-elle d'une voix si douce que lui seul pouvait l'entendre, et je me suis mise à penser à notre bébé. À son premier sourire. Ses premiers pas. Son premier jour d'école. À sa place au sein de la famille. Comme toi et Josh auriez dû avoir la vôtre, auprès de parents qui vous auraient désirés et tendrement aimés.

Le bras de Lachlan se resserra autour d'elle. Le front contre le sien, elle sentit plus qu'elle ne vit les larmes couler de ses yeux. Elle était trop proche pour voir son expression, mais cela n'avait pas d'importance, car elle éprouvait la même chose. Ils échangeaient leur force. S'engageaient silencieusement à être là pour accueillir cette nouvelle vie et la faire s'épanouir dans l'amour et le respect.

— Nous fêterons tout. Les anniversaires, les mariages, Noël, et… et…

— La floraison des campanules ?

— Oui…, dit-elle en riant et pleurant à la fois, mêlant ses larmes aux siennes. On fêtera la saison des campanules chaque année…

Elle s'interrompit un instant avant de poursuivre.

— Hier, ta mère m'a demandé si je croyais que tu pourrais lui pardonner un jour, et je lui ai dit quelque chose…

Elle s'interrompit, redoutant qu'il se referme au souvenir des blessures passées mais, à sa grande surprise, elle le sentit se détendre.

— Quoi donc ?

— Que, lorsqu'on aime assez quelqu'un, tout est possible.

— C'est toi qui rends tout possible, Felicity Stephens, répondit-il d'une voix douce. Tu fais de la vie un enchantement que je ne soupçonnais même pas. Pas pour moi, en tout cas.

La gorge de Flick se serra. Si seulement elle avait pu donner à Lachlan ce dont il avait tant besoin en cette période difficile, la garantie qu'il serait toujours là pour célébrer les belles choses qu'elle rêvait de partager avec lui.

C'était impossible, bien sûr, mais elle pouvait se faire tester comme donneur potentiel pour une greffe de moelle osseuse.

Toutefois, elle n'en aurait peut-être pas besoin.

On frappa discrètement à la porte de la chambre d'hôpital. Flick ne bougea pas, et elle était encore dans les bras de Lachlan quand son frère jumeau entra. Il n'était pas seul. Il tenait la main de Stevie, et elle entourait de son bras les épaules d'un jeune garçon.

Les yeux de Josh s'agrandirent à la vue de Lachlan et de Flick étroitement enlacés sur le lit.

— On vous dérange ? On devrait peut-être revenir un peu plus tard...

— Non... Tout va bien.

Flick se redressa et s'assit au bord du lit. Écartant des mèches rebelles de son visage, elle rencontra les yeux de Stevie, et elles échangèrent un regard complice. Celui de deux femmes amoureuses qui se comprenaient. Un regard chargé de joie. Et... d'espoir ?

— Désolé de ne pas avoir pu prendre ton appel, Lachlan, s'excusa Josh. On a eu quelques soucis quand Mattie ici présent nous a faussé compagnie...

— Bonjour, Mattie, dit Lachlan, souriant au garçonnet à la mine grave. J'imagine que Stevie est ta maman ?

Mattie acquiesça. Puis un sourire éclaira sa frimousse.

— Et Josh va être mon papa. Et... Ça veut dire que tu seras mon *oncle* ! s'écria-t-il, tout excité. Je regrette que tu sois malade...

Les deux frères se regardaient en silence, comme s'ils se comprenaient. Les yeux de Flick s'emplirent de larmes. Malgré leur méfiance vis-à-vis des vicissitudes de la vie de famille, chacun d'eux avait rencontré quelqu'un qu'il aimait assez pour vouloir changer radicalement d'existence. Un autre point commun entre les jumeaux… Et un nouveau petit miracle qui leur faisait cadeau d'une belle famille recomposée.

Flick posa la main sur son ventre, et sourit à Mattie. La leur avait déjà commencé à s'agrandir…

— C'est ce que nous étions venus t'annoncer, dit Josh en posant la main sur l'épaule du jeune garçon. Mais ce n'est pas tout.

— Josh va se faire tester, renchérit Mattie, tout excité. On va lui faire un trou dans les *os* !

— Juste un, dit Stevie qui semblait tout aussi fière de Josh. Pour voir s'il est compatible.

— C'est sûr qu'il le sera, dit Mattie, les yeux brillants. Josh dit que personne n'est plus compatible qu'un vrai jumeau, et c'est une chance qu'il t'ait rencontré à temps, Lachlan, car comme ça tu pourras vivre, et tu seras mon oncle pour toujours.

Les quatre adultes éclatèrent de rire. Josh et Stevie échangèrent un tendre regard par-dessus la tête du jeune garçon.

Flick se retourna et vit que Lachlan la contemplait. Son rire mourut dans sa gorge, laissant la place à un sentiment de plénitude absolue qui enveloppa son cœur d'une infinie douceur. Un sentiment qui l'accompagnerait jusqu'à son dernier souffle, elle en eut la certitude.

Lachlan allait tout faire pour survivre.

Pour être un oncle pour Mattie.

Un frère pour Josh.

Et peut-être même un fils pour Josephine McKendry.

Mais surtout, il serait l'homme qui l'aimait, *elle*. Le père de son bébé. Son mari… ?

— Hé…, murmura-t-elle, plongeant les yeux dans ceux de Lachlan. On n'aurait pas oublié quelque chose ?

— Oui… Je crois.

Ils échangèrent un sourire et demandèrent d'une même voix :

— Tu veux m'épouser ?

Ils riaient de bon cœur en répondant à l'unisson :

— *Oui…*

Épilogue

Presque deux ans plus tard...

C'était la pleine saison des campanules dans les bois du domaine familial des McKendry.

Cette année, il n'y avait pas de petit garçon solitaire en train de cueillir des fleurs pour les offrir à sa mère.

Pas non plus de couple triste se réconfortant mutuellement dans les bras l'un de l'autre.

Aujourd'hui, ce joli coin de forêt embaumant du parfum des emblématiques petites fleurs bleues accueillait un groupe de promeneurs qui évoluaient avec précaution pour ne pas les écraser. Un photographe les accompagnait en prenant des clichés pour immortaliser le mariage qui venait d'être célébré dans ce cadre idyllique. Deux chiens gambadaient joyeusement autour du groupe, indifférents au beau tapis bleu qu'ils piétinaient allègrement.

— Ici, Cacao ! ordonna Lady Josephine. Ce n'est pas parce que la cérémonie est terminée que tu peux ruiner le dur travail de Jack.

Depuis de nombreuses semaines, Tilly préparait avec entrain le festin de noce qui attendait la famille au manoir, et son mari avait aussi été très occupé. Il avait construit une arche élégante avec des branches ramassées dans les bois, et l'avait décorée de lianes de lierre entrelacées de minuscules roses blanches cueillies dans les jardins qu'il entretenait amoureusement depuis des décennies.

Quelques boutons de rose ornaient le bouquet de mariée de Flick, avec un nuage de gypsophiles et, bien sûr, une brassée de ses fleurs préférées, les modestes et incontournables campanules.

Assortis aux motifs de son corsage à fines bretelles, les délicats boutons de rose en dentelle qui parsemaient la jupe en mousseline de soie de sa robe de mariée n'enlevaient rien à la simplicité de la toilette.

Chaussée de simples ballerines blanches, Flick ne portait pas de voile, juste une couronne de minuscules fleurs ivoire piquées dans ses cheveux dorés qui tombaient souplement sur ses épaules.

— Je voudrais faire une photo avec tous les garçons, maintenant, dit le photographe. Vous pouvez vous en occuper, Lachlan ?

— Vous voulez rire ? J'ai des jumeaux qui commencent juste à marcher, plus rien ne me fait peur.

Il souleva aussitôt dans ses bras le petit Liam qui pourchassait Cacao, et se retourna pour voir où était passé Ben, son jumeau.

— Je l'ai ! cria Josh.

— Et moi, je tiens Lucky, renchérit Mattie, son chien blanc hirsute dans les bras. C'est aussi un garçon, hein ?

— En effet, répondit Josh en époussetant grossièrement les mains sales de Ben. Où voulez-vous qu'on se mette ? demanda-t-il au photographe.

— Sous l'arche ? Non... Cette vieille souche, là-bas, est encore mieux. Assieds-toi au milieu, Mattie, et arrange-toi pour que Lucky reste couché à tes pieds. Le papa se mettra d'un côté, l'oncle de l'autre, et chacun tiendra un jumeau.

Il fallut un moment pour que chacun trouve sa place, mais Flick prit un plaisir fou à regarder les hommes de sa vie chahuter et glousser en s'efforçant de rester dans le cadre pour satisfaire le photographe.

Stevie, amusée par la scène, vint la rejoindre.

— C'est merveilleux, non ? murmura-t-elle avec émotion.

— Les hommes sont en nette majorité dans la famille, répondit Flick, baissant les yeux vers le ventre rond de Stevie. Heureusement que tu attends une fille.

— Si tu avais patienté un peu plus, elle aurait pu être ta demoiselle d'honneur. Ça aurait été trop mignon.

— Nous n'avons déjà que trop attendu. Ça fait presque deux ans.

— Je sais. Et Josh et moi nous sommes précipités au bureau d'état civil pour nous marier sans perdre une minute, mais c'était surtout pour Mattie. Nous voulions le rassurer, pour qu'il sache que nous allions vraiment devenir une famille. Et nous nous sommes unis dans la plus stricte intimité parce que... tu sais pourquoi.

Flick hocha la tête.

— J'ai l'impression que ça fait une éternité maintenant, mais ces quelques mois ont été difficiles, hein ? Surtout les cent jours qui ont suivi la greffe de cellules souches, avec l'angoissante menace d'une infection qui pouvait tout remettre en question.

— La situation commençait à devenir gérable, et c'est alors que tu as accouché de jumeaux !

Flick rit de bon cœur.

— Qui aurait deviné qu'une autre surprise nous attendait ? Au moins, celle-là était heureuse. Je me demande si c'est le choc qui m'a fait perdre connaissance ce jour-là, à l'hôpital.

Son sourire se fit poignant tandis qu'elle posait les yeux sur son mari.

— Ou était-ce la peur de perdre l'amour de ma vie... ?

Aux prises avec Liam qui tentait de lui arracher ses boutons de chemise, Lachlan leva les yeux, comme s'il sentait le poids de son regard. Ils échangèrent un sourire plein de tendresse qui émut Stevie aux larmes.

— Josh n'a jamais douté que Lachlan avait les meilleures chances de guérir avec un frère jumeau comme donneur, et regarde-le aujourd'hui... Je crois qu'il pourrait affronter n'importe quoi. Il est en pleine forme. Et tellement heureux...

Un éclat de rire enfantin jaillit du petit groupe assis sur la souche. Lucky s'était arraché aux bras de Mattie pour lécher copieusement la frimousse de Liam.

— Ça va faire une photo magnifique, dit Lady Josephine en

rejoignant les deux jeunes femmes. J'ai bien fait de remettre sa laisse à Cacao. Elle aurait renversé tout le monde.

La petite chienne labrador chocolat âgée de six mois s'était révélée un soutien précieux pour Lady Josephine, en complément de la thérapie qui l'avait aidée à guérir de son passé, et la vieille dame faisait pleinement partie de la nouvelle famille. Aujourd'hui, presque deux ans plus tard, on ne reconnaissait plus la femme solitaire et aigrie qui avait longtemps lutté contre des problèmes de santé mentale. C'était une grand-mère gâteau, et les jumeaux et Mattie l'adoraient. Et, à l'instar de Josh, Stevie n'avait eu aucun mal à trouver sa place dans la famille.

— C'est dommage que votre mère n'ait pas pu faire le voyage à cause de son opération de la hanche, Stevie. Mais Josh m'a dit que vous aviez presque fini de préparer le cottage où elle va s'installer ?

Stevie acquiesça.

— Il n'y a plus qu'à apporter la touche finale, dit-elle. Les travaux ont duré plus longtemps que prévu. Le conseil municipal prend son temps pour autoriser la restauration de maisons classées, mais tout s'est bien terminé. Maman aura emménagé d'ici l'arrivée de la petite princesse, dit-elle en tapotant son ventre. Cette naissance arrive à point nommé pour Mattie qui s'est déjà beaucoup rapproché de Josh ; il attend impatiemment de pouvoir jouer les grands frères !

Le photographe en avait terminé avec les garçons.

— Prenons encore une photo des mariés, dit-il. Vous pourriez vous asseoir parmi les campanules… Sauf si vous craignez d'abîmer votre robe ?

Lachlan tendit Liam à sa mère.

— Tu peux le prendre une minute, grand-mère ?

— Il vaudrait mieux que quelqu'un d'autre s'en charge.

Il fronça les sourcils.

— Tu ne te sens pas bien ? Tu as vérifié ta glycémie ce matin ?

— Bien entendu. Tu sais très bien que mon diabète est parfaitement contrôlé. Mais je tiens en laisse un jeune chien plutôt envahissant et pas spécialement obéissant.

— Donne-moi Liam, dit Mattie qui avait pris plusieurs centimètres en deux ans et grandi en sagesse. Je vais bientôt être un grand frère, il faut que je m'exerce.

Lachlan lui confia le bambin.

— Tu seras un grand frère formidable. Comme ton papa.

— Comment tu sais que je suis né le premier ? demanda Josh en s'approchant avec un sourire malicieux.

— Je n'en sais rien du tout, mon vieux, et on ne le saura probablement jamais.

— Ce n'est pas plus mal. On va pouvoir en débattre pendant des années et des années, répondit Josh avec un clin d'œil rieur, pendant que Lachlan rejoignait Flick pour les derniers clichés. Vous voulez qu'on ramène les deux petits à la maison ? Il commence à faire frais.

— J'y vais justement, dit Mme Tillman. Il faut que je voie ce qui se passe dans ma cuisine.

— Rentrons tous, alors, dit Stevie. Nos mariés apprécieront un moment de tranquillité en tête à tête après les photos.

Mais Lachlan et Flick savouraient déjà le calme revenu pendant que le photographe installait son appareil à distance pour les prendre au téléobjectif.

Le reste de la famille reprit le chemin forestier pour regagner le manoir, et Flick les regarda s'éloigner entre les arbres. Sa belle-mère, avec qui elle avait tissé des liens particuliers parce que leurs épreuves passées les avaient rapprochées. Son beau-frère qu'elle aimait tendrement d'être si semblable à Lachlan, et qu'elle ne remercierait jamais assez pour avoir permis la guérison de son mari. Elle lui était aussi reconnaissante d'avoir épousé Stevie qui, plus qu'une belle-sœur, était devenue sa meilleure amie. Sa famille. Et il y avait, accrochés au cou de leur oncle et de leur cousin, ses deux fils chéris vaguement inquiets d'être momentanément éloignés de leurs parents.

Flick leva les yeux vers celui qui était le plus proche d'elle. Son âme sœur, qui faisait partie d'elle, corps et âme. L'homme qu'elle aimait tant qu'elle n'avait pu retenir ses larmes quand ils avaient échangé leurs vœux en les reformulant avec leurs mots.

« Tu ne sentiras plus la pluie car je serai ton refuge…

Tu ne sentiras plus le froid car je serai ta chaleur…

Tu ne seras jamais seul(e) car, même quand nous serons séparés, je serai avec toi, dans ton cœur…

Nous sommes deux, mais nous avons une seule vie devant nous.

Je t'aime… »

Et maintenant, les yeux noyés de larmes, elle soutenait le regard de Lachlan.

— Tu te rappelles la première fois que tu m'as amenée ici pour me montrer les campanules en fleur ? Tu prétendais qu'elles sentaient encore meilleur dans les bois ?

— Comment pourrais-je l'oublier ? répondit-il avec un sourire tendre en posant un baiser sur ses lèvres. J'étais déjà amoureux de toi… mais je n'en avais pas encore conscience.

— Tu te souviens de ce que je t'ai dit ?

— Redis-le-moi.

— Que nous avons tous nos propres histoires et que, comme la vraie vie n'est pas un conte de fées, elles ne finissent pas toujours bien.

— Je m'en souviens.

— Mais ce n'est pas vrai, n'est-ce pas ? Pas pour nous, en tout cas, murmura-t-elle avec un sourire tremblant. Le jour de mon arrivée ici, quand nous avons mangé la délicieuse cuisine de Tilly et que j'étais à moitié endormie à cause du décalage horaire, j'ai vraiment cru que j'avais pénétré dans une sorte de conte de fées. Et ça a peut-être été dur, et notre histoire n'est pas une fin mais un commencement, mais… je ne me suis jamais sentie aussi heureuse de toute ma vie.

— Moi non plus.

Lachlan l'embrassa encore, et dans le silence qui régnait dans les bois alentour ils entendirent les déclics de l'appareil-photo qui immortalisait ce moment du fond de la clairière. Mais ils avaient l'impression d'être seuls au monde en se contemplant amoureusement.

— Est-ce que je suis le prince ? demanda-t-il.

— J'imagine que oui.

— Ça fait de toi ma princesse, alors ? Remarque, je le savais déjà, parce que... tu sais... tu portes cette tenue merveilleuse.

— C'est vrai.

— Tu crois que tu vas pouvoir danser, dans cette robe ? Maman s'attend à ce que nous lui fassions une démonstration de nos talents de danseurs avec cette valse que nous répétons depuis des semaines.

— Je sais. J'espère que ça ne va pas me rendre nerveuse au point de t'écraser les orteils, comme la première fois.

— Qu'importe si ça arrive, répondit-il en l'attirant dans ses bras, sous le regard du photographe qui put capturer la joie pure, vibrante, qui émanait d'eux. Je t'aime, madame McKendry...

— Je t'aime aussi, monsieur McKendry.

— Tu crois qu'il est temps d'aller retrouver le reste de la famille ?

— Je le crois.

— Je ferais peut-être mieux de te porter. Pour éviter que tu ne me marches sur les pieds.

Elle se blottit dans ses bras et nicha sa tête au creux de son épaule, juste au-dessus de son cœur qu'elle sentit battre contre sa joue.

— C'est une très bonne idée..., murmura-t-elle.